시카 울프

시야 장편소설

fio
ret

시카 울프 3

초판 1쇄 인쇄 2017년 6월 21일
초판 2쇄 발행 2018년 9월 21일

지은이 시야
발행인 오영배
기획 박성인
책임편집 편집부
디자인 권지연
일러스트 은화
제작 조하늬

펴낸곳 (주)삼양출판사 · 피오렛
주소 서울시 강북구 도봉로 173
대표 전화 02-980-2112 **팩스** / 02-983-0660
편집부 전화 02-980-2116 **팩스** / 02-983-8201
블로그 blog.naver.com/dan_gul
출판등록 1999년 3월 11일 제9-00046호

ISBN 979-11-283-9176-7 (04810) / 979-11-283-9173-6 (세트)

fio ret 은 (주)삼양출판사의 로맨스 판타지 문학 브랜드입니다.

ROMANCE FANTASY STORY
시야 장편소설

시카 울프

3

fio
ret

contents

1장

실바에서

시카는 파도가 밀려와 자신의 발끝을 간지럽혔다가 쓸어내리는 걸 바라보았다. 점점 발끝이 모래에 파묻히고 있었다. 모래 알갱이들이 춤추듯이 파도에 휩쓸려 그녀의 발등을 덮었다가 다시 쓸려 내려갔다.

'날씨 좋다.'

손으로 차양을 만들어 멀리 수평선을 멍하니 바라보았다. 그녀가 있는 쪽은 해변가라서 잔잔해 보이지만 금방 물이 깊어진다고 카서스가 알려 주었다.

그래서일까?

반짝이는 은색 피라미들이 무리지어 빠르게 파도를 타고 돌아다녔다. 처음 보고 신기해서 몇 번 잡으려고 시도해 봤지만,

시카는 성공하지 못했다.

이 해안가만 빼면 다른 곳은 물이 깊었고, 거대한 범선들이 정박해 있는 부두가 있었다.

십 년 전의 실바는 십 년 후와 비슷한 것 같으면서도 전혀 달랐다.

시카는 양손으로 얼굴을 문질렀다.

여기에 있은 지 벌써 나흘이 지났는데, 돌아갈 실마리가 보이지 않았다. 길다면 길고, 짧다면 짧은 기간이었지만, 초조감이 안개처럼 그녀의 가슴속에 깔렸다.

로렌스는 어떻게 됐을까?

그 드래곤은?

다른 사람들은 모두 무사한가?

그녀 혼자 있을 때는 이런 생각이 솟아올라 자신의 무력감에 몸이 떨렸다. 하지만—

시카는 한숨을 삼켰다.

카서스와 같이 있을 때는?

시카는 자신이 즐겁다는 걸 부정할 수 없었다.

아무런 사건도 없고, 일도 없다.

카서스와 이렇게 느긋하게 지내는 것은 처음이었고, 이 시간이 지나치게 기분 좋아서 죄책감마저 밀어낼 정도였다.

"시카."

뒤에서 부르는 소리에 그녀는 돌아섰다. 카서스가 뜨거운 모래를 밟으며 그녀에게로 다가오고 있었다. 그의 워커가 젖을까 봐 시카는 파도에서 나와 그에게로 걸어갔다. 태양에 달궈진 모래가 그녀의 맨발에는 너무 뜨거웠다.

카서스의 머리카락은 검정색이었다. 우리들의 정체가 발각되어서는 안 된다고, 시카가 신신당부하자 그는 그날 바로 머리를 검게 염색했다.

청색도 좋았지만, 검은색 머리카락은 또 전혀 달랐다.

좀 더 날카롭고 위험한 느낌이 든다고 해야 할까.

시카는 한숨을 내쉬었다.

'머리색을 바꾼 내 애인도 멋져, 라니. 점점 팔불출이 되어 가는 것 같아.'

하지만 정말로 멋진 걸 어쩌겠는가?

그에 비해 시카는 여전히 연분홍색 머리카락이었다.

실바가 고향인 카서스와 달리 그녀는 딱히 들킬 염려가 없다는 게 그녀의 의견이었다. 단지 이름만은 가명을 쓰기로 해서 남들 앞에서 두 사람은 서로를 가명으로 호칭했다.

"발 안 뜨거워?"

입은 질문을 하면서도 손은 그녀를 안아 든다. 이제 이런 방식에 익숙해져서 시카는 그의 어깨에 손을 올리며 칭얼거리듯 말했다.

"내 샌들도."

딱 한 마디였지만 카서스는 당연하다는 듯 모래밭 한쪽에 흐트러져 놓인 샌들 쪽으로 걸어갔다. 카서스는 그녀를 안고도 별 어려움 없이 무릎을 굽혀서 샌들을 주워 들었다.

"왜 모자도 안 쓰고 있어? 일사병 걸리겠다."

대신 그는 잔소리를 했다.

"일사병?"

"햇볕을 많이 쬐면 걸리는 병이야."

"에이."

그런 게 어디 있어? 하는 시카의 어투에 카서스는 진지한 얼굴을 했다.

"정말로. 쓰러지지 않게 조심해."

"응."

진짜로 그런 병이 있다니, 신기해하며 시카는 고개를 끄덕였다.

카서스는 근처 그늘진 카페 의자에 시카를 앉히고 수완 좋게 양동이에 든 물을 얻어 왔다. 그가 그녀의 발에 물을 부어 모래를 씻어내고 샌들을 내려놓았다.

"발 다 마르면 신어. 뭐 마실래? 햇볕 잔뜩 쬈으니 마셔야지."

"아무거나 차가운 거."

시카의 말에 카서스는 냉차 두 잔을 주문했다. 그가 하는 걸 보면서 시카는 좀 두려워졌다.

'이러다가 나 아무것도 하지 못하게 되는 거 아냐?'

안아서 옮겨 주고, 발도 씻겨 주고, 주문도 대신해 주고…….

정말로 시카가 하는 일은 아무것도 없었다. 카서스가 그렇게 하는 걸 처음에는 거절했지만 "내가 하고 싶어서 해 주는 거야." 하는 그의 말에 시카는 슬그머니 지는 척을 했다.

'하지만 이대로는 정말 안 돼.'

카서스가 없으면 메뉴 주문도 못 하는 사람이 되어 버릴지도 모른다.

"칼."

시카가 자신의 가명을 불러 카서스는 그녀를 보았다.

같은 발음으로 시작하는 이름이 기억하기도 쉽고, 잘못해서 본명이 튀어나왔을 때도 변명하기 쉽다.

"응?"

"무슨 소문이나, 다른 이야기는 없었어?"

카서스는 시카의 질문에 고개를 갸웃했다가 말했다.

"딱히 없는데?"

"그래."

"왜?"

"아니, 우리만 넘어온 건지, 그리고 우리가 넘어와서 혹시나 과거에 무슨 영향이 생기진 않았는지 궁금해서. 마수가 늘었다거나, 장막이 더 약해졌다거나⋯⋯."

"그런 얘기는 없는 것 같아. 평화로워."

용병 길드에서 들은 소문도 딱히 특이한 사항은 없었다.

'아니, 좀 웃긴 이야기는 들었지만.'

"뭐야?"

시카의 말에 카서스가 "뭐가?" 하고 되물었다.

그때 종업원이 유리잔 두 개를 가지고 와서 둘 앞에 하나씩 내려놓았다. 아직 얼음이 상용화되지 않아서 얼음이 아닌, 우물에 담가 둬서 시원하게 만든 차였다.

하지만 그걸로도 여름 바닷가에서는 충분히 시원하게 느껴졌다.

"카서스 얼굴을 보니까 뭔가가 있는데?"

"내 얼굴?"

카서스가 자신의 얼굴을 매만졌다. 시카가 의기양양한 표정으로 말했다.

"태연하다고 생각했을지 몰라도, 난 카서스의 얼굴만 보면 다 안다고."

그 표정이 너무 귀여워서, 깨물어 주고 싶다는 생각을 하며 카서스가 말했다.

"좀 웃긴 얘기를 들어서."

"웃긴 얘기?"

"어. 카서스 리안에 대한 소문."

"어? 아─! 꼬마 카서스 말이지."

시카의 호칭에 카서스는 눈을 찡그렸다.

"꼬마는 아니지. 그래 봬도 열여섯인가 그런데."

마치 남 이야기하듯 하는 두 사람이었다.

"그래서, 무슨 소문이었는데?"

"카서스가 이름을 날리고 있다는 이야기."

싱긋 웃으며 그가 턱을 괴고 말했다. 시카가 차를 한 모금 마셨다. 차가운 액체가 짜릿하게 식도를 적신다.

"그거 굉장하네. 나이도 어린데."

"그러게, 굉장하네. 게다가 얼굴도 잘생겼다고 하더라고."

"어머, 정말?"

"정말."

"실력도 좋고, 얼굴도 잘생겼다니. 대단하네."

"그지? 나도 그렇게 생각해."

카서스가 히죽 웃으며 말을 마무리하고 차를 마셨다.

시카는 차를 마시며 주변을 둘러보았다. 모든 것들이 강렬한 햇빛에 빛이 바랜 것처럼 보였다. 그래서인지 건물의 벽도, 지붕도 선명한 색을 쓰는 경우가 많았다.

'예전보다 더 건물이 낮고 한가한 느낌이야.'

십 년이라는 건 어마어마한 세월이구나.

"씨시. 씨시. 이봐요, 아가씨."

"아, 응."

시카는 그제야 생각에서 벗어나 카서스를 보았다. 아무래도 가명으로 불리는 것이 익숙해지지가 않는다. 카서스가 피식 웃고 말했다.

"집을 빌릴까 하는데 말야."

"집을?"

시카가 놀라 되물었다. 지금 둘이 묵고 있는 곳은 깔끔한 여관이었다.

"응, 언제까지 여관에서 지낼 수는 없잖아?"

카서스의 말에 시카는 "그건 그렇지……." 하고 말꼬리를 흐렸다.

확실히 여관에 드는 비용보다는 집을 렌트하는 쪽이 더 저렴할 것이다. 하지만 집이라고 하니 갑자기 여기서 진짜 오래 있을지도 모른다는, 아니, 어쩌면 영영 벗어나지 못할지도 모른다는 불안감이 밀어닥쳤다.

하지만 그렇다고 언제까지나 여관에서 묵을 수는 없다.

"그러네, 알아보는 게 좋겠어."

그녀는 고개를 끄덕였다.

"그럼 오늘 가 볼까?"

"어? 오늘?"

"응."

"그래."

하긴, 미적미적하느니 단숨에 처리하는 게 낫겠지. 그녀는 동의했다.

뜨거운 날씨 덕분에 순식간에 마른 발을 샌들을 끼워 넣고 시카는 자리에서 일어났다. 카서스가 그녀의 손을 잡았다.

더운 날씨니까, 손을 잡지 않는 편이 더 쾌적할지도 모른다.

하지만 그래도 둘은 항상 손을 잡았다. 그의 커다란 손이 자신의 손을 감싸듯 잡으면, 시카는 그것만으로도 왜인지 보호받는 기분이었다.

"집은 어떻게 구하는 거야?"

"중개소가 있어."

"그렇구나."

불안감을 벗어나자 이제 두근거림이 밀려왔다.

집이라니.

시카는 한 번도 집을 가져 본 적이 없었다. 물론 얼음탑이 있었고, 그녀의 방이 있었다. 그녀의 방이 그녀의 집이나 다름없다.

하지만 그것과 이것은 전혀 다르지 않은가?

카서스는 복잡한 실바의 골목길을 지나 중개소로 향했다.

"어서 오세요."

부드러운 목소리의 중년 여성이 둘을 맞이했다.

"안녕하세요."

시카가 마주 인사하자 그녀가 싱긋 웃으며 말했다.

"무엇을 도와 드릴까요?"

"집을 빌리려고 하는데요. 월세로요."

"신혼집을 구하시나 봐요?"

중개사의 말에 시카가 저도 모르게 외쳤다.

"아뇨!"

대답하고서 아차, 하는데 그녀의 말에 중개사는 프로다운 웃음을 잃지 않으며 말했다.

"그러시군요. 두 분이 함께 묵으실 집인가요?"

"네."

카서스는 고개를 끄덕였다. 시카는 슬쩍 카서스의 눈치를 살폈지만 그는 평소와 다를 게 없어 보였다.

"어떤 집을 찾으시나요?"

"너무 번화한 곳이 아니었으면 좋겠고, 방 두 개 이상에 욕실도 따로 있으면 해요."

"그러면 삼거리 쪽에—"

"아뇨, 거기는 너무 복잡하고요. 좀 더 한가한 곳이면 좋겠어요."

"그러면 항구와 너무 떨어지게 되는데 괜찮으세요?"

"항구와 떨어지는 건 괜찮아요. 바닷가가 보이는 집을 찾는건 아니라서요."

"아, 그렇다면."

중개사가 서너 군데 집을 추천했고, 카서스는 직접 가서 보는걸로 약속을 잡았다. 중개소를 나오며 시카가 말했다.

"생각보다 집이 많네."

"그래? 난 적다고 생각했는데."

"그런 거야?"

"응. 하긴, 지금 실바와는 다르니까."

카서스는 중얼거리고 웃으며 말했다.

"그러면 지금 노른자위 땅을 내 이름으로 사 두면 어떻게 되려나? 십 년 후에 돌아가서 찾아가면 집 가격이 엄청 올라가 있겠지."

"하지만 그러면 그 집을 산 적 없는 카서스에게 집에 대해서 이야기가 들어갈걸."

"아, 그건 그러네."

카서스가 고개를 끄덕였다.

시카는 작게 한숨을 내쉬었다.

"걱정돼?"

카서스가 물어서 시카는 "어?" 하고 고개를 들었고 그가 다시 물었다.

"돌아가거나, 그러는 거. 난 아무것도 해 줄 수가 없으니까."

마법사가 아닌 카서스는 이런 유의 일에 대해서는 무용지물이다. 어떤 일에서 무력감을 느낀 것은 카서스도 처음이라, 그는 시카에게 책임감을 느끼고 있었다.

"아냐. 일단은 여러 가지 가설을 세워 봤는데, 시행하려면 시간이 걸리니까."

시카라고 지난 나흘간 손을 놓고 있었던 것은 아니었다.

에테르 폭풍, 그리고 마수의 힘.

같은 조건에서 한 번 더 순간 이동을 해 볼 요량이었다. 하지만 에테르 폭풍이 어디서 일어날지 짐작할 수 없다는 게 첫 번째 문제고, 두 번째는 예상외로 마수의 힘이 차오르는 속도가 느리다는 것이었다.

그녀 본래의 마력은 그사이 전부 회복되어 있었는데, 마수의 힘은 아주 아주 약간 차올랐을 뿐이었다. 그래서 머리카락도 여전히 분홍색이었다.

'다른 세계의 힘이라서 그런가?'

하여간 그 힘이 다 차서 순간 이동을 시도할 때까지는 꼼짝없이 여기 묶여 있어야 했다.

그리고 만약 그 실험도 실패하면…….

시카은 그다음을 생각하고 싶지 않았지만, 항상 실패를 염두에 두고 다음 계획도 만드는 것이 마법사의 일이다.

모든 연구가 다 성공할 수는 없으니까.

"실패하면 진짜로 어디 멀리 가서 살자니까."

카서스가 가벼운 목소리로 말해서 시카는 웃었다.

"정말로 그럴까? 나 제국 밖으로 나가 본 적 없어."

"어? 아, 진짜 그렇겠네. 그러면 여행하면서 보내면 되지, 뭐. 그러면 자연스럽게 10년 후로 돌아가지 않겠어?"

그의 말에 시카는 "그러네." 하고 고개를 끄덕였다.

시카는 그의 손을 잡은 손에 힘을 주었다.

과거를 바꿔서는 안 된다.

카서스에게 몇 번이나 당부한 이 말은 사실 자신을 위한 것이다.

'만약에 지금 로렌스를 만난다면…….'

미래를 바꿀 수 있지 않을까?

그가 그렇게 변하지 않도록 도와줄 수 있지 않을까?

하지만 그래서는 안 된다.

카서스나 다른 사람에게 말한다면 시카를 이해할 수 없다고 할 것이다. 그렇게까지 당하고서도 로렌스를 생각하는 거냐고, 말하겠지. 너와 그렇게 잘 아는 사이도 아니었잖아? 라든가.

하지만 그래도 자신의 하나뿐인 형제다. 외국에 나가서 같은 나라 사람을 본 기쁨과는 비교가 되지 않을 정도로 소중했다.

만약에 자신이 검사님을 만나지 않았다면, 얼음탑의 식구들을 만나지 않았다면 자신도 그렇게 되지 않았을 거라고 장담할 수가 없었다. 그래서 이미 되돌릴 수 없는 강을 건넌 로렌스를 되돌릴 수 있다면, 하는 생각이 드는 것이다.

지금이라면, 어떻게든.

이런 마음은 아무에게도 말하지 못할 것이다.

그리고 아무도 이해하지 못할 것이다.

인류에 단둘만 남아 있는 상황에 처해 본 사람은 없을 테니까 말이다.

카서스가 마주 그녀의 손을 힘주어 잡았다.

그의 연녹색 눈을 마주 보면서 시카는 깨달았다.

그러면 안 되는 게 아니라, 자신은 그러지 못한다.

만약 그렇다면 카서스와의 만남이 일그러질 테니까, 어쩌면 아예 그를 만나지 못할 수도 있다.

"카서스."

"응?"

"나 카서스가 너무 좋아."

"좋아? 좋기만?"

"아니, 사랑합니다."

시카가 진지하게 고백하자 카서스는 웃고 허리를 숙여 그녀의 이마에 키스해 주며 속삭였다.

"나도 사랑해."

답하고 그가 이어 말했다.

"그리고 기분 상하지 않았으니까, 신경 쓰지 않아도 돼."

기분?

아─!

신혼부부 아니라고 한 것 때문에…….

하지만,

"신혼부부 아닌 거 맞잖아?"

"그거야……. 하지만 그렇다고 그렇게 절대로 싫다는 듯이 부정할 건 없었잖아?"

"그런 식으로 부정하지 않았는데."

"다급하게, '아뇨.' 하고 외치는 게?"

"그야 바로 아셔야 하니까……. 음, 부부가 아닌 남녀가 집을 구하는 건 어려운가?"

"그런 문제는 아니지만. 오해를 살 수는 있지."

"오해?"

무슨 오해? 하고 시카가 갸웃하자 카서스가 헛기침을 하고 말했다.

"나랑 시카가 부적절한 관계라거나."

"부적절……."

시카의 뺨이 발그레하게 달아올랐다.

"부, 부적절은 아니지, 연인이니까."

"연인 사이라도 같이 사는 건 드무니까."

"그렇구나."

카서스의 눈동자가 이리저리 헤맸다. 이런 순간에 '결혼은 어떻게 생각해?' 같은 질문을 날리는 건 너무 속보이겠지. 그렇다고 '결혼해 줘.'라고 하기에는 상황이 너무 안 좋다.

게다가 그 단호한 '아뇨.'라니.

'결혼에 대해서 별로 안 좋게 생각한다거나……?'

카서스는 그런 생각을 하며 시카를 힐끗 내려다보았다.

자신 역시 결혼할 생각은 추호도 없었다. 정말로 머리카락 한 올만큼도 말이다. 이런 자신이 먼저 결혼을 생각하게 되다니.

카서스는 믿을 수가 없었다.

'하지만 역시 지금은 타이밍이 좋지 않아.'

지금 상황만으로도 충분히 버거운데 거기에다가 일을 더 얹고 싶지는 않았다. 게다가 결혼이라고 하면 그, 가족들의 축복? 같은 것도 받고 싶어지지 않겠는가.

'내가 이런 생각까지 하게 되다니.'

카서스는 감탄했다.

가족.

자신에게는 가족이 없다. 하지만 시카에게는 얼음탑의 사람들이 있으니까.

그는 가족을 떠올리자 약간 초조해지는 걸 느꼈다.

왜냐면 지금, 여기, 이 시간에는 모친이 살아 있으니까.

딱 이때쯤이었다.

멀리 나가 있는 자신에게 모친이 위독하니 돌아오라는 편지가 계속 날아온 것이 말이다. 병이 났으니 돈을 보내라는 건 새롭지 않았지만, 위독이라는 건 새로운 구걸 방식이라고 생각했다. 카서스는 치료에 쓰라며 돈을 보냈지만, 편지는 계속 오다가 어느 날 오지 않았다.

정말로 모친이 죽었다는 걸 알게 된 건 그 후로 반년쯤 지나서였다.

그때 그 감각은 뭐라고 설명하면 좋을까?

죽여도 죽지 않을 것 같던 그 여자가 죽었다는 이야기를 들었을 때는……

그날 처음으로 정신을 잃을 만큼 술을 마셨다.

그리고 가족이든 뭐든, 그렇게 깊은 관계를 만들지 않을 거라고 다시금 다짐했었는데……

'그런데 내가 먼저 그런 걸 원하게 되다니.'

정말 삶이란 어떻게 될지 알 수가 없다.

'돌아가면 청혼하자.'

카서스는 그렇게 결심했다.

그리고 만약에 돌아가지 못한다면—

'그래도 청혼하자.'

어느 쪽이건 청혼으로 결론이 나는 카서스였다.

'반지를 미리 주문해 두는 게 좋으려나? 아냐, 괜히 그랬다가 들키거나 하면 그것도 좀 곤란하지 않나.'

게다가 카서스라고 해도 돈이 무한정 나오는 건 아니었다.

'용병 일이라도 해야 하나?'

그는 현금보다 가치가 더 높은 보석을 가지고 다니는 걸 선호했고, 그래서 아직까지는 자금이 넉넉한 편이지만 반지 같은 사치품을 구매해야 한다면 이야기가 달라진다.

여관으로 돌아와 카서스는 그 이야기를 꺼냈다.

"나 용병 일을 해 볼까 봐."

"용병?"

시카가 옷을 갈아입다가 놀라 되물었다. 그녀의 손길이 빨라졌다. 순식간에 옷을 갈아입고 파티션 밖으로 나온 시카가 물었다.

"갑자기 왜?"

"음, 돈 문제도 있고. 아무래도 소문보다는 직접 현장에서 보는 게 정확하니까. 내가 모르는 다른 일이 생겼나 알아볼 작정이야."

"그럼 나도 같이 해."

시카의 말에 카서스가 곤란한 얼굴로 말했다.

"그건 안 되지."

"왜?"

"시카는 마법사잖아."

"그렇지."

"마법사 용병은 한 명도 없었다고."

"그게 무슨, 상관있네. 그, 그러면 마법이 아니라 검으로—"

말하다가 시카는 축 어깨를 늘어트렸다. 마법이 없는 마법사는 속없는 만두나 마찬가지다. 자신의 무력함에 시카는 한숨을 내쉬었다.

게다가 확실히 돈은 필요하다.

'나도 무슨 일을 해야 하는 게 아닐까?'

하루종일 집 안에서 마법 연구만 할 것도 아닌 이상은, 일해서 돈을 버는 게 맞는 이야기였다.

'하지만 내가 나가서 일하겠다고 하면 결사반대하겠지.'

안 봐도 뻔했다.

'그렇다면 몰래 일하면 되지.'

시카는 생각을 숨기고 얌전히 고개를 끄덕였다.

"알았어. 카서스가 편한 대로 해."

"고마워. 장기 임무는 받지 않을 거야. 아침에 나가서 저녁에는 들어올 수 있는 일로 고를 생각이고."

"너무 위험한 건 하지 마."

"내게 위험한 일은 없어."

카서스의 오만한 말에 시카는 피식 웃었다.

*   *   *

카서스가 고른 집은 단층으로 방 두 개, 거실 하나, 욕실 하나의 너무 크지 않은 크기의 집이었다. 집은 항구 번화가에 가까이 있지도 않았지만, 그렇다고 너무 외곽도 아니었다.

시끄럽지는 않지만, 이웃 주민에게 관심을 쏟지 않을 만큼의 번잡함이라고 해야 할까.

지붕은 다른 집과 마찬가지로 새빨간 색이었고, 외벽은 짙은 푸른색으로 되어 있는 눈에 팍 튀는 배합이었다.

기본적인 가구는 갖춰져 있었지만 그래도 부족한 살림살이들이 많아서 시카와 카서스는 집을 채우느라 꼬박 시간을 보냈다.

시카는 쇼핑이 이렇게 재미있는 것인 줄 처음 알았다.

무역항인 실바에서 구하지 못하는 건 없는 것처럼 보였고, 이국에서 온 격자무늬 시트며, 하늘하늘한 천과 장식들이 시카의 눈을 사로잡았다.

하지만 그녀는 예산의 한정성을 잘 알고 있었고 신중하게 살림을 골랐다.

마치 소꿉놀이 같은 즐거움이었다.

시카는 한 번도 소꿉놀이해 본 적이 없었지만, 책에서 읽은 적은 있었다. 아마 그 즐거움이 이런 거겠지, 하고 그녀는 짐작해 보았다.

그렇게 집을 채우고 나자 그렇게 뿌듯할 수가 없었다.

물론 몇 가지 애로점도 함께 발생했다.

'세탁 마법을 개발해 둬서 다행이야.'

시카는 그렇게 생각하며 침대 시트에 마법을 걸었다. 여관에 서는 항상 시트를 갈아 줬으니 몰랐는데 막상 직접 시트를 빼는 처지가 되니…….

'부끄럽다.'

정말로 마법으로 세탁할 수 있어서 다행이었다.

아니었다면 매일매일 시트를 빼느라 정신이 없었을 테니 말이 다.

'아니면 카서스에게 횟수를 줄이라고 하거나. 아, 그건 진짜 말하고 싶다.'

원래 이렇게 매일매일 밤마다 하는 건지 모르겠지만, 체력이 쭉쭉 빠지는 시카였다. 그에 비해 카서스는 쌩쌩하고, 심지어 자 신에게 맞춰서 적당히 그만두고 있었다.

자신은 지쳐서 쓰러지듯 누워 있는데 카서스가 끌어안으 면…….

시카는 얼굴을 붉혔다.

'그, 그, 그게 와서 닿는단 말이지.'

갑자기 확 방 온도가 올라간 것 같았다.

'나도 체력을 좀 키워야겠어.'

생각을 건전한 쪽으로 돌리고 시카는 손을 내렸다. 시트는 희고 뽀송뽀송해져 있었다. 처음에는 지팡이 없이 마법을 쓰는 것에 저항감이 있었는데 의외로 반지를 꼈을 때보다도 훨씬 마법 조절이 쉬워진 느낌이었다.

'아무래도 그건 힘을 억누르는 측면도 있었으니까.'

그렇게 생각하며 시카는 고개를 끄덕였다.

청소나 세탁 같은 가사일 마법은 마법사들 사이에서 상당히 발전되어 있었다. 얼음탑에 사는 마법사들은 자신이 직접 가사를 해야 했다. 반복적이며 힘은 드는데 금방 원상 복귀되어 티가 나지 않는 일에 모두가 염증을 느꼈다. 그러다 보니 자연스럽게 모두가 집안일을 해결하는 마법을 개발하기 시작했다.

먼지 소멸 마법은 물론이요, 공기를 상쾌하게 하는 마법, 좋은 냄새가 나게 하는 마법, 옷 주름을 펴는 마법, 옷 주름을 방지하는 마법, 얼룩 빼는 마법 같은 온갖 마법들이 다 있었다.

필요가 발명을 부르는 것이다.

시카도 십분 그 마법을 활용하고 있었다.

"시간을 거스르는 마법부터 세탁까지~"

광고 문구 같은 말을 읊조리며 시카는 마지막으로 커튼에 청소 마법을 걸었다. 집안일을 도와주겠다고 팔을 걷어붙였던 카서스는 기뻐하면서도 슬퍼하며 말했다.

"난 하는 게 아무것도 없네."

"요리를 부탁합니다."

시카의 말에 카서스는 "기꺼이." 하고 명랑하게 대답했다.

마법으로 요리는 뿅 하고 나오지 않아서, 얼음탑에서는 돌아가면서 배식 당번을 했다. 그러다 보니 시카의 요리 솜씨는 썩 좋지 못했다.

대용량으로 만드는, 적당한 맛의 음식을 만드는 것과 일이 인분의 맛있는 요리를 만드는 건 전혀 달랐다. 그에 비해 카서스는 솜씨가 좋았고 시카는 그의 요리를 지켜보는 것만으로도 즐거웠다.

무쇠 프라이팬을 달구고, 버터를 녹이고, 미리 허브에 재워 놓은 두툼한 고기를 팬에 올리면 치익, 하는 작은 소리와 함께 순식간에 맛있는 냄새가 퍼진다.

시카는 카서스의 말에 따라 감자를 으깨면서 그가 고기를 굽는 걸 바라보았다. 어떻게 하는 건지 카서스는 고기를 잘라 보지 않아도 얼마나 익었는지 알 수 있는 듯했다. 그렇게 익힌 고기는 접시로 옮겨 육즙이 골고루 퍼지도록 놔뒀다. 그리고 프라이팬에 남은 육즙을 모아서 소스를 만들고, 그사이 시카가 으깬 감자에 생크림과 설탕을 넣어서 곁들일 감자도 완성.

시카는 침을 꿀꺽 삼켰다.

속이 살짝 불그스름하게 잘 익은 소고기는 사르르 녹는 것 같았다. 으깬 감자와 함께 고기 소스를 먹는 것도 너무 행복했다.

시카는 커다란 고깃덩이를 순식간에 먹어 치웠다.

"맛있어?"

"응."

시카는 고개를 끄덕이며 "이렇게 맛있는 건 처음이야." 하고 극찬을 늘어놓았다. 카서스는 가볍게 웃고 말했다.

"내일부터는 일 나갈 것 같아."

"그래?"

"응. 대충 집안 정리도 끝났고, 재미있는 일이 들어왔거든."

"무슨 일인데?"

"바다에서 마수가 나오는 모양이야."

"바다에서?"

"그래. 그걸 잡아 달라는 의뢰야. 오러를 쓰면 편하겠지만, 일 단 마스터인 걸 숨기고 있으니……."

"그러면 어떻게 해?"

"작살을 쏘는 거지."

"아하."

시카는 고개를 끄덕였다가 불안한 얼굴로 말했다.

"보호 마법 걸어 줄게."

"해 주면야 고맙게 받지."

그녀가 빤히 카서스를 보다가 말했다.

"나도 하고 싶다."

"응?"

"용병 일 말야."

"그래?"

"응."

"그렇게 책 속에 나오는 것처럼 낭만적인 일은 아닌데."

카서스가 히죽 웃으며 말했다. 시카는 고개를 끄덕였다.

"그것도 포함해서 말야."

"그러면, 일이 다 끝나면 같이 갈까?"

"어?"

시카가 눈을 크게 떴다.

"원래 용병은 적어도 짝을 이뤄야 하거든. 최소 팀 단위로 일 하니까. 나는 그런 거 싫어서 혼자 다녔지만, 시카랑 함께면 상 관없어."

"정말? 그래도 괜찮아?"

시카의 연보라색 눈이 반짝였다.

"당연히 괜찮지."

카서스가 고개를 끄덕였다.

"마법사와 한 팀이라는데, 누가 싫어하겠어?"

그의 말에 시카는 활짝 웃었다. 연인이라서 함께 가 준다는 것 이 아니라, 마법사로 자신을 인정해 주고 있다는 것이 기쁘다.

"그러면 약속이야? 일이 다 끝나면, 둘이 같이 가는 거다?"

"당연하지."

대답하고 나서 카서스는 묘한 점을 느꼈다.

그러면 만약 지금 이 약속을 하지 않았으면?

그러면 일이 끝나는 순간 자신들은 헤어질 거였단 말인가?

"시카."

"응?"

시카는 접시에 남은 마지막 으깬 감자를 싹싹 쓸어 입안에 넣으며 대답했다. 카서스가 비스듬히 턱을 괴며 물었다.

"만약에 내가 안 된다고 하면 어떻게 할 생각이었어?"

"어?"

"같이 용병하지 않는다고 하면?"

"그러면, 어쩔 수 없지? 아니, 혼자서라도 등록을 했으려나?"

시카는 으음, 하고 생각에 잠겼다. 카서스가 손을 저었다.

"아니, 그게 아니라. 나랑 말야."

"카서스랑?"

"만약에 같이 다니지 않으면 떨어져 있어야 하잖아?"

카서스의 말에 시카는 그제야 깨달았다는 듯이 "아." 하는 짧은소리를 냈다. 카서스가 타박하듯 말했다.

"'아'가 아니지 '아'가."

"하지만—"

시카는 슬쩍 카서스의 눈치를 살피며 변명 조로 말했다.

"한 번도 미래에 대해서는 생각해 본 적이 없는걸."

얼음탑에서 죽을 때까지 연구하며 살 거라고.

자신의 미래에 대해서 시카는 땅땅 확정을 지어 놓았다. 사실 지금도 그 선택지는 아예 사라진 것이 아니었다.

"그럼 이제 생각해 봐."

카서스가 단호하게 말했다.

"하지만 일단 첫 번째는 정해진 거잖아. 카서스랑 같이 용병일 하기. 엄청 기대된다."

시카가 활짝 웃으며 말했고 카서스는 '아, 여기에서 약해지면 안 되는데.' 하고 생각하면서도 그냥 마주 웃어 버렸다. 그녀가 웃으면 마음이 스르륵 녹아 버린다.

'시카는 귀여우니까.'

주관적인 시야가 아니라 객관적으로 귀엽다.

이 정도 미소녀는 보기 드무니, 아무래도 시선이 쏠리기 마련이라 카서스는 불안할 정도였다. 항구에는 질 나쁜 남자도 많으니 말이다.

'마법사라 다행이지.'

그녀가 마법사가 아니었다면 카서스 자신은 하루 온종일 그녀에게 딱 붙어 있었을 거다. 카서스는 도대체 어떻게 평범한 사람들끼리 연애하는지 궁금할 지경이었다.

시카가 자리에서 일어나며 말했다.

"설거지는 내가 할게."

"아냐. 내가 할게. 시카는 집안일 다 했잖아."

"에이, 마법으로 한 건데."

"그래도."

"아냐. 내가 해야지. 그래야 내가 접시를 핥는 걸 카서스가 모를 거 아냐."

너무 맛있어서 접시까지 싹싹 핥겠다는 시카의 말에 카서스는 경쾌하게 웃었다.

"그거 꼭 보고 싶은데."

결국 둘은 같이 설거지를 했다.

아까 요리가 끝나자마자 달궈진 팬은 닦아서 걸어 두었기에 요리할 접시는 몇 장 되지 않았다. 시카가 까치발로 손을 뻗어 천장에 접시를 넣었다. 그녀의 헐렁한 원피스가 팽팽하게 당겨지면서 도드라진 가슴 윤곽이 고스란히 드러났다.

시카 대신 접시를 넣어 주려던 카서스는 움찔하고 멈췄다. 입안이 바싹 말랐다.

"시카."

"응?"

그가 나머지 접시를 그녀의 손에서 빼앗아 한꺼번에 천장에 밀어 넣으며 물었다.

"속옷 안 입었어?"

그렇게 넣으면 안 되고 정리해야 한다고 한소리 하려던 시카는 그 말에 슬그머니 어깨를 움츠리며 말했다.

"더워서……."

"날씨가 덥기는 하지."

말하면서도 카서스의 눈은 빤히 그녀의 가슴에 고정되어 있어서 시카는 양손으로 가슴을 가렸다.

"카서스!"

"왜?"

"뭐하는 거야?"

"관찰? 시카, 스트레칭 한 번 해 보지 않을래? 등 뒤로 깍지 끼고 쭈욱 당기는 동작인데."

"카서스 리안!"

빽 시카가 소리를 지르자 카서스는 씩 웃으며 부드럽게 그녀의 어깨를 쓸듯이 어루만졌다. 공기가 불꽃이 튄 듯 확 바뀌었다.

시카가 숨을 삼키며 말했다.

"아직 안 씻었는데."

"같이 씻을까?"

"싫어. 같이 씻으면 카서스가 순식간에 내 체력을 다 소진시킨단 말야."

"왜? 내가 다 씻겨 주고 시카는 가만히 있잖아."

"그게 문제야. 내가 스스로 씻을 수 있게 카서스는 손을 그대로 놔뒀으면 좋겠어."

"그럼 왜 같이 씻는데?"

"물 절약?"

시카가 갸웃하며 말하자 카서스는 픽 웃으며 그녀를 끌어안았다.

"안 씻어도 괜찮아."

"그래도—"

"싫어?"

"싫은 건 아니지만."

시카가 웅얼거리자 카서스가 속삭이듯 물었다.

"그런데 아래 속옷도 안 입고 있어?"

그 질문에 시카가 피식 웃고 그의 품에서 벗어나며 말했다.

"직접 확인해 보지 그래?"

도발적으로 말하며 시카는 뒤로 물러났다. 카서스가 한 걸음 앞으로 걸어가자 그녀는 후다닥 몸을 돌려 도망갔지만 세 발짝도 가지 못해서 카서스에게 붙잡혔다.

비명 섞인 웃음을 터트리며 시카는 버둥거렸다.

그녀를 번쩍 안아 들어 어깨에 걸친 카서스는 그녀를 침대에 던지듯, 하지만 부드럽게 내려놓았고 시카는 숨을 헐떡이며 이불 안으로 기어들어 갔다.

카서스는 셔츠를 벗으며 그런 그녀를 곁눈질하고 말했다.

"도망가 봐야 소용없어."

"그거야 모르지."

시카는 몸에 이불을 둘둘 말며 외쳤다. 아직도 목소리에 웃음기가 가득 섞여 있었다. 침대가로 다가간 카서스는 이불 끝을 잡고 탁 털었고 힘주고 있었던 게 무색하게 시카는 도르륵 굴러 침대 위로 나왔다.

"그럼 확인해 볼까."

카서스가 그녀의 발목을 잡아당기며 말했고, 시카는 웃음을 터트리며 깃털 베개로 그를 공격했지만, 그는 아랑곳하지 않았다.

카서스는 그녀가 귀여운 줄무늬 팬티를 입고 있었다는 걸 확인했고 그녀의 웃음은 곧 신음으로, 달콤한 교성으로 바뀌었다.

＊　　　＊　　　＊

점심 무렵에야 일어난 시카는 옆자리가 빈 것을 발견하고 비틀비틀 눈을 비비며 침대에서 내려왔다.

"카서스?"

거실로 나가니 테이블 위에 샌드위치가 만들어져 놓여 있었다.

'아, 맞다. 오늘 일 나갔구나.'

시카는 카서스의 쪽지를 발견하고 눈을 찡그렸다.

[피곤해 보여서 그냥 나가. 저녁에 보자.]

'그래도 깨우지.'

아쉬워하며 시카는 랍스터 샌드위치를 우유와 함께 천천히 먹었다. 샌드위치를 다 먹고 나서 시카는 나갈 준비를 했다.

무난한 드레스로 갈아입고 시카는 자신의 머리카락에 마법을 걸었다.

구불구불 물결치며 흘러내리던 머리카락이 순식간에 직모가 되어 찰랑거렸다.

'그래도 이 정도는 해 주는 게 좋겠지.'

밖에서 일을 할 계획이니 인상에 변화를 주는 게 나았다.

웨이브가 직모가 된 것만으로도 인상에 큰 변화가 일어났다. 시카는 거울 속의 자신에게 싱긋 웃어 보이고 얼른 머리카락을 포니테일로 올려 묶었다.

문단속을 하고, 시카는 거리로 나왔다.

혼자서 거리를 돌아다니는 건 오랜만이라 시카는 가슴이 두근거렸다.

'햇빛 엄청나다.'

정오에 가까운 시간이라 태양이 거의 수직으로 내리쬐고 있었다. 그림자도 짧아서 거의 발밑에 붙어 있는 듯했다.

하지만 거리에는 여전히 사람들이 가득했다.

'일은 어떻게 구해야 하나?'

용병 일처럼 중개소가 있는 걸까? 아니면 알음알음 구해지는 걸까?

시카는 자신이 무슨 일을 할 수 있을지 고민하면서 거리를 걸었다. 부두에 가까워질수록 거리는 더욱더 혼잡해졌다.

노점과 좌판들이 얽혔고, 커다란 수레를 몰고 가면서 비키라고 소리 지르는 잡역부들도 있었다. 몇몇 사람들이 등에 물건을 짊어진 채로 팔고 있었다.

꽃을 파는 소녀도 있었고, 우유를 파는 아가씨도 있었다. 커피 추출기를 들고 서 있는 남자도 보였다.

'저렇게 장사를 해도 되는구나.'

시카는 그것들을 눈여겨보았다.

제국의 거대한 무역항인 실바는 10년 전이라고 해도 여전히 성행하고 있었고, 시카는 주변을 살피는 데 푹 빠져서 시간을 보냈다.

'아, 이런.'

어느 사이인가 시간이 훌쩍 지나 있어서 시카는 후다닥 요깃거리를 사 들고 집으로 향했다. 부두에서 집은 꽤 떨어져 있었기 때문에 시카는 일단 인적이 드문 골목길로 들어간 후 거기서 바로 집으로 순간 이동을 했다.

'마법사라 다행이야.'

시카는 가슴을 쓸어내리고 테이블에 종이봉투를 올렸다.

여전히 해산물은 익숙하지가 않았기 때문에 그녀가 고른 것은 볶음 국수와 양꼬치였다. 저녁이 되면 부두의 분위기는 변하기 시작해서 요깃거리와 함께 술을 파는 곳이 생겼다.

'그리고 골목 안쪽에 들어가면……'

전에 묵었던 황금꽃 같은 술집들이 즐비하게 모여 있겠지.

그걸 생각하니 이상한 기분이었다.

'어라? 그리고 보니……'

카서스의 어머니도 실바에서 그런 일을 했었다고 했지.

'카서스가 어릴 적에 돌아가셨다고 했는데, 그럼 십 년 전인

지금은?

갑자기 머릿속에 불이 반짝 들어오는 느낌이었다.

"나 왔어."

때마침 문이 열리며 카서스가 들어와 시카는 흠칫했다. 그녀가 휙 뒤를 돌며 타박했다.

"들어오기 전에 기척을 내주면 좋겠어."

"미안. 놀랐어?"

"깜짝 놀랐어. 아무래도 집에 보호 마법을 걸어 놓든가 해야겠네."

시카의 말에 카서스가 "그게 좋겠지." 하고 고개를 끄덕였다. 그가 테이블 위의 종이봉투를 보고 물었다.

"뭐 사 온 거야?"

"응, 국수랑 양꼬치랑……."

"난 과일 사 왔는데."

카서스가 자신의 봉투를 들어 보이며 말했다.

"그럼 저녁 먹고 먹자."

"알았어. 옷 갈아입고 올게."

"응."

고개를 끄덕인 시카는 그가 빛이 있는 쪽으로 가까이 오자마자 깜짝 놀랐다. 그의 머리부터 발끝까지 물에 들어갔다 나온 사람처럼 푹 젖어 있었다.

이제 보니 바닥에 물까지 뚝뚝 흘리고 있다.

"카서스?! 완전히 젖었잖아?"

"어, 바다에 빠졌었어."

"괜찮아?!"

"당연히 괜찮지."

"일은 잘 끝난 거야?"

"아니, 그게 상처만 입히고 놓쳤어. 내일 다시 나가 볼 예정이야."

오러를 썼으면 단번에 끝내는데, 하고 카서스가 혀를 찼다.

"내가 도와주면 한 번에 끝날 텐데."

시카 역시 중얼거렸다. 그녀가 뭍으로 마수를 끌어내면 그걸로 게임 끝이다.

"그러게. 아쉽지만 어쩔 수 없지."

과거를 흐트러트릴 수는 없으니까.

그가 아쉬운 얼굴로 가죽 부츠를 보며 물었다.

"이것도 마법으로 될까?"

"물론이지. 소금물에 젖은 것 정도는 마법으로 해결할 수 있어."

마법사들의 온갖 시약에 비하면 별거 아니야, 하고 시카가 씩 웃으며 말했다.

"다행이다. 마음에 드는 거였거든."

안도하며 카서스가 씻으러 들어갔다. 시카는 젖은 바닥을 보며 한숨을 내쉬었다가 가볍게 마법을 걸었다.

그것만으로도 젖은 러그와 바닥이 깨끗해졌다.

주부들이나 청소하는 하녀들이 봤다면 눈물을 흘리며 부러워할 만한 광경이었다. 시카는 카서스가 들어간 욕실문 옆에 기대어 섰다.

카서스가 들어오는 바람에 끊어진 생각을 다시 하려고 했다. 순간 '무슨 생각을 하고 있었더라?' 했다가 간신히 기억해 냈다.

'맞아. 카서스는 어머니와 사이가 안 좋았지.'

하지만 시카는 궁금했다.

'어떤 사람일까?'

카서스의 이야기를 듣자면 완전히 나쁜 사람이었다.

'하지만 궁금해. 카서스랑 닮았을까?'

그의 어머니니까 만나 봐야지, 하는 그런 애틋한 감정은 아니었다. 일단 시카 자신부터가 가족이 없고, 어머니는 자신을 괴물이라고 했으며, 아버지가 자신을 숲에 버렸다.

그녀에게는 늑대가 가족이었고, 그래서 그녀는 울프였다.

로렌스가 있기는 하지만 그에 대해서 느끼는 감정과 늑대 가족에게 느끼는 감정은 전혀 다른 것이다.

'하지만 카서스 몰래 알아보는 건 아닌 것 같아.'

그건 선을 넘는 행위로 느껴졌다.

그래서 시카는 단도직입적으로 나가기로 했다.

"카서스."

그녀가 목소리를 그렇게 높이지 않았는데도 욕실에서는 답이 돌아왔다.

"어?"

"어머니는 어떤 분이었어?"

"창녀."

틈도 없이 답이 돌아왔다. 그 답에 시카가 생각에 잠기는데, 말이 이어졌다.

"변덕스러운 여자. 자기감정에 따라서 멋대로 상냥했다가 멋대로 내팽개치고, 사랑한다고 말해 줬다가 다음 순간 증오한다고 말하지. 목을 조르며 너 같은 건 없었어야 한다고 한 주제에, 돈을 주면 너 때문에 산다고 말해."

그의 목소리는 화내는 것 같지도 않았고, 흥분한 듯 빠르지도 않았다. 지극히 침착하며 부드럽고 여유로운 목소리였다. 마치 연극 캐릭터를 설명하는 듯한 어조다.

감정을 배제한 목소리라 시카는 오히려 그가 그런 것을 억누르고 있다는 걸 알았다.

카서스가 수건으로 머리를 문지르며 욕실문을 열고 나왔다.

"왜 물어봐?"

"그냥, 궁금해서. 카서스에게 중요한 사람인 거잖아?"

"전혀 아닌데."

"중요한 사람이 아니라면 카서스에게 그렇게 영향을 줬을 리가 없지."

카서스가 사람과 깊은 관계를 맺지 못하는 것도 다 그 사람

때문이지 않은가?

그런데 중요하지 않다는 건 말이 안 된다.

중요하다는 것과 소중하다는 건 다른 거다.

카서스는 검은빛 염색이 빠지기 시작해서 청색이 된 머리카락을 마지막으로 꾹 눌러 물기를 짜내며 다시 말했다.

"별로 그런 거 아닌데."

아무렇지도 않게 말하지만, 시카는 날이 살짝 서 있는 그의 말투를 알아채고 물러났다.

"배고프다. 저녁 먹자."

시카가 휙 주제를 바꾸자 카서스는 눈썹을 슥 치켜 올렸지만 뭐라고 하지는 않았다.

저녁을 먹고 둘은 테라스에서 그네를 타며 천천히 과일을 먹었다. 마당은 소박했지만 있을 것은 다 있었다. 시카는 잠시 마당에 심을 꽃들을 생각했다가, 여기 얼마 머물지 않을 거라는 걸 깨닫고 그 생각을 버렸다.

바다 근처라서 그런지 저녁에는 제법 선선한 바람이 불었다. 시카는 발을 구르며 그네를 앞뒤로 흔들었다.

부드러운 망고가 입안에서 사르르 녹는 것 같았다.

실바에는 온갖 과일이 들어왔고, 처음 먹어 보는 과일투성이라 시카는 매일매일 과일만 먹어도 될 것 같다고 생각했다.

카서스가 손을 뻗어 바람에 흐트러진 그녀의 머리카락을 쓸어 넘겼다. 시카가 가볍게 웃으며 그의 손에 머리를 비볐다.

그 가벼운 동작에도 카서스는 가슴속에 짜르르하면서 행복감이 밀려오는 걸 느꼈다.

'그렇구나. 나 행복하네.'

작은 정원은 조용했고, 사랑하는 사람과 느긋하게 나누는 저녁 시간은 행복했다. 카서스가 그녀의 옆자리에 털썩 앉았다. 그가 앉자 그네가 크게 움직였고 시카는 가볍게 웃었다.

"사실은 그다지 시카에게는 말하고 싶지 않아."

시카는 카서스를 돌아보았다. 카서스가 그녀를 보고 싱긋 웃었다.

"부끄럽잖아. 그런 과거 일들. 모친의 직업에 대해서도 좋은 이야기는 한 번도 들어 본 적 없어. 당연하지만. 사람들은 항상 날 깔보기 위해서 모친의 이야기를 꺼냈고, 그러니까 방어적이 돼."

시카의 연보라색 눈동자는 어둠 속에서 마치 새벽하늘 같았다. 카서스는 그 눈을 보며 천천히 말했다.

"그래서 뭐가 궁금해?"

"딱히 파고들어서 카서스를 마음 아프게 하고 싶은 건 아냐. 하지만―"

시카는 고개를 갸웃했다.

"나에게는 카서스가 소중하니까, 카서스의 마음에 걸리는 일이 뭔지 알고 싶어. 그럼 지금 그분은 여기에 살고 계신 건가?"

"응."

"그렇구나."

카서스는 잠시 침묵했다가 말했다.

"이쯤 부고가 오거든. 아, 그러고 보니……."

카서스는 전에 붉은수선화 마담이 했던 말을 떠올렸다.

"모친이 죽었을 때 아버지가 왔었다고……."

"카서스의 아버지?"

"응."

카서스의 얼굴에 당혹감이 뚜렷하게 드러나 있었다. 시카가
물었다.

"만나 본 적 없는 거야?"

"어."

"그러면 어떤 사람인지 한 번 봐 볼래? 어떻게 생겼는지라도."

"어?"

"그러니까 어머니 주변을 관찰하면 되잖아. 마법으로 그 정도
는 가능하니까."

시카의 말에 카서스는 한 박자 멈칫했다가 답했다.

"……모르겠어."

"나는 궁금해. 내 부모님이 어떻게 생겼는지 말야."

그러니까, 카서스도 궁금하지 않을까?

그녀의 말에 카서스는 의아해져서 물었다.

"본 적 없어?"

"응. 트라벨 남작가에도 초상화는 없었거든. 로렌스가 다 없
앴다고 했어."

시카는 그렇게 말하며 마지막 망고 조각을 입안에 밀어 넣었다. 부드럽고 달콤한 과육이 입안 가득 들어찬다.

꿀꺽, 망고를 삼키고 시카가 말했다.

"그러면 내가 알아서 할게."

"뭘?"

카서스의 말에 시카가 싱긋 웃고 말했다.

"어떤 사람인지 알아보는 거 말야. 일단 알아는 두고, 나중에 카서스가 궁금해지면 그때 꺼내 봐도 되는 거잖아?"

선택지가 있는 것과 없는 것의 차이는 크니까.

나중에 그때 알아둘걸, 하고 후회하는 것보다는 할 수 있는 때에 해 두는 게 나을 것이다.

카서스가 물었다.

"어떻게 하려고?"

"나에게 맡겨."

자세한 건 묻지 마, 하며 가슴을 두들기는 시카를 보면서 카서스는 불안감 반 안도감 반 두 감정이 교차했다. 그의 표정을 본 시카가 그의 입술에 가볍게 키스했다. 희미하게 망고향이 났다. 키스하고 시카가 씩 웃었다.

"괜찮아, 다 잘될 거야."

자신에게도 카서스의 그 말이 마법처럼 통했으니, 자신의 말도 카서스에게 통하리라. 시카의 말에 카서스는 웃으며 그녀에게 입 맞추고 속삭였다.

"시카가 그렇다면."

*　　*　　*

시카는 아침에 일어나 카서스를 배웅하고, 그가 완전히 떠난 것을 확인하고서 얼른 등에 짐을 짊어지고 거리로 나왔다.

그녀가 파는 것은 살얼음이 껴 있는 차가운 레모네이드였다.

한여름에 얼음이 있는 레모네이드를 파는데 가격은 냉차와 다를 바가 없다. 시카의 레모네이드는 순식간에 다 팔렸다.

어떤 때는 작업장에서 커다란 한 통을 주문하기도 했다.

시카는 욕심을 부리지 않고 하루에 한 통만 팔았다. 그렇게 해도 은화 세 개가 그녀의 손에 떨어졌다.

그거면 충분했다.

그 일이 끝나고 실바의 거리에 익숙해진 시카는 카서스의 모친을 찾아갔다.

사람을 찾는 게 어렵지 않을까 했는데 뜻밖에도 그녀를 찾는 것은 너무 쉬웠다. 단 여자인 자신은 상대해 주지 않아서, 홍등가에서 호객하는 남자에게 약간의 혼동 마법을 걸었다.

시카가 "카서스"라는 말을 꺼내자마자 그는 주절주절 이야기를 하기 시작했다.

"카서스 리안의 모친 말이지? 인기 좋은데, 몸이 망가졌어. 뭐 나이도 있고 퇴물이지. 그보다 더 탱탱한 우리 아가씨들 어때?

내가 싸게 해 줄 테니까, 응?"

"아니, 필요 없고 어디에 있는지 말해 줘."

그러자 남자는 아쉬워하면서도 순순히 그녀의 위치를 알려 주었다. 시카는 정신계 마법은 역시 너무 강력하다고 생각하며 얼른 그 자리를 떠났다.

그렇게 찾아간 카서스의 어머니는 시카의 생각과는 너무 달랐다.

카서스처럼 예쁘고, 제멋대로에, 오만하고 화려한 여자일 거라고 생각했는데 막상 만난 그녀는 너무나 초라했다.

그렇게 나이가 많지 않은데도 본래 나이보다 훨씬 더 나이 들어 보였다. 병색도 완연하고 바싹 마른 그녀의 얼굴에서는 간신히 예전의 얼굴을 찾아볼 수 있었다.

미워하기에는 너무 미약한 존재라고나 할까.

"누구야?"

시카가 방에 들어왔다는 걸 뒤늦게 눈치챈 그녀가 눈을 뜨며 물었다.

"손님이에요."

시카의 대답에 그녀는 몇 번 기침하고 말했다.

"손님은 안 받는다고 했는데—"

"그런 손님은 아니고요."

시카는 가볍게 숨을 삼키고 말했다.

"카서스랑 아는 사이예요."

그 말에 단숨에 그녀의 얼굴이 바뀌었다. 필사적으로 상체를 일으켜 세우며 그녀가 말했다.

"리안의 소식을 가져온 거야? 그 애는 잘 지낸대? 오, 온다고 하더니? 내가 진짜로 죽어 가고 있다는 걸 알고 있어? 응?"

그 반응에 시카가 오히려 놀랄 정도였다.

"돈을 보냈어요."

시카의 말에 그녀의 얼굴이 어두워졌다.

"돈은 이미 받았어. 난 돈이 아니라 그 애가 보고 싶어. 아, 저기 난 피렌이라고 해. 그렇구나. 리안의 친구라고. 예쁘구나. 그 애의 연인이니?"

'왜 카서스가 아니라 리안이라고 부르는 걸까?'

시카는 갸웃하면서 대답했다.

"애인이 있기에는 그가 아직 어리죠."

시카는 신중하게 말을 골랐다. 죽어 가는 사람에게 거짓말을 하고 싶지는 않았다. 그 말에 피렌은 "그런가. 하지만 그 애는." 하고 중얼거렸다. 침묵 끝에 피렌이 말했다.

"리안은 안 온다고 했지?"

"……."

시카는 대답하지 않았다. 피렌은 웃었다.

"나는, 나는 어렸어. 어리고 어리석었어. 그 애는 날 미워하고 있니?"

"모르겠어요."

"그 애에게 한 번만 날 만나러 와 달라고 해 줄래?"

두 손 모아 부탁하며 피렌은 고개를 숙였다. 시카가 놀라 그녀의 어깨를 잡으며 말했다.

"제가 카서스를 강제로 어떻게 할 수는 없어요."

"그래, 그랬지. 그 애는 어릴 때부터 제멋대로였어. 절대로 고집을 굽히지 않았지."

"왜 지금 와서 카서스를 만나고 싶은 거죠?"

"죽기 전에 아들을 만나고 싶다는 게 이상하니?"

"그냥 그 이유뿐이에요?"

"나는 너만큼 아름다웠어. 아름답고 어렸지. 그는 나에게 모든 걸 약속했어. 배우로서의 찬란한 미래, 오페라 홀에서 울려 퍼질 박수 소리······."

그녀의 얼굴이 꿈꾸듯 변했다.

"그래서 난 아이를 가지기로 했지. 남자를 낚는 확실한 방법이니까. 임신을 하면 배우로 무대에 서는 건 일이 년 늦어지겠지만, 그 사람을 잡기만 하면······."

피렌의 얼굴이 구겨졌다.

"하지만 그는 돌아오지 않았어. 날 버렸지. 난 속았던 거야! 그리고 배 속의 아이는 죽이기에 너무 커져 있었지. 카서스를 낳고 난 내 경력을 다 버려야 했어. 난 이렇게 창녀로 살 여자가 아니었다고! 커다란 무대가 날 기다리고 있었단 말야! 그 애만 아니었으면! 그 애만, 그 애만!"

침을 튀기며 소리치고 숨을 헐떡이다가 피렌이 시트 자락을 쥐고 말했다.

"하지만 그 애 잘못이 아니지…… . 나도 알아…… . 하지만 그 애가 날 원망하는 눈으로 볼 때는 참을 수가 없었어. 참을 수가 없어."

"그래서 카서스를 괴롭혔나요? 일부러 그의 동료들과 자고?"

"그래."

피렌이 내뱉듯 말했다.

"나는 그 애 때문에 이렇게 추락했는데, 그 애는 유명해지고, 주목을 받고…… . 난 참을 수가 없었어. 난, 난 그 애의 엄마야. 당연히 나도 그 애만큼…… ."

말하다가 피렌은 입을 다물었다.

시카는 사람의 겉뚜껑을 열고 안을 들여다본 듯한 기분이었다.

피렌이 작게 말했다.

"하지만 내가 어리석었어…… ."

"후회하시는 건가요?"

"그래."

"카서스에게 사과하시려고요?"

시카의 목소리가 뾰족해져서 말끄러미 피렌은 그녀를 보았다.

내가 어리석었다.

그 아이에게 미안하다.

죽기 직전이 되어서야 후회하며 그 한마디를 카서스에게 하려는 생각이란 말인가? 그동안 그가 받은 상처들이 그 한마디로 나아지기를 바라면서?

저도 모르게 시카는 날카롭게 말했다.

"그리고 혼자 마음이 홀가분해지려고요? 멋대로 사과하고, 혼자 시원해지고, 사과받은 상대는 어떨지 생각하지도 않고ー!"

"나, 나는 그럴 생각은ー"

"그건 너무 이기적인 거 아닌가요."

피렌은 말없이 고개를 떨궜다. 그런 그녀의 어깨가 가늘어 보여 시카는 자신이 잘못한 듯한 기분을 느꼈다. 하지만 그렇다고 '카서스는 사과를 받아 줄 거예요. 둘이 화해하는 순간을 꼭 보고 싶어요.' 하고 말하고 싶은 생각은 없었다.

시카는 대신 소리 없이 작은 구슬들 몇 개를 던졌다. 마법이 걸린 유리구슬들은 이 안에서 일어나는 일을 시카가 볼 수 있게 전송해 줄 것이다.

"나는 젊었어."

피렌이 다시 말했다.

"그냥, 그냥 젊었을 때 한때 실수를 한 것뿐이야. 그런데, 그 실수 하나로 내가 이렇게까지 추락했어야 했던 거야?"

"그건 아닐지도 모르죠. 하지만 당신이 카서스에게 했던 짓은, 명백하게 잘못한 일이에요."

"나도 알아. 그러니까 후회하고 있는 거야."

시카는 한숨을 내쉬고 말했다.

"그럼 전 이만 가 볼게요."

시카는 카서스가 자신에게 말하지 않은 일들도 분명히 있을 거라고 생각했다. 내가 사랑하는 사람을 괴롭혔던 사람이라고 생각하니 다시 분노가 치밀어 올랐다. 대답을 기다리지 않고 시카는 방 밖으로 나왔다.

쿵쿵 발소리를 내면서 시카는 빠른 걸음으로 거리를 걸었다.

그녀에게도 화가 났고, 그녀를 속인 남자에게도 화가 났다.

카서스의 부친이 정말로 나타난다면 잡아서 혼쭐을 내주리라. 시카는 그렇게 결심했다. 아니 나타나지 않더라도 붙잡아서 머리를 후려치고 싶었다.

그는 카서스가 있다는 걸 알까?

피렌이 그런 어리석은 계획을 세웠다는 걸 눈치채고 있었을까?

그리고 가장 멍청한 건 아이를 가져서 그를 붙잡으려고 한 피렌이다.

계획이 실패로 돌아가자 카서스에게 그 원망을 퍼부었겠지.

시카는 답답해져서 바닷가로 향했다.

밤바다는 한없이 어두웠다. 그 어두움을 자세히 들여다보면, 또 다른 어둠이 들여다보이는 그런 밤.

파도 소리는 시원했지만, 시카는 물 가까이 가지 않았다. 빨려

들어갈 것 같은 밤바다였다.

한참 바닷바람을 맞으며 열을 식히니 괜한 소리를 했나 싶었다.

'흥분했어, 시카 울프.'

시카는 한숨을 내쉬었다. '카서스의 일이라면 이성을 잃어버리니, 원.' 하고 혀를 차고 그녀는 머리카락을 앞으로 모으고 쭈그려 앉았다.

'그래도 사과받지 않는 것보다는 받는 게 더 낫지 않은가?'

다시 생각해 보니 그랬다.

'아니지. 그렇다고 해서 내가 어떻게 할 수는 없잖아? 과거를 바꿀 수는 없으니까.'

그리고 지금의 꼬마 카서스에게 연락을 해 봐야 씨알도 먹히지 않을 터였다. 그는 자신을 모르니까.

시카는 치마를 털며 자리에서 일어났다.

'돌아가자.'

그때 술에 취한 선원 몇몇이 비틀거리며 해변가로 내려오다가 시카를 발견했다. 밤인 데다가 술에 잔뜩 취했는데도 시카의 외모는 한눈에 들어왔다.

"이, 이봐~ 아가씨, 얼마야?"

선원들은 불쾌해진 얼굴로 낄낄거리며 말했다.

"그런 사람 아니에요."

대답하고 지나가려는데 남자 한 명이 그런 그녀를 붙잡았다.

시카가 팔을 뿌리치며 말했다.

"뭐하는 거야!"

"제, 제법 앙칼진데?"

"이 시간에, 여기에 여염집 아낙이 혼자 있을 리가 있나."

시카가 자리를 피하려고 했지만 그들은 "어어어, 가면 안 되지." 하며 그녀를 막아섰다. 시카가 말했다.

"이 정도로 당신들을 먼바다에 빠트리면 안 되겠지? 죽을죄를 진 건 아니니까."

선원들은 무슨 소리를 하는 거야? 하며 웃었다.

"바다에 누굴 빠트려?"

"아가씨가 내 맘에 콱 빠졌어."

시답잖은 농담에 웃음을 터트리는 그들을 보며 시카 역시 웃었다. 그녀가 말했다.

"개소리나 해라."

그 말에 남자 중 하나가 눈을 찡그렸다.

"멍!"

소리치고 나서 그는 어? 하는 얼굴을 했다가 다시 입을 열었다.

"멍멍?!"

당황한 다른 동료들이 입을 열었다.

"끄응? 끼잉? 멍멍!"

"컹컹!"

그야말로 개소리의 향연이었다. 말이 나오지 않고 개 짖는 소리만 나와 남자들은 당황해 서로에게 소리쳤지만 시끄러운 멍멍소리만 나왔을 뿐이었다.

짖던 그들이 시카를 돌아봤을 때 이미 그녀는 순간 이동으로 집으로 돌아간 후였다.

정원에 뿅 하고 도착한 시카는 "별꼴이야." 하고 코웃음을 치고 집 안으로 들어갔다. 먼저 와 있던 카서스가 물었다.

"어디 갔다 온 거야?"

"해변가에."

"이 밤에?"

"안 그래도 이상한 놈들 만났어."

"그래서?"

놀란 그가 되묻자 시카가 씩 웃으며 "짖게 해 줬지." 하고 말했다. 무슨 말인가 하는 그에게 시카는 상황을 설명했고 카서스는 웃음을 터트렸다.

"설마 평생 짖는 건 아니겠지?"

"응, 내일 동트면 괜찮을 거야."

"별 마법이 다 있네."

"그게…… 목소리 바꾸는 마법을 만들다가 실수로 나온 거라."

"목소리를 바꿔?"

카서스의 물음에 시카는 약간 부끄러움을 느끼며 헛기침을 하고 대답했다.

"노래를 잘하고 싶어서. 부질없는 짓이었지만."

시카의 말에 카서스는 "마법사들이란 별걸 다 하는구나." 하고 감탄인지 아닌지 모를 말을 했다.

평소와 다름없는 저녁을 보내고 시카는 카서스에게 어머니 이야기를 꺼내야 하나 고민했지만 침대 위로 올라가니 너무 피곤해서 말도 꺼내지 못하고 잠들었다.

* * *

시카는 마수의 힘이 반 정도 찬 것을 느꼈다. 이 속도라면 앞으로 이 주 후에는 완전히 힘이 찰 것이다.

거울을 보고 시카는 천천히 마수의 힘을 끌어올렸다. 어느 정도 이상으로 힘을 끌어올리자 머리카락이 검게 물들고 눈동자는 붉은빛을 띠었다.

'이제 조절할 수 있어!'

시카는 고무적인 사실에 꽉 주먹을 쥐었다.

'그리고 오늘은 어려운 이야기를 해야지.'

시카는 계속 피렌을 지켜봐 왔다. 하지만 카서스의 부친이 나타날 기미는 보이지 않고 피렌의 상태만 악화되고 있었다.

그녀는 계속해서 카서스를 찾았다. 엔샤라고 피렌을 돌봐 주는 여자가 종종 들를 때에도 힘겹게 쓴 편지를 그녀에게 건네며 꼭 카서스에게 부치라고 전해 주고는 했다. 엔샤는 "그 녀석을 뭐하러 찾아." 하고 말했지만, 편지는 꼬박꼬박 부치는 듯했다.

카서스는 절대로 열어 보지 않았던 그 편지를 말이다.

'하지만 카서스의 부친이 와야 하는데, 그냥 이렇게 해도 되는 걸까? 만약에 카서스랑 그 사람이랑 마주치기라도 하면……?'

그러면 환상 마법이라도 써서 어떻게든 해야겠지.

어차피 피렌은 곧 죽을 거고, 그녀가 현재의 카서스와 만난다고 해도 미래에 끼치는 영향은 없다. 이게 시카의 결론이었다.

시카는 테이블로 다가갔다. 레모네이드를 팔아서 번 돈으로 재료를 사서 만든 나침반이 빙글빙글 돌아가고 있었다.

'아직 에테르 폭풍이 불 기미는 없구나.'

이걸 만들고 나서는 레모네이드 파는 일은 그만뒀다. 왜인지 인기가 엄청 좋아져서 괜히 인상을 남길까 두려웠기 때문이었다.

'이 주 후.'

성공하면 이곳을 떠나게 될 것이다. 과거로 돌아오는 일 같은 건 다시는 없겠지.

'그러니까.'

카서스에게 의견을 물어보는 것 정도는 괜찮겠지.

그녀는 깊게 숨을 들이마시고 재빠르게 준비를 시작했다.

카서스는 일찍 들어왔다.

'마수도 딱히 늘어나지 않은 것 같고. 죽음의 겨울 후유증이 아직 남아 있기는 하지만 우리가 과거로 넘어온 것과 관계는 없

는 것 같군.'

시카가 낮 동안 열심히 뭔가 만들고 있는 걸 알아서 카서스는 그런 보고라도 그녀의 걱정을 덜어주길 바랐다.

"시카, 나 왔어."

그가 문을 열고 들어가자 시카가 얼른 마중 나왔다.

"어서 와."

시카의 머리는 신경 써서 땋아져 있었고, 입고 있는 옷차림도 신경 쓴 것이었다. 카서스가 씩 웃고 그녀의 뺨에 키스해 주며 말했다.

"오늘 예쁜데? 무슨 일 있어?"

"할 이야기가 있어."

"할 이야기?"

"응, 무거운 이야기니까 조금이라도 카서스의 마음이 좋았으면 해서— 예쁘게 입었고~"

그녀가 빙그르르 한 바퀴 돌아 보이고 그의 손을 잡아끌었다. 부엌에는 촛불과 함께 그럴듯한 식사가 차려져 있었다.

"맛있는 것도 준비했지."

"심각한 이야기를 하기에 완벽한 세팅이군."

카서스가 히죽 웃으며 말하고는 짧은 망토를 벗어서 걸었다.

카서스가 테이블로 다가가 의자를 빼 주었고 시카는 얼른 자리에 앉았다. 카서스가 이런 걸 해 줄 때마다 시카는 신기했다. 어떻게 이렇게 딱 맞게 의자를 밀어 주는 걸까?

맞은편으로 카서스가 돌아가서 앉았다. 테이블 위 와인을 보고 그는 라벨을 살폈다.

"어디서 돈이 났어?"

"열심히 벌었지."

카서스가 무슨 뜻이냐는 듯 눈썹을 슥 치켜 올렸지만 시카는 대꾸하지 않고 물었다.

"괜찮은 와인이야? 나 술은 잘 몰라서."

"응, 나쁘지 않네."

보통이라면 코르크 마개를 뽑기 위한 스크루가 따로 필요하겠지만, 카서스는 무시무시한 힘으로 그냥 코르크를 잡아 뽑았다.

그게 너무 쉬워 보여서 이상한 점을 느끼지 못할 정도였다.

카서스는 와인 잔을 채웠고 둘은 가볍게 건배했다. 잔을 비우고, 접시도 반쯤 비워져 갈 때 카서스가 물었다.

"그래서 심각한 이야기가 뭐야?"

"음, 그게 말야."

시카의 뺨은 와인으로 인해 발그레하게 달아올라 있었다. 얼음탑에서는 술을 전혀 마시지 않으니 그녀가 술에 약한 건 당연한 일이었다.

알코올이 들어가면 용기도 나는 것일까, 시카는 쉽게 말을 꺼낼 수가 있었다.

"카서스, 어머니를 만나 보는 거 어때?"

카서스의 동작이 딱 멈췄다. 시카는 아차 하고 얼른 이어 말했다.

"잠깐, 너무 갑자기 핵심부터 말했네. 그게 아니라, 내가 그 사람을 만났었는데ㅡ"

"네가 만나?"

"나에게 맡기라고 했잖아?"

"그건 내 부친이 찾아올지도 모른다는 일에 대해서였지, 그 여자를 만나는 것에 대해서는 아니었던 것 같은데."

"하지만 감시하려면 마법을 걸어 둬야 하고, 직접 가서 거는 게 훨씬 더 빠른걸. 그래서ㅡ"

"그래서, 만나니까 동정심이 생겼어? 그 여자 그런 거 잘하거든."

"아니, 사실은 화를 냈어."

카서스의 비꼬는 어조에도 아랑곳하지 않고 시카는 대꾸했다.

"화?"

"응. 카서스에게 한 일에 대해서, 또 할 일에 대해서. 그래서 잔뜩 쏘아붙였는데."

시카는 깊게 숨을 들이마셨다가 내쉬며 말했다.

"이게 마지막 기회잖아. 카서스가 어머니를 만날 수 있는."

"……."

"이 주 후면 마법을 시도해 볼 수 있을 거야. 성공하면 돌아가게 될 거고, 그러면 다시는 과거로 돌아오는 일은 없을 거야. 있

어서도 안 되고. 나는 그 사람이 어찌되든 상관없지만. 만약에
카서스가 마음 쓰인다면……."

"……뭐라고 하던?"

카서스가 심드렁하게 물어왔다. 시카는 와인으로 목을 축였다.

"자기는 젊었고, 예뻤고, 어리석었다고. 그리고 카서스를 원망
했다고 했어. 그리고 후회한다고."

"이제 와서."

카서스는 작게 중얼거렸다. 시카가 얼른 그의 잔을 채워 주며
말했다.

"그냥 내 의견이니까, 카서스가 원하는 대로 하면 돼."

"그 과거 문제는 어쩌고?"

"어차피 그 사람은 곧 죽을 텐데."

냉정한 말이어서 카서스는 저도 모르게 움찔했다. 시카가 이
어 말했다.

"얼마 남지 않았으니까. 미래에 남아 있지 않으니, 영향을 끼
칠 수도 없지."

"죽은 사람은 말이 없다?"

"응."

시카의 말에 카서스는 잠시 고민에 잠겼다. 시카가 자신의 잔
을 다 비우고 휴— 하고 가벼운 숨을 내쉬었다. 카서스는 말없이
그녀의 잔을 채워 주었고 시카는 그 잔도 얼른 받아 마셨다.

"시카."

"응?"

"생각 좀 해 볼게."

"얼마든지."

시카는 고개를 끄덕였다.

카서스가 그녀의 잔을 다시 채우며 은근한 목소리로 물었다.

"그런데 시카."

"응?"

"진짜로 돈은 어디서 난 거야?"

"벌었다니까."

"어떻게?"

"장사했어."

"장사?"

카서스가 갸웃하며 묻자 시카가 생글 웃었다.

"살짝 얼린 시원한 레모네이드를 팔았습니다."

"어디서?"

"거리에서, 통 하나 사서 거기에 레모네이드를 잔뜩 만들어 넣고, 얍 하고 마법으로 살짝 얼린 다음에 나가서 파는 거지. 순식간에 팔렸어."

"거리에서 레모네이드 장사라……."

카서스가 중얼거리다가 물었다.

"왜 말 안 했어?"

"카서스가 화낼까 봐?"

그 말에 카서스의 표정이 날카로워졌다.

"내가 화낼 것 같은 일은 말하지 않고 하는 건가?"

"어? 아니……. 그게 반대할 것 같으니까……."

"그러니까 내가 반대할 것 같은 일은 나에게 말하지 않고 진행한다고?"

"그건—"

"그리고 내가 반대하거나 화내지 않을지도 모르잖아?"

"지금 화내고 있잖아."

"내가 화내는 건 네가 그 일을 했다는 것 때문이 아니라 나에게 숨겼기 때문이야. 시카 울프. 넌 처음부터 좀 그러는 경향이 있었어. 알아?"

시카가 대답하지 못하자 카서스가 천천히 말했다.

"처음 우리가 만나고 나서 우툴루와 둘만 숲에 들어가겠다고 한 것도 그렇고. 저 사람은 당연히 이렇게 생각할 것이다, 하고 지레짐작하고서 행동에 옮긴다고. 너는 그걸 배려라고 생각하면서 좋은 의도로 그러는 거겠지만, 전혀 아니야."

시카가 움찔했다. 카서스가 팔짱을 끼며 말했다.

"그러니까 적어도 미리 이야기는 해 줘."

"이야기하는 건 상관없어."

시카가 불쑥 말했다. 그녀의 연보라색 눈이 그를 똑바로 바라보았다.

"하지만 카서스는 날 너무 과보호하잖아. 지금이야 반대하지 않았을 거라고 하지만, 만약 그때 내가 말했으면 반대했을걸? 돈이 필요하면 주겠다고 하면서?"

"그러니까 내 잘못이라는 거야?"

"난 그런 말은 안 했어. 하지만 카서스가 날 덜 과보호한다면 내가 좀 더 편하게 이야기 할 수 있을 거라 생각해."

"내가 왜 널 과보호하는지 말해 볼까? 처음 숲에 갔을 때도 이민족들이 널 노렸었고, 이건 내가 대신 당했지만— 그리고 실바에서 납치당했었지. 그러더니 또 로렌스에게 잡혀갔어. 이번에는 전보다 더 심각한 상황이었고. 그런데 내가 널 과보호한다고?"

"그건, 그건— 내가 부주의했었어. 둘 다 내가 믿는 사람을 통해서 일어난 거였고— 그거랑은 전혀 다른 문제야."

"믿는 사람이라, 그 믿는 사람의 범위가 어디까지야? 레모네이드를 팔다가 친해진 사람도 믿는 사람의 범위인가? 설마 싸게 레몬을 살 수 있다는 말에 함께 움직였거나 한 건 아니고?"

카서스의 말에 살짝 빈정거림이 섞였다.

"그럴 리가 없잖아!"

시카가 소리쳤다. 이건 부당한 취급이었다.

"둘 다 내게 가족이었어! 그 두 사람에게 속은 내가 바보라고? 그래, 그럴 수도 있겠지. 내가 세상 물정 모른다고? 그래, 맞아. 얼음탑에서 자랐으니까. 그렇다고 내가 나 하나 챙길 수 없는 어린애냐면 그건 아냐."

시카가 자리에서 벌떡 일어났다.

"나는 마법사야. 그것도 탑에서 손꼽히는 마법사라고."

"알아."

카서스는 조용히 대답했다.

"말로만? 실제로는 전혀 그렇게 생각하지—"

"그러니까 어제 네가 밤바다에 혼자 나갔다고 했을 때도 화내지 않았지."

시카가 말을 끝내기 전에 카서스가 그녀의 말을 가로막으며 부드럽고도 단호하게 말했다. 시카는 입을 다물었다.

"내가 널 과보호하고 있냐고? 그건 사실이겠지. 하지만 널 마법사로 인정하지 않고 있냐고? 그건 아냐. 내가 널 과보호하는 건—"

"내가 너무 납치당해서?"

시카가 (심정적으로) 한발 물러서며 작은 목소리로 묻자 카서스가 피식 웃었다.

"그것도 있지만. 네가 나에게 소중하기 때문이야."

그의 말에 시카가 멍하니 서 있다가 작게 투덜거리듯 말했다.

"그런 말은 치사해. 그러면 카서스가 날 방에 가두고 한 발자국도 밖으로 나가지 못하게 한 뒤에 '네가 너무 소중해서 그래.'라고 하면 나는 어떻게 하라는 거야?"

"그럴 계획이 없었던 건 아니지만, 만약 시도한다고 해도 네가 얌전히 있어 주지 않겠지."

카서스의 말에 시카는 "그건 그래." 하고 말하고는 슬그머니 다시 자리에 앉았다. 그녀가 잠시 생각을 정리한 뒤에 고개를 가볍게 숙였다.

"말하지 않은 건 미안해. 그리고 앞으로는 꼭 이야기할게. 카서스에 대해서 지레짐작하지 않고."

"제발, 꼭. 부탁할게."

"응."

시카는 고개를 끄덕였다. 카서스가 이어 느리게 말했다.

"나는 과보호하는 걸 좀 고쳐 볼게."

"나도 조심할게."

시카의 말에 카서스는 싱긋 웃으며 물었다.

"그래서, 레모네이드 파는 건 재미있었어?"

그 질문에 시카의 얼굴이 확 밝아졌다. 그동안 이야기를 하고 싶었는데 하지 못해서 입이 근질근질했었기 때문이었다.

"어? 응! 다들 어떻게 얼렸는지 궁금해했지만, 기업 비밀이라고 했지. 따로 한 통씩 주문 받기도 했다? 진짜 잠깐만 일하면 눈 깜짝할 사이에 다 팔렸어."

"얼마나 남긴 거야?"

"한 통에 은화 3개."

"괜찮은데? 얼음이라고 생각하면 엄청 싼 거지만."

"그런 거야?"

"보통은 여름에 얼음을 구하는 것 자체가 고역이니까. 괜히 얼음이나 아이스크림이 귀족의 전유물인 게 아니지."

"그렇구나. 하지만 난 얼음을 보관하는 데 돈이 안 드니까."

"그러니까."

"그래서 내가 처음에 장사를 나갔을 때는 말야—"

시카는 한참을 재잘재잘 떠들었다. 카서스는 턱을 괴고 웃으며 그녀의 이야기를 들어주었다. 한참 이야기를 하다가 시카가 말을 멈추고 카서스를 바라보았다.

"시카?"

갑자기 왜 이야기를 멈추냐는 듯 그가 그녀의 이름을 불렀다.

시카는 가슴이 간지러운 느낌이었다. 이런 이야기를 카서스와 함께 하는 게 너무 즐거웠다. 진짜 별거 아닌 사소한 이야기인데도 말이다.

"카서스."

"왜?"

"내가 카서스 너무너무너무 좋아하는 거 알지?"

"첫 번째로?"

"첫 번째로."

힘주어 대답하자 카서스가 씩 웃었다가 곧 이마를 찌푸리며 불만을 토로했다.

"첫 번째라니, 나는 네가 유일인데. 이건 불공평한 게임이야."

"그건 나를 사랑한 카서스의 잘못이지."

시카가 턱을 치켜들며 도도한 목소리로 말하자 카서스가 웃었다.

"그래, 그러네."

반한 사람이 지는 거지.

카서스가 한탄하는 어조로 말하고 자리에서 일어났다. 시카가 그에게 손을 뻗자 자연스럽게 카서스가 그녀를 당겨 안아 들었다. 시카가 그런 그의 입술에 가볍게 입 맞추고 속삭였다. 그녀의 숨결에서는 와인향이 풍겼다.

"하지만 이런 걸 하는 건 카서스가 유일이야."

카서스가 가볍게 그녀의 아랫입술을 물어 장난스럽게 잡아당기고 말했다.

"당연히 유일이어야지."

"만약에 유일이 아니면?"

시카가 새초롬하게, 그를 재보듯이 묻자 카서스가 고개를 숙여 그녀의 귓가에 대답을 작게 속삭였고 시카는 웃음을 터트렸다.

"카서스! 그건 상대에게 너무하잖아?"

"진심이야."

"그리고 나는?"

"시카가 원하는 대로 해 줘야지."

"내가 원하는 대로?"

"내 범죄의 가련한 희생양으로 만들어 줘야지."

시카는 피식 웃으며 그의 뺨에 키스하고 농담인 듯 진담인 듯 말했다.

"우리는 정상이 아닌 것 같아."

"원래 사랑은 미치는 거야."

"그런가!"

깨달았다는 듯한 그녀의 표정과 말이 사랑스러워 카서스는 다시 키스했다. 가볍고도 진득한 키스를 끝내고 카서스가 말했다.

"만나 보자."

뜬금없는 말이었지만 시카는 단번에 무슨 말인지 알아들었다.

어머니를 만나겠다는 말이겠지.

"알았어."

시카는 고개를 끄덕였다.

"같이 가 줄게."

그녀의 말에 카서스는 가볍게 웃고 그녀를 안은 채로 침실로 들어갔다. 그녀를 침대에 내려놓고 카서스가 씻고 나와 보니 시카는 잠들어 있었다.

"이런."

카서스는 아이 같은 얼굴로 쌔근쌔근 잠자고 있는 시카의 얼굴에 손을 뻗었다. 하지만 손가락은 닿지 않았다. 아주 미세한 간격을 두고 그는 천천히 쓸어내리듯 뺨의 윤곽을 어루만졌다.

깨지기 쉽고, 연약해 보이는 이 여자에게 마음과 생각을 온통 다 빼앗겨서, 매일매일 새로운 경험의 연속이다.

"오늘은 또 자는 사람의 옷을 벗겨 보는 경험을 하겠네."

카서스는 중얼거렸다.

와인의 상당량을 시카가 마셨으니 푹 취한 것이 틀림없었다. 카서스는 그녀의 옷을 벗기고 나서 침대에 누워 시카를 끌어안았다. 마치 헝겊 인형처럼 쉽게 시카는 끌려왔다. 작게 칭얼거리는 소리를 내는 그녀의 정수리에 키스하고 카서스는 잠들었다.

*　　*　　*

아침부터 카서스는 옷을 가지고 고민하고 있었다.

벌써 몇 번째 갈아입는 것인지 모른다. 편하게 입었다가, 격식을 차렸다가, 비싼 옷을 입었다가, 저렴한 것을 입었다가.

너무 튀지 않는 평상복으로 합의를 본 그는 깊게 숨을 들이켰다.

오늘따라 목깃이 너무 조이는 것처럼 느껴진다.

머리를 가볍게 묶고서 카서스는 뒤로 돌아보며 "어때?" 하고 물었다.

"카서스는 뭘 입어도 멋져 보여."

시카의 대답에 카서스는 묘한 얼굴을 했고 시카는 히죽 웃으며 덧붙였다.

"그래서 지금 옷차림 괜찮아. 그보다 머리카락이 꽤 길었네?"

"야한 생각을 하면 빨리 긴다나 봐."

"아하."

납득한 시카가 고개를 끄덕였다.

"뭘 납득하는 거야?"

카서스가 웃으며 타박을 주었다. 그가 길어진 머리카락을 쓸어 올려 하나로 묶었다. 시카가 "머리카락이 빨리 자라는 이유." 하고 덧붙이고 그에게 손을 내밀었다.

"잡으면 바로 뿅 하고 이동하는 건가?"

"응. 아니면 셋이라도 셀까?"

"그녀의 침대 앞으로?"

"응."

"다른 사람들이 갑자기 들어오거나 하면?"

"내가 막을 거야. 오늘 아침 내내 이야기한 거잖아?"

"알았어."

카서스는 숨을 길게 내쉬었다. 시카는 '그렇게 긴장되면 가지 말까?' 하고 물을까 하다 말았다. 가끔 사람은 등을 밀어줘야 할 때도 필요하니까.

카서스가 그녀의 손을 마주 잡았다.

"그럼 셋을 셀게. 셋, 둘, 하나."

속이 울렁이는 부유감과 일그러지는 시야가 짧게 지나갔다. 모든 것이 선명해져서 카서스는 시카의 손을 한 번 강하게 잡았다가 놓았다.

"뭐, 뭐야? 당신들, 갑자기—"

당황한 피렌의 목소리에 카서스가 그녀를 돌아보자 피렌은 눈을 크게 떴다. 그녀의 녹색 눈동자가 심하게 흔들렸다.

"아, 아르타……?"

쉭쉭거리는 숨소리와 섞였지만 알아들을 수 있었다. 카서스는 대답하지 않고 피렌을 바라보았다. 피렌이 중얼거렸다.

"아냐, 아냐, 아르타가 아냐. 그 사람은……."

한참 그의 얼굴을 보던 피렌의 시선이 옆에 서 있는 시카에게 향했다. 시카는 그녀에게 눈인사를 했다. 피렌은 멍하니 시카를 보았다가 다시 카서스를 보았다.

"설마……?"

피렌의 얼굴에 천천히 충격이 번져 갔다. 눈꺼풀이 빠르게 경련했다.

"리안……? 리안이니?"

"그쪽이 붙여 준 건 그렇지만. 전 카서스 쪽이 더 좋네요."

카서스가 대답했다.

그제야 시카는 왜 카서스가 성을 그렇게 정했는지 알 수 있었다.

'리안은 어머니가 지어 준 이름이고— 그럼 카서스는 직접 지은 이름인가?'

그 이름을 버리지 않고 성으로 남겨 두다니.

카서스의 애증을 충분히 느낄 수 있어서, 시카는 묘한 기분이 되었다.

피렌은 카서스의 말에 머뭇거리다가 이어 말했다.

"몰라보게 자랐구나, 너무 오랜만에 봐서……. 어쩜 네 아버지를 쏙 빼닮았니?"

"그런가요?"

"그래, 그래. 아, 아가씨가 설득해 준 거군요. 고마워요."

"카서스가 보러 오기로 한 거예요."

시카가 어깨를 으쓱했다.

"카서스 스스로가 정한 거고요."

시카가 조심스럽게 주변을 둘러보고 그에게 작게 속삭였다.

"난 나가 있을……."

카서스가 그녀의 손을 꽉 쥐었다. 시카는 그의 손에 도드라진 혈관을 보았다가 마주 그의 손을 힘주어 잡으며 말했다.

"이야기가 끝날 때까지 옆에 있을게요."

피렌은 고개를 끄덕였다.

"그, 그래. 그래요, 아가씨."

시카가 같이 있겠다는 걸 피렌은 기꺼워하는 얼굴이었다. 카서스와 둘만 남으면 그가 그녀에게 폭언이라도 퍼부을 거라고 생각한 걸까?

시카는 카서스와 똑 닮은 표정으로 눈썹을 치켜 올렸다.

"리안."

피렌이 그의 이름을 작게 불렀다.

카서스라고 말했는데도 굳이 자신이 붙여 준 이름으로 부르는 건 일종의 고집이겠지.

카서스는 모친을 내려다보았다. 어렸을 때는 그녀가 신처럼 보였다. 아이에게 부모는 세계의 전부이다. 그녀에게서 버림받으면 살아남지 못한다고 믿고 있었다. 몇 번이나 그녀의 편에 서서 사랑받기를 원하고 인정받기를 원하고.

자신 탓에 그녀가 잘못됐다고 생각하면 자신의 존재 자체가 증오스러워져서, 스스로 죽을까 하는 생각도 몇 번이나 했었다. 하지만 살고 싶었고, 살고 싶어서 그녀에게 미안했다. 물론 나이가 들수록 그런 생각들은 증오로 바뀌어 갔지만 말이다.

그러면서도 가끔씩 그녀가 보여 주는 애정, 그리고 "미안하다." 하는 말들.

그 말들 때문에 완전히 벗어나지도 못했다.

"하실 말이 있어서 날 부른 게 아닌가요?"

카서스가 조용히 그녀의 말을 재촉했다. 피렌은 그에게 자리를 권했지만 카서스는 고개를 흔들어 거절했다.

피렌은 몇 번 이불을 매만지다가 말했다.

"내가 널 가졌을 때는 고작 열일곱이었어."

아, 이런. 또다시 시작되는 자기변명이신가.

예전의 카서스라면 그렇게 통렬하게, 말이 시작하기도 전에 비꼬아 줬을 것이다. 하지만 시카가 그의 곁에 있었기에 카서스는 말없이 피렌의 이야기를 들었다.

"네 아버지는 지금의 너처럼 잘생겼고, 그가 말해 주는 모든 미래는 다이아몬드처럼 눈부셨지. 난 그를 놓치게 될까 봐 걱정했어. 그가 보장하는 황금빛 미래도 말야. 그래서, 그래서 널 가졌지. 그리고 돌아온다던 그는 돌아오지 않았고."

피렌이 침을 꿀꺽 삼키고 말했다.

"항상 네 아버지가 무도하게 날 범했다고 말했지만, 그렇지 않았어. 난 그냥, 그냥…… 몰랐어. 널 책임지기에도 너무 어렸고, 다시 새 후원자를 잡을 수도 없었지. 애가 딸린 여자를 원하지는 않을 테니까. 그래서—"

피렌은 무슨 말로 마무리를 지어야 할지 모르겠다는 듯이 더듬거렸다. 카서스가 조용히 말을 이었다.

"그래서 그 모든 것을 나에게 했습니까?"

"그래."

피렌은 창백한 얼굴로 웃었다.

"이제 와서, 라고 생각하겠지. 그리고 저 아가씨의 말처럼 죽기 전의 자기만족일 수도 있고. 하지만 그냥, 나는 너에게 고맙다는 말을 하고 싶었어."

그 말에 허를 찔려 카서스는 눈을 크게 떴다.

"난 모자라고, 부족했고, 널 심하게 괴롭혔어. 그리고 그걸 인정하려고 들지도 않았고."

말이 빨라지자 그녀는 숨이 차서 몇 번이나 헐떡였다.

"하지만 넌 너무 훌륭하게 자라 줬지. 멀리 있는 네 소식이나 소문이 여기까지 매일 들려왔어. 이제 와서 늦은 말이겠지. 하지만, 그래도 하고 싶었단다. 부족한 나에게서 태어나 줘서 고맙다. 리안."

정말 고맙다고, 그녀는 몇 번이나 말했다.

카서스는 한참을 아무 말도 하지 않고 서 있었다. 그는 눈을 감았다가 떴다. 자신의 손을 잡아 주는 시카가 곁에 있다.

"나도 낳아 줘서 고맙습니다."

덕분에 시카를 만났다.

그걸 위해서 그렇게 괴로웠던 거라면, 감수할 수 있었다.

카서스의 말에 피렌은 눈을 크게 뜨고 그를 보았다가 엎드려 울기 시작했다. 흐느끼며 그녀는 짐승처럼 울었다.

그런 그녀에게 카서스는 이어 말했다.

"그리고 당신이 했던 모든 일들, 그것도 이젠 다 지나간 거죠. 이제 와서 정산할 생각은 없고요."

피렌은 고개를 끄덕였다. 카서스가 물었다.

"그리고 한 가지 궁금한 게 있습니다."

피렌이 눈물을 훔치며 카서스를 올려다보았다.

"제 아버지에 대해서요."

피렌은 그 말에 자신의 베개 밑에서 상자를 꺼냈다. 그녀가 그 상자를 열고 안에서 팔찌를 꺼내 보였다. 인비저블 세팅으로 세팅이 보이지 않게 에메랄드를 이어 만든 뱀 모양의 팔찌였다. 그 세공만 봐도 얼마나 이 팔찌의 가격이 높을지 짐작할 수 있었다.

"아르타가 내게 남긴 거야. 그가 차고 있어서, 내가 달라고 졸

랬더니 곤란해하다가 나에게 내줬지. 그리고 돌아오지 않았지만."

피렌이 팔찌를 손목에 가져다 대자 마치 살아 있는 뱀처럼 스르륵 움직여 그녀의 손목을 감쌌다.

"이런 대단한 물건의 주인이라, 난 그를 믿었어……. 너무 믿었던 거야."

중얼거리고 그녀가 손을 뻗어 카서스에게 내밀었다.

"이건 이제 네 거야."

카서스는 잠시 망설이다가 그녀의 손을 잡았다. 그러자 팔찌가 카서스의 손목으로 스스로 움직여 감겼다. 피렌이 팔을 내리고 헐떡였다.

"난 네 아버지에 대해서는 잘 몰라. 그냥 아주 먼 곳에서 왔고, 부자라는 것만 알고 있었지. 하지만 다정한 사람이라서 난 그를 사로잡고 싶었어."

생김새와 자신이 추측했던 것에 대해서, 그녀는 꿈결 속의 사람처럼 이야기했다. 그녀가 알고 있는 사실은 별것 없어서 카서스는 약간 실망했지만 내색하지 않았다.

이야기를 끝낸 피렌이 말했다.

"그럼 이제 볼일이 끝났으니, 잘 돌아가렴. 용병 일은 위험하니까 몸조심하고."

그녀의 걱정스러운 뒷말에 카서스는 뭐라고 대답해야 할지 몰랐다. 망설이는 그를 대신해서 시카가 말했다.

"네, 푹 쉬세요."

카서스는 시카의 손을 다시 꼭 잡았다. 시카는 그의 손을 가볍게 마주 쥐었다가 놓고는 피렌이 다시 누울 수 있게 도와주었다. 피렌이 눕자 시카가 속삭였다.

"카서스, 누가 오고 있어. 가야 해."

"누가?"

설마 아버지인가? 하고 묻자 시카가 "엔샤야." 하고 대답했다.

카서스가 그 말에 생각에 잠긴 듯하더니 방문을 열었다. 시카가 놀라 그 뒤를 따라갔다. 무슨 짓이냐고, 묻기도 전에 엔샤와 카서스가 마주쳤다. 엔샤가 놀라 소리쳤다.

"아르타?!"

카서스가 돈이 든 주머니를 엔샤에게 내밀었다. 엔샤는 그걸 주저함 없이 받아 들며 말했다.

"어떻게 된 거야? 이제야 온 거야? 아니면—"

"부탁하지."

카서스는 그렇게 대답하고 붙잡으려는 엔샤를 밀어내고 시카를 데리고 계단을 내려갔다. 엔샤가 뒤에서 멍하니 카서스를 바라보다가 후다닥 방 안으로 들어가는 소리가 들렸다.

그 골목을 빠져나와서야 시카가 낮고 빠르게 물었다.

"카서스? 무슨 짓이야?"

"그게 나였어."

"뭐?"

"엔샤가 마주쳤다고 했었던 아버지가 바로 나였다고."

"—!"

시카가 눈을 크게 떴다. 카서스가 웃었다.

"그 남자는 절대로 오지 않을 거야. 이제까지 오지 않았는걸. 그러면, 그건 나지."

카서스가 중얼거렸다.

"이상한 일이야. 그러면 이미 마담이 나에게 그 말을 할 때, 이미 난 그녀를 만나기로 정해져 있었단 말이지."

"카서스, 괜찮아?"

시카의 물음에 카서스는 우뚝 멈춰 섰다. 그가 천천히 그녀를 돌아보았다.

시카는 그의 얼굴을 보고 "아, 카서스." 하고 작게 중얼거렸고 카서스는 천천히 허리를 굽혀 그녀의 어깨와 목 사이에 얼굴을 묻었다.

그의 고르고 따뜻한 숨결이 목덜미를 간지럽히는 걸 느끼며 시카는 까치발을 해서 그의 등을 쓸어내렸다. 까치발을 하고 있는 그녀의 근육이 점점 무리를 호소해서 다리가 떨리기 시작하자 카서스는 웃으며 자세를 바로 했다.

"집으로 가자."

우리 집으로.

"응."

시카는 그를 꼭 끌어안고 그대로 텔레포트를 했다.

둘은 정원 흔들 그네에 나란히 앉아 있었다. 시카는 자신의 레시피대로 얼음 낀 레모네이드를 만들었고 둘은 유리컵을 들고 정원에 나와 앉았다.

"나는, 난 카서스가 어떻게 용서했는지 모르겠어."

시카가 작게 운을 띄우자 카서스는 웃었다.

"그건 나를 위한 거였어."

"카서스를?"

"계속 미워해 봐야 소용없잖아. 이미 십 년간 미워해 봤는데, 별로 좋은 건 아니더라."

카서스는 천천히 레모네이드를 마시고 "음. 이거 잘 팔린 이유를 알겠는데." 하고 이어 말했다.

"그건 그냥 내 인생에 마이너스일 뿐이었어. 아마, 아마 내가 모친을 더 미워했다면. 시카 너와도 이렇게 되지 못했겠지."

아무도 받아들일 수 없었을 것이다.

"그러니까, 마무리를 짓고 싶어서 마무리를 지었고. 게다가—"

카서스는 허탈한 듯 웃었다.

"만약에 용서해 달라고 그랬다면 용서하지 못했을 거야. 아니면 그래도 난 너를 사랑했다, 같은 말이었어도. 고맙다는 말은, 그러니까 좀 달랐지."

말하고 카서스는 단숨에 레모네이드를 비웠다. 시카가 그런 그를 잡아당겨 무릎베개를 해주며 그의 손에서 잔을 빼앗아 협탁에 놓았다.

"우울할 때는 이거지."

그녀의 무릎베개를 한 카서스가 "우울한 건 아냐." 하고 변명하듯 말했다.

"그냥, 그냥 좀 허무해서."

"그래."

시카는 고개를 끄덕이며 그의 머리카락을 어루만졌다. 카서스는 깊게 숨을 들이켰다. 그녀가 말했다.

"앞으로 나랑 같이 그 허무한 마음을 잔뜩 채우자. 즐겁고 반짝이고 따뜻한 걸로."

카서스는 가볍게 웃었다.

"그거 마음에 드네."

"그지?"

시카는 의기양양한 얼굴을 하고 손으로 그의 눈을 덮었다.

"그러니까 오늘은 마음껏 허무해해도 좋아."

"……응."

카서스는 그녀의 손을 자신의 손으로 눌러 덮었다. 따뜻한 눈물이 그의 관자놀이를 따라 흘러내렸다. 시카는 그걸 못 본 척하며 고개를 들고 레모네이드를 마셨다. 천천히 그네 의자가 앞뒤로 흔들렸다.

멀리서 들리는 파도 소리와 나무를 스치는 바람 소리. 습하고 더운 공기, 자신의 무릎에 닿는 카서스의 온기, 무게. 입안에 달콤한 설탕과 레몬의 향.

혀끝으로 얼음을 당겨 입안으로 삼키며 시카는 오늘을 잊지 못할 거라 생각했다.

한참 후에야 카서스는 입을 열어 물었다.

"시카는?"

"응?"

"시카는 부모님이 궁금하지 않아?"

시카는 허를 찔려 카서스를 내려다보았다. 하지만 자신의 손으로 카서스의 눈을 가리고 있으니 그의 눈을 마주 볼 수는 없다.

시카는 머뭇거리다가 말했다.

"궁금해."

"그럼 이번에는 시카 부모님을 만나러 갈까?"

시카가 잠시 생각하다가 고개를 저었다.

"아니, 로렌스가 그랬는데 열셋인가 열넷에 부모님이 돌아가셨다고 했단 말야. 10년 전이면 이미 돌아가신 후잖아."

"아닌데?"

"어?"

"내가 조사한 바로는 트라벨 남작 부부가 돌아가셨을 때가 그가 열여섯일 때인데?"

"그래? 그럼, 어떻게 된 거지?"

시카가 혼란스러워하는데 카서스가 "글쎄, 그 날짜가 별로 그에게는 중요한 게 아니었나 보지." 하고 이어 말했다.

"그래서, 만약 살아 계시다면 그럴 마음은 있어?"

"그야……."

있다.

카서스가 작게 웃고 "그럼 만나자." 하고 아무렇지도 않게 말했다. 시카가 머뭇거리며 이어 말했다.

"하지만 어떻게? 트라벨 남작가는 귀족이잖아. 우리는 여기서 신분을 드러낼 수도 없고……. 게다가 로렌스를 만나서도 안 돼."

"그건 일단 상황을 알아보고 나서 결정해도 되지."

카서스가 그녀의 손을 밀어 올렸다. 예쁘고 투명한 연녹색으로, 보석처럼 반짝이는 그 눈을 시카는 홀린 듯 바라보았다.

"시카 역시 살아 있는 부모님을 만날 마지막 기회잖아?"

"그야, 하지만."

"일단 알아보자. 그리고 만날지 말지는 그다음에 결정하면 되지. 어때?"

"좋아."

시카는 망설이다가 말했다.

그녀 역시 궁금했다. 자신의 부모님이 어떻게 생겼는지, 자신이 어떻게 생긴 건지. 어쩌다가 어머니는 자신과 로렌스 같은 아이를 가지게 된 것인지.

하지만 알 수 없었다.

그리고 이번이 어쩌면 알 수 있는 유일한 기회일지 모른다.

카서스의 일을 옆에서 보고 들으니 어쩐지 시카는 용기가 생겼다. 카서스가 그녀의 무릎에서 몸을 일으켰다.

"좋아, 그럼. 바로 갈 수 있나?"

"트라벨 남작가까지 순간 이동은 정확한 좌표를 몰라서 힘들어. 하지만, 그 근처까지라면."

"근처라면 어느 정도?"

"로븐 호수라고 알아?"

"아, 거기면 멀지 않아. 이틀 정도 거리야."

"그래. 그러면 거기로 가면 되겠다."

"어떻게 그렇게 길을 잘 알아?"

"용병 일 하면 별 데 다 가니까."

시카가 눈을 반짝였다.

"나도 그러면 길 잘 알게 되겠지?"

"뭐, 나만큼 오래 일하면?"

"카서스는 몇 년 일했는데?"

"글쎄? 십 년 넘었지?"

"멀잖아?"

"지나면 금방이야."

카서스의 말에 시카는 "그런가. 하지만 너무 길어." 하고 고개를 저었다. 카서스가 피식 웃고 그녀의 어깨를 감싸며 말했다.

"뭐, 금방 알게 될 거야. 조금만 공부하면."

"응."

시카는 웃으며 그의 어깨에 머리를 기댔다.

그와 함께 여행을 떠날 날이 벌써부터 기대되기 시작했다.

　남작가는 그렇게 훌륭한 영지를 가지고 있지 못했다. 반은 산지고 반은 평지였지만, 그 평지도 곡창지대는 아니었다.

　이런 곳에서 카서스와 시카 같은 두 사람이 마을에 묵기 시작하면 어마어마한 주목을 받을 것이라 두 사람은 산속에서 지내기로 했다.

　카서스는 재주도 좋게 산에서 마른 동굴을 찾아냈고, 시카는 결계를 쳐서 사람들이 눈치채지 못하게 만들었다. 서로가 서로의 능력에 감탄하며 두 사람은 계획을 세웠다.

　카서스의 말대로, 남작 부부는 아직 살아 있었다.

　주민들 사이의 평이 좋지도 않았지만, 썩 나쁘지도 않은. 그냥 평범한 사람들인 듯했다. 저택으로 들어가려면 어떻게 해야 하나, 하고 고민을 했는데 남작 부인은 몸이 좋지 않아서 따로 별채에 요양을 하고 있다는 걸 알게 되었다.

　그러며 날씨가 좋을 땐 의사의 권유에 따라 날마다 하녀와 함께 산책을 나오는 듯했다.

　카서스가 몇 번 정찰을 해 본 결과, 트라벨 남작 부인이 일정한 루트로 움직인다는 걸 알게 되었다. 매일매일 그녀는 별채에 딸린 정원을 지나 숲까지 산책을 나왔다.

　물론 그녀의 시중을 드는 하녀가 딸려 있지만 카서스는 처리가 가능하다고 말했다.

"처리?"

시카가 그 단어에 미심쩍은 기분을 느끼며 묻자 카서스는 "그냥 기절시키는 거야." 하고 답했다. 시카는 안심해서 고개를 끄덕였다.

"그러면 너와 남작 부인은 이야기를 할 수 있겠지."

"남작 부인이 갑자기 발작하지만 않는다면."

시카가 우울하게 중얼거렸다. 카서스는 어깨를 으쓱했다.

"그러면 같이 얼른 도망치자."

그의 말에 시카는 피식 웃고 고개를 끄덕였다.

남작 부인의 외출은 점심을 먹고 나서 늦은 오후에 이루어졌다.

시카는 카서스가 지정해 준 자리에 숨어서 그녀를 기다렸다. 기다리는 동안 심장이 마구 뛰어서 시카는 몇 번이나 가슴을 두들겨야 했다.

얼마나 기다렸을까?

시카가 초조한 걸 넘어서 슬슬 자신이 미치는 게 아닌가 싶을 때쯤 저쪽에서 발자국 소리가 들렸다.

연한 갈색 머리카락을 풀어헤치고 단순한 형태의 연두빛 드레스를 입은 여성이 반쯤 숄을 질질 끌면서 길을 걸어오고 있었다.

얼굴 표정은 마치 꿈을 꾸고 있는 것처럼 멍한 얼굴이었다.

시카는 그녀를 한참 바라보다가 그녀가 다른 쪽으로 향하자 얼른 자리에서 일어났다. 놀라지 않게 말을 걸어야 하는데, 하며 시카가 머뭇거리는데 그녀의 등 뒤에서 목소리가 들려왔다.

"아가씨, 길을 잃으셨나요?"

시카는 깜짝 놀라 펄쩍 뛰었다. 돌아보니 카서스였다.

"어머……."

돌아본 것은 남작 부인도 마찬가지였다. 시카는 긴장해 다시 앞을 바라보았다. 연갈색의 구불구불한 머리카락을 가진 여인 은 청순한 얼굴이었다. 그녀의 눈동자는 아름다운 연보라색이 라 시카는 숨이 막히는 것 같았다.

"내가, 내가, 길을 잃었나요?"

그녀는 두루뭉술한 어조로 갸웃거리며 말했다. 시카는 웃음을 지었다. 몇 번이나 노력한 끝에 그녀는 목소리를 낼 수 있었다.

"저희도 길을 잃은 것 같아서요."

"어머나, 음? 아가씨 머리색이 제 어머니의 색과 똑같네요."

"그런가요?"

"네에, 저는 이런 평범한 머리카락이라 실망했죠."

후후 하고 남작 부인이 상냥하게 웃었다. 덧없고 깨지기 쉬워 보이는 웃음이었다. 그녀가 주변을 둘러보았다.

"아아, 하녀 아이가 없어졌네요. 아이가…… 아이…… 아이, 아이."

중얼거리는 그녀는 제정신으로 보이지 않았다. 시카가 떨리 는 목소리로 물었다.

"아이가 있으신가요?"

"네, 남자 아이가 있어요. 그 애는, 그 애는—"

그녀는 혼란스러운 듯 고개를 흔들었다. 남작 부인은 멍하니 허공을 바라보다가 카서스를 보았다. 그녀가 손을 들어 그의 허리를 가리켰다.

"검이 있으시군요, 기사인가요?"

"그건 아니지만요."

카서스가 슬쩍 검대를 잡고 뒤로 밀어 그녀의 시야에서 치웠다. 남작 부인이 카서스를 똑바로 보았다.

"괴물을 죽이러 오신 게 아닌가요?"

"괴물이요?"

카서스의 대답은 태연했다. 시카는 숨을 삼켰다.

"네에, 괴물이 있어요. 사실 제 아이가 괴물이랍니다."

그녀가 너무 평온한 어조로 이야기해서 시카는 그녀가 뭔가 잘못 말했나 싶을 정도였다.

"어째서요?"

저도 모르게 시카가 불쑥 물었다.

"그야, 괴물이니까요?"

남작 부인이 이상한 걸 묻는다는 얼굴이었다. 카서스가 헛기침을 하고 말했다.

"자세히 말해 주시면 괴물을 해치우는 데 도움이 될 것 같습니다."

"아! 정말인가요!"

남작 부인의 얼굴이 환해졌다. 그녀가 성큼성큼 다가와 시카의 손을 꼭 잡았다.

"이리 와요, 내가 전부 이야기해 줄게요. 남편은 내 말을 믿지 않아요. 아아, 스티브는 속고 있어요. 속고 있어요."

시카는 그녀의 손에 끌려갔다. 광기에 젖은 사람들이 흔히 그렇듯이 남작 부인은 자신의 힘을 조절할 줄을 몰랐고, 잡힌 손이 아파올 지경이었다.

"내 배 속에는 스티브와 나의 아이가 있었어요. 나는 행복했죠. 그런데, 갑자기, 여기! 여기예요! 여기가 이상해졌어요. 그리고 전 갑자기, 이상한 곳으로 갔어요. 마계로 말이에요."

트라벨 남작 부인의 목소리가 낮아졌다. 그녀가 주변을 살폈다.

"지금은 괜찮아요. 그때는 아지랑이처럼 모든 게 일그러져 보였거든요."

"다른 세계로 넘어갔군요……?"

시카는 저도 모르게 중얼거렸고 남작 부인은 고개를 끄덕였다.

"그곳에는 온갖 괴물들이 가득했어요. 난 울부짖으면서, 절망했죠. 공기는 독 같고— 그런데 그게 나에게 다가왔어요."

"그게 뭐죠?"

"아름다운 괴물이었죠……."

남작 부인은 홀린 듯이 중얼거렸다. 그녀의 말은 낮아지고 빨라져서 알아듣기가 점점 더 어려워졌다.

"새하얗고 아름다운 괴물이었어요, 황홀할 정도였어요. 그게 내 부른 배를 몇 번이나 어루만졌어요. 그리고 배 속이 요동쳤죠. 내 배 속의 아기들이 괴물로 바뀐 거예요! 괴물! 괴물! 괴물!"

그녀는 침을 튀기며 소리쳤다. 시카가 그녀의 손을 잡으며 말했다.

"괜찮아요! 진정하세요. 지금은 괴물이 없어요."

그 말에 남작 부인은 몇 번 더 발작적으로 괴물이라는 단어를 외쳤다가 곧 진정했다. 그녀의 가느다란 어깨가 몇 번이나 들썩거렸다.

"그다음은 어떻게 됐죠?"

"그 괴물이 날 돌려보내 줬어요."

"그게 끝인가요?"

"그래요. 나와 스티브의 아이들이 괴물의 아이가 되었다는 것만 빼면요. 하나는 죽였어요. 내가, 내가 죽여 달라고 애원했죠."

비밀을 이야기하는 그녀의 목소리는 낮고 은근했다.

"하지만 하나는 아직도 내 아들 행세를 하고 있어요."

"그건…… 당신의 아들이에요……."

떨리는 목소리로 시카가 말했다.

그녀는 항상 궁금했다. 어떻게 자신들은 마수의 힘을 얻게 된 걸까? 저 세계의 힘을 가지게 된 것일까?

마수나 어떤 다른 것이 어머니를 강간했을 가능성이 항상 머릿속에 있었고, 그건 시카를 반쯤 돌게 만드는 주제였다.

하지만 그게 아니었다.

그게 아니었다.

"그 마수가 어떻게 했던 건지, 나, 난 모르겠지만 그게 힘을 준게 틀림없어요. 당신은 다른 세계의 마력에 이미 면역이 있었고요! 그래서 그 힘을 받아들일 수 있었던 거예요! 그러니까, 그냥 인간이라고요!"

난 인간이었어!

시카는 가슴께를 꽉 쥐었다.

남작 부인의 얼굴이 창백해졌다. 그녀가 손을 들어 시카의 뺨을 후려쳤다.

짝—!

날카로운 소리와 함께 그녀의 얼굴에 긴 손톱자국이 생겼다.

"어, 어떻게 감히 그런 말을, 그 애들은 괴물이야! 괴물이라고! 괴물이란 말야! 아아, 신이여, 나를 용서해 주세요! 괴물, 괴물! 괴물!"

"아니야! 아니라고요!"

시카도 마주 목소리를 높였다. 남작 부인은 양손으로 귀를 막고 "아아아악!" 하고 비명을 질러댔다. 카서스가 시카의 팔을 잡았다.

"가자."

"하지만—!"

"과거를 바꿀 수는 없어."

카서스의 말에 시카의 얼굴이 일그러졌다. 그녀는 고개를 끄덕이고 약간 떨어진 장소로 순간 이동을 했다.

둘은 숨어서 남작 부인의 비명 소리에 깬 하녀가 후다닥 달려와 남작 부인을 부축해서 안으로 들어가는 걸 확인했다.

그녀가 현관문을 닫고 안으로 들어가자 시카는 카서스의 품에 안겼다.

"난 괴물 같은 게 아니었어!"

"아니지."

"나, 나는 인간이었어."

시카는 안도하듯, 토해 내듯이 '인간이었다고.' 하며 작게 몇 번이나 말했다. 카서스가 그녀의 등을 쓸어내려 주며 속삭였다.

"그래."

시카가 그의 품에서 고개를 번쩍 들었다.

"세상에, 그 마수는 무슨 생각이었을까? 대체 뭐였을까?"

남작 부인의 정신이 멀쩡했다면 좀 더 많은 정보를 얻을 수 있었겠지만, 그녀는 제정신이 아니었다. 시카는 빠르게 중얼거렸다.

"우리 같은 이성체가 그쪽에도 있는 걸까? 그럴지도 몰라."

"그러면 왜 넘어오지 않는 거지?"

"우리가 그쪽으로 넘어가지 않는 것과 마찬가지지."

"그렇군."

"그리고 남작 부인이 이상해진 건…… 원래도 예민한 사람이었거나, 아니면 아무리 저쪽 세계의 마력에 면역이 있다고 하더라도 너무 많은 양에 노출되어서 그런 걸지도 몰라."

시카의 말에 카서스는 "그럴지도." 하고 답했다. 그에게는 남작 부인의 상태 따위 별 상관없었다. 그보다 혹여나 그녀의 말에 시카가 상처 받지 않았을까 걱정되었다.

하지만 시카는 그보다 자신이 정말로 태생부터 인간이었다는 것에 안심이 되는 게 더 컸다.

존재 자체에 대한 불안감이 해소되자 시카는 날아갈 듯한 기분이었다.

동시에 그런 불행한 일을 겪은 자신의 어머니이자 남작 부인에 대한 약간의 동정심마저 들었다. 그녀에게는 부모라는 존재가 없었고, 얼음탑에서도 마찬가지였다.

보통의 고아라면 주변의 부모라는 존재를 보고 부러워할지도 모르지만, 시카에게는 그런 게 없었고, 그래서 그녀는 부모에 대한 향수나 애틋함도 없었다.

단지 배 속에 있었을 때 들었던 괴물이라는 그 말.

그리고 사람들이 자신을 죽이려 들며 외쳤던 그 말만이 그녀에게 쿡 박혀서 괴로웠던 거였다.

"카서스."

"응."

"나 인간이야."

"난 이미 알고 있었는데."

카서스의 말에 시카는 웃음을 터트리고 다시 그를 안았다.

"카서스의 말대로 하기를 잘했어. 만나러 오기를 잘했어."

생각보다 일이 잘 풀려서, 계속 궁금했던 것이 쉽게 해소되어서 이상할 지경이었다. 카서스는 '네 마음이 상하지 않았다면야.'라는 생각으로 씩 웃었다.

"내 말 듣기를 잘했지?"

"응, 카서스가 최고야."

시카는 환하게 웃었다.

"그럼 다시 돌아갈까?"

"응."

시카가 고개를 끄덕였다. 그녀는 마지막으로 트라벨 남작의 저택을 돌아보았다. 저 저택 어딘가에 로렌스도 있겠지.

어머니에게 항상 괴물이라는 말을 듣는, 나의 형제.

세상을 부술 계획을 세우는 나의 혈육.

"십 년 후에 보자."

그녀는 작게 중얼거리고 카서스의 손을 꼭 잡았다.

두 사람의 모습은 곧 사라졌고 여름의 정원에서는 새소리만 요란하게 다시 울리기 시작했다.

검사님

카서스는 온몸이 아파 왔다. 마치 커다란 통에 들어간 채로 산길을 굴러 내려온 느낌이다. 풀로 붙인 듯한 눈꺼풀을 들어 올리려 애쓰며 카서스는 이게 무슨 상황인지 추측하려 애썼다.

실바로 돌아가서 시카와 몇 가지 일을 정리하고, 폭풍우 치는 바닷가로 가서 순간 이동을 했다.

이론대로라면 지금이 원래 시대여야 한다.

거기까지 생각이 미치자 카서스는 몸을 벌떡 일으켰다.

"시카?"

목소리가 쉬어 나왔다.

사방이 어두워 카서스는 뻑뻑한 눈을 몇 번이나 문지르며 주변을 살폈다.

"시카!"

밤의 숲 속이었다. 멀리 기척을 더듬어 보았지만 아무런 인기척도 느껴지지 않았다. 카서스는 초조해졌다.

시카는 어떻게 된 거지?

따로따로 순간 이동된 건가?

그러고 보니 마지막에 알 수 없는 강한 힘 때문에 붙잡은 손이 미끄러졌던 것도 같다.

밤새 숲을 뒤지다가 동이 터 와 카서스는 근처의 마을을 찾아 내려갔다. 숲과 마을은 그렇게 멀지 않았다. 일단 여기가 어디인지 알아야 그다음 계획을 세울 것 아닌가?

도착한 작은 마을은 상당히 수선스러웠다.

"어이, 누구야!"

'이런 작은 마을에 입구부터 경비가?'

카서스는 갸웃하며 상대를 살폈다. 무장이라고야 손에 든 쇠스랑이 전부인 듯하지만 상당히 흉흉하다.

"숲에서 길을 잃은 사람입니다. 도움을 청하러 왔어요."

"숲에서?"

남자가 놀란 듯 되물었고 카서스는 고개를 끄덕였다.

"숲에서 악마를 못 봤나?"

그의 으스스한 말에 카서스는 "아뇨, 아무것도 못 봤는데요." 하고 대답했다. 그리고 되물었다.

"숲에 마수라도 있는 겁니까?"

그제야 남자는 카서스의 허리에 매인 커다란 시미터를 발견했다. 쇠스랑을 붙잡고 그가 물었다.

"용병인가?"

"그런 셈이죠."

"적당한 시기에 왔군!"

그는 확 밝아진 얼굴로 카서스에게 들어오라고 손짓했다. 카서스는 마을 안으로 들어섰다. 마을의 긴장된 분위기가 느껴졌다.

"촌장님께 같이 가자고. 용병이라니, 몸값은 얼마나 되는 건가? 실력은 있나?"

질문을 퍼부으며 그는 카서스를 이끌고 마을 안쪽의 광장으로 향했다. 광장에는 농기구로 무장한 사람들이 모여 있었다.

"잭? 무슨 일이야?"

낫을 든 남자가 묻자 잭이 활짝 웃으며 대답했다.

"용병이래!"

그 단어에 사람들의 얼굴이 밝아졌다. 카서스는 주변을 살피고 물었다.

"마수에게 피해라도 당하고 있는 모양이군요."

"마수가 아니라 괴물이라네."

나이가 지긋한 노인이 지팡이를 짚고 걸어오며 말했다. 덥수룩한 수염과 눈썹에 얼굴이 묻혀서 잘 보이지도 않았다.

"안녕하십니까. 숲에서 길을 잃어서 도움을 받고자 들렀습니다."

카서스는 공손하게 인사했다. 그는 마스터이고 손꼽히는 검사지만, 그것과 이것은 별개의 문제다. 어쨌든 그는 지금 도움을 청하는 입장이니까.

"이때에 맞춰서 당신이 온 것도 하늘의 뜻이겠지. 우리를 도와주지 않겠나?"

"몸값만 맞는다면요. 그 전에 하나 궁금하게 있습니다만, 오늘이 몇 년 몇 월 며칠입니까?"

그의 말에 촌장은 수염을 쓸다가 대답했다.

"제국력 382년 6월 17일이네만."

"382년."

카서스는 숨을 삼키고 얼굴을 문질렀다.

'더 뒤로 왔잖아?!'

다시 십 년이나 더 뒤로 와 버렸다. 십 년에 더해서 십 년. 총 이십 년을 거꾸로 온 셈이다.

카서스는 신음을 내뱉었다.

"무슨 문제라도 있는 건가?"

촌장의 말에 카서스는 고개를 저었다.

"아뇨, 아닙니다. 그런데 혹시 분홍색 머리카락에 아름다운 소녀를 보지 못하셨습니까?"

"아니, 외부인은 당신뿐이네."

카서스는 폴짝 뛰고 싶은 심정이었다.

1. 지금 자신 혼자만 이 시간대에 있다.
2. 시카와 거리가 멀리 떨어져 있다.

제발 2번이기를 카서스는 빌었다. 1번이라면……

카서스는 혼란스러움을 감추기 위해 이마를 문지르며 물었다.

"그래서, 괴물이라고요?"

"늑대와 함께 뛰어노는 괴물이지."

카서스는 움찔했다. 어디서 들어 본 이야기 아닌가?

"늑대와 말입니까?"

"검은색 몸에 빨간 눈을 하고 있는데, 인간처럼 팔다리가 달려 있네. 흉측하고 무시무시한 괴물이라네. 몇 번이나 숲에 들어간 사람을 놀라게 했는지 몰라. 점점 자라고 있어서 언젠가는 사람을 해칠까 걱정이라. 오늘 그것을 처치할 생각이야."

아.

아아.

카서스는 웃어야 할지 울어야 할지 알 수가 없었다.

시카다.

아직 어린, 늑대와 함께 노는.

그러면 시카의 검사님은—

카서스는 웃음을 터트리고 싶은 기분을 느끼며 입술을 깨물었다. 여기서 웃는 건 좋아 보이지 않겠지.

"돕겠습니다."

"정말인가?"

"네, 특별히 무상으로요."

카서스는 싱긋 웃었다.

카서스는 근처 냇가에서 몸을 씻었다. 머리카락에서 검은색 물이 완전히 빠져나가고 청색 머리카락이 돌아왔다.

그는 가볍게 머리를 털며 밖으로 나와 옷을 입었다.

멀리 사냥개가 짖는 요란한 소리가 들려왔다. 근처의 사냥꾼까지 끌어 모았으니, 촌장이 제법 수완이 있는 듯했다.

"누구야?"

근처의 인기척에 카서스는 심드렁하게 물었다. 그러자 마을에서 보았던 젊은 여자가 슬그머니 모습을 드러냈다. 그녀의 눈이 물방울이 맺혀서 흘러내리는 카서스의 어깨와 가슴 그리고 복근으로 떨어졌다.

"관음하고 싶으면 그냥 앞에 서서 봐도 되는데."

싱긋 웃으며 그가 말하고 셔츠를 걸치자 여자의 얼굴이 빨개졌다. 그녀가 시선을 돌리면서도 힐끔힐끔 카서스를 바라보았다.

이런 시골에서 저런 미남을 보는 건 매우 드물다.

게다가 용병이라는 거친 직업과 어울리지 않는 소설 속에서 빠져나온 것 같은 얼굴에 마을 처녀들의 마음은 새로운 세계를 맛본 충격으로 흔들렸다.

"가, 갈아입을 옷을 드릴까 하고."

"아니, 괜찮아."

카서스는 대답하고 셔츠를 걸쳤다.

"머리가 파란색이셨네요."

"그렇지."

카서스가 나무에 걸렸던 검대를 잡아당겨 허리에 차고 들고 있던 시미터를 연결시키며 물었다.

"그게 볼일의 전부인가?"

"아, 아뇨. 그게 점심 먹고 바로 출발할 거라고 전해 달라고, 촌장님께서."

"알았어."

"애나벨이에요!"

카서스가 그녀를 돌아보자 애나벨이 얼굴을 붉히며 말했다.

"제 이름이요. 애나벨이라고요."

"알았어. 애나벨."

대답하고 카서스는 나머지 옷을 걸치고서 그녀를 지나쳐 걷기 시작했다. 애나벨은 살짝 입술을 깨물었다가 그의 뒤를 따라서 걷기 시작했다.

그녀는 이 마을에서 가장 아름다운 소녀였고, 항상 마을 남자들에게는 자신이 과분하다고 생각해 왔다. 그녀가 교태 있게, 의미를 담아 물었다.

"일이 끝나고 나면, 마을에 더 머무르실 건가요?"

"아니."

"바로 떠나시나요? 모두가 파티를 열 텐데요."

"괴물을 죽인 파티?"

카서스의 질문에는 비소가 섞여 있었지만 애나벨은 눈치채지 못했다.

"네! 산 채로 잡아서 불태워 죽이는 게 악마를 처리하는 데 가장 확실한 방법이라고 하더라고요. 잡을 수 있으면 좋겠네요."

그녀는 명랑한 목소리로 말하며 슬그머니 그의 몸을 훑었다.

"그리고 당신이 제일 큰 공로자가 되지 않을까요?"

카서스는 옆에 있는 여자의 목을 잡아서 땅바닥에 내팽개치면 안 될까? 하는 고민을 잠깐 했다. 어차피 숲이고, 이 애 하나 죽여도 상관없지 않을까 싶은데.

고민하는데 다른 사냥꾼 둘이 이쪽을 향해 걸어오는 게 보였다. 애나벨은 방금 자신이 목숨을 건졌다는 사실을 모른 채 말했다.

"저 사람들도 베테랑 사냥꾼이에요. 둘 다 유명한 곰 사냥꾼이라고 하던데요? 데리고 있는 사냥개만 서른 마리예요."

"그래. 그런 것 같네."

카서스는 무성의하게 대꾸하고 사냥꾼들에게 웃어 보였다.

카서스는 뛰어난 외모만큼이나 달콤한 언변 역시 갖추고 있었다. 괜히 어릴 때부터 용병 일을 하며 구르던 것이 아니다.

처음에는 카서스를 경계하던 사냥꾼들도 이제는 십년지기가 된 것처럼 호탕하게 웃으며 언제 자신의 집으로 놀러 오라고 말했다.

'시카에게 좀 더 이야기를 잘 들어둘걸.'

카서스는 후회했다.

시카가 검사님을 만났다는 이야기는 안다. 괴물이라고 쫓겼다는 이야기도 안다. 하지만 둘 사이의 연결점에 대해서는 들은 바가 없었다.

'왜냐면 그 자식 이야기가 듣기 싫었거든.'

시카가 검사님에 대해 이야기하는 것도, 회상하는 것도 싫어서 그랬다.

'근데 그게 나였으니까.'

자기가 자신을 질투한 셈이니 이 얼마나 바보 같은 일이란 말인가?

'그리고 시카가 알면 얼마나 놀랄까?'

그런 생각을 하며 카서스는 히죽히죽 웃음이 나오는 것을 억눌렀다.

'가장 먼저 내가 시카를 발견하기를 바라야지.'

카서스는 마음속으로 빌었다.

마을 사람들이 준비한 점심을 먹고 사냥꾼은 사냥개와 함께 움직이기 시작했다. 마을 사람들 역시 간격을 두고 그 뒤를 따랐다.

늑대 무리를 추적하는 일은 신중하게 이루어졌다.

숲은 넓었고, 사냥꾼들의 생각보다 늑대들은 더 신중하고 현명하게 움직이고 있었다. 결국 본격적인 추격전이 된 것은 해가 지고 나서였다.

사냥개가 짖는 소리가 날카롭게 울려 퍼지고 사냥꾼들은 뿔뿔이 흩어졌다. 늑대들이 따로따로 나눠짐에 따라서 일행도 나뉜 것이다.

카서스는 쫓는 게 늑대가 확실한 일행은 다 배제했다.

'어디야, 시카.'

"저쪽에! 괴물이야! 괴물!"

"어디!"

횃불들이 이리저리 움직이며 숲을 비췄다. 이지러지는 그림자는 흥분한 사람들로 하여금 그림자를 늑대 혹은 괴물이라고 착각하게 만들었다.

"저쪽에! 나무 위를 건너갔어!"

그 말에 사람들이 모두 위를 바라보며 이리저리 횃불을 흔들었다. 카서스는 혀를 찼다. 아예 어두운 쪽이 그에게는 편했다.

횃불을 보고 어둠을 보면 눈이 익숙해지는 데에 더 시간이 걸린다.

오러를 얇게 퍼트려 사방의 기척을 쫓는다. 성인 인간, 인간, 인간. 제외. 제외. 제외. 작지만, 늑대. 제외.

이런 기감을 오래 열어 둘 수는 없었다. 너무나 많은 정보가 밀려들어 오기 때문이다. 인간의 머리는 그런 정보량을 다 감당할 수가 없다.

그때 작은 기척이 휙 지나갔다.

작은 인간.

카서스는 자리에서 팅기듯 쏘아져 나갔다. 저쪽에 햇불이 흔들리는 게 보였다.

"저쪽이야! 화살에 맞았어!"

"개를 풀어! 쫓아가!"

카서스는 앞서 달려가던 사냥개를 쉽게 따라잡았다. 그가 살기를 가볍게 뿜어내자 개들은 놀라 사방으로 흩어졌다.

그의 눈이 어둠 속을 재빠르게 훑었다.

'저쪽—!'

나무 사이를 빠르게 지나가는 인영이 눈에 띄었다. 그리고 다음 나무로 건너가나 싶더니 그대로 추락했다.

첨벙—!

계곡물 소리가 요란하게 들려왔다.

"시카!"

소리치며 카서스 역시 물로 뛰어들었다.

계곡은 수심이 상당했고 여름이라 물이 잔뜩 불어 있어 유속도 엄청났다. 게다가 바위들이 여기저기 산재해서 물속도 험했다.

어둠 속에서 카서스는 이를 악물고 시카를 찾으려 애썼다.

'놓쳤나? 아래로 더 흘러갔나? 아니면 어디에 걸려서 내가 지나쳤나?'

쿠르르르릉.

강해진 물소리와 유속이 앞쪽에 폭포가 있음을 말해 주고 있었다.

망할, 망할, 망할!

"시카!"

카서스는 크게 그녀를 불렀다. 물속에 말려들어 간 건가?

물 위로 떠올라! 시카!

마치 그의 바람을 들은 것처럼 저쪽에 뭔가가 떠올랐다가 사라졌다. 카서스는 필사적으로 그쪽으로 다가갔다. 붙잡은 팔은 가늘고, 가볍고, 차가워서—

카서스는 그녀를 끌어안았다.

그리고 폭포가 그를 삼켰다.

*　　*　　*

그녀는 눈을 떴다.

"끄으응—"

애처로운 신음을 흘리며 아픈 몸을 일으켰다.

"끼이잉?"

신음을 흘리면 얼른 와 줄 큰 늑대가 보이지 않아 그녀는 당황했다. 아프다. 아파. 몸을 일으키다가 그녀는 당황했다.

옷을 입고 있어?

"시카? 일어났어?"

시카는 움찔하며 팟 하고 뒤로 물러나 상대를 노려보았다. 한껏 이를 드러내고 으르렁거리며 몸을 낮췄다.

커다란 인간 남자였다.

"움직이면 안 돼. 상처 터진단 말야. 자, 괜찮아. 해치지 않을게, 응?"

그의 목소리는 부드러웠다. 양 손바닥을 뒤집어 보이며 남자는 웃어 보였다. 그녀는 그를 믿어야 할지 말아야 할지 알 수가 없었다. 동굴 안은 사방이 다 막혀 있어서 도망갈 수도 없다.

그녀는 천천히 몸의 긴장을 풀었다. 저 남자를 지나야 입구가 있다.

단숨에 힘을 모아 그녀는 달려 나갔다.

도망칠 작정이었다.

하지만 손쉽게 남자는 자신을 붙잡았다. 그녀는 버둥거리며 울부짖었다.

"나가고 싶으면 내보내 줄게, 잠깐, 잠깐, 시카. 얌전히 있어, 응? 부탁이야."

그녀가 손톱으로 그를 할퀴고 발버둥 치는데도 남자는 화내지 않았다. 상처가 아파 와서 그녀는 발버둥을 그만두었다. 움직일 때마다 등이 아팠다.

화살에 맞았었지.

발버둥을 멈추자 남자는 조심스럽게 그녀를 고쳐 안았다. 안기는 건 처음이라 그녀의 자세는 뻣뻣했고 불편했다.

남자는 몇 번 자세를 고치더니 신음을 흘렸다.

"상처 터졌잖아. 다시 피나고 있어."

그의 목소리에는 한 번도 들어 본 적이 없는 것으로 가득했다. 그게 뭔지는 모르겠지만 말이다. 그는 자신을 밖으로 데리고 나갔다.

쿵쿵 깊게 숨을 들이켰지만 익숙한 냄새는 전혀 나지 않았다. 늑대 형제들은 다 죽은 건가?

"계곡물에 쓸려서 상당히 내려왔어. 다시 돌아가기는 힘들 거야."

남자가 또박또박한 목소리로 부드럽게 설명했다. 시카는 멀리 바라보았다. 그녀는 깊게 숨을 들이마셨다가 하울링 했다.

"아우우우―!"

남자는 깜짝 놀란 듯했지만 자신을 내팽개치거나 두려워하는 기색이 없었다.

왜일까? 왜야?

몇 번이나 울부짖었지만 돌아오는 소리는 없었다. 그녀는 축 늘어졌다.

"상처 다시 봐도 될까? 아프게 하지 않을게."

남자가 작게 속삭였다. 그녀는 아무런 반응도 하지 않았다. 그는 조심스럽게 그녀를 바닥에 내려놓았다. 도망가지 않나 신중하게 살피면서 그는 그녀의 옷을 슬쩍 들어 올렸다.

"붕대 다시 해야겠다."

그의 목소리가 딱딱했다. 그가 약을 바르고 붕대를 감는 동안 그녀는 얌전히 있었다. 이제 돌아갈 곳도 없다. 돌아갈 수도 없다.

앞으로 어떻게 살아가야 하나, 하는 염려가 그녀를 덮쳐 왔다.

그리고 그녀는 아팠다.

상처의 통증에 그녀는 끙끙거렸고, 열이 나기 시작하면서 본격적으로 앓았다.

온몸이 아파 왔다. 숨쉬기도 어려웠다.

'상관없어.'

그녀는 그렇게 생각했다. 가족이던 늑대들도 다 죽었다. 모친은 자신을 괴물이라며 죽이라고 말했다. 사람들도 자신을 괴물이라고 외쳤다.

딱히 살아야 할 이유가 없었다.

죽으면 편해질 것이다. 시카는 그렇게 생각했다.

하지만 그런 그녀의 안식을 방해하는 사람이 있었다. 자신을 물속에서 건져 낸 남자였다.

"시카, 힘내. 응? 살아나야 나와 다시 만날 거 아냐."

그는 그렇게 속삭이며 그녀를 간호했다. 천에 차가운 물을 적셔 와서 이마 위에 올려놓고, 상처에 약초를 짓이겨 발랐다.

시카는 그가 언제 자고 일어나는지 알 수 없었다. 그녀가 눈을 뜰 때마다 그는 항상 깨어 있었다. 처음에는 짜증이 났다.

왜 방해하는 거야?

그가 뻗어오는 손을 밀쳐내고 깨물었다. 계속 그에게 이를 드러내며 손톱으로 그의 몸에 깊게 상처를 냈지만, 그는 그럴 때마다 "괜찮아, 괜찮아." 하고 속삭일 뿐이었다.

그녀에게 조금의 화도 내지 않았다.

어째서?

왜야?

그녀는 사람이 미웠다. 자신을 살리려는 이 남자도 미웠다. 모두가 자신을 미워한다. 그렇다면 자신도 그들을 미워할 것이다.

네가 미워!

그런 생각으로 공격을 해 댔지만, 그는 아랑곳하지 않아서 오히려 그녀가 먼저 지쳐 버렸다.

"시카, 얼른 낫자. 응?"

그는 단지 그렇게 부드러운 목소리로, 그녀가 한 번도 들어 본 적이 없는 뭔가가 듬뿍 담긴 목소리로 그녀를 어를 뿐이었다.

고열에 시달리며 그의 나지막한 목소리를 듣다 보면 왜인지 눈물이 흘러나왔다.

"괜찮아. 금방 나을 거야."

이 사람은 나에게 왜 이러는 거야?

왜?

시간이 어떻게 흐르는지도 알 수 없었다. 그녀는 슬며시 눈을 떴다. 어둠 속에서는 아무것도 보이지 않았지만, 자신의 손을 꼭 잡은 그의 손만은 느껴졌다.

"죽지 마, 시카. 제발. 부탁이야."

낮게 흐느끼듯, 기도하듯 말하는 남자의 목소리에 그녀는 숨을 삼켰다.

그가 왜 그러는지는 알 수 없다.

하지만—

그렇다면 살아도 괜찮지 않을까?

이유 정도는 알고 싶고,

'살고 싶어.'

아픈 뒤 처음으로 그녀는 삶의 의지를 품었다. 그가 자꾸 자신을 시카라고 부르는 것도 이상했지만 마음에 들었다.

아마 자신을 부르는 호칭인 게 아닐까?

그렇다면 자신을 아는 사람인 게 아닐까?

시카?

시카.

울림은 마음에 들었다.

내 이름.

시카.

시카는 마음속으로 몇 번 그 이름을 되뇌었다.

삶에 대한 의지를 가지자 아팠던 것이 순식간이었던 것처럼, 낫는 것도 순식간이었다.

폭풍이 지나고 해가 비치듯, 열이 떨어진 아침은 상쾌했다.

시카는 자리에서 일어났다. 동굴 벽에 기대 졸고 있는 남자를 시카는 빤히 바라보았다.

그러고 보니 그가 자는 건 처음 본다. 이제 슬슬 한계였겠지.

'예쁜 머리카락.'

푸른색 머리카락은 여름 하늘의 빛깔 같았다. 아니면 늑대들과 함께 뛰어들었던 호수의 빛깔이나. 저도 모르게 손을 뻗었는데 그 손이 닿기도 전에 남자는 눈을 떴다.

시카는 흠칫하고 후다닥 뒤로 물러서다가 휘청했다. 그녀가 넘어지기 전에 그가 그녀를 붙잡았다.

"괜찮아? 몸은 나아졌어? 아, 열 떨어졌구나. 다행이다."

안도하며 그는 길게 한숨을 내쉬었다. 그리고 싱긋 웃으며 말했다.

"머리카락 만져 볼래?"

시카는 고개를 끄덕였다. 그가 "자." 하고 고개를 숙여 자신의 머리를 내밀었다.

시카는 머뭇거리며 손을 뻗어 그의 머리를 어루만졌다.

늑대들과의 모피와는 전혀 다른, 가늘고 부드러운 머리카락 느낌이 기분 좋았다. 손을 떼자 그가 고개를 들었다.

금빛을 띤 연녹색 눈동자가 황홀할 정도로 예쁘다.

"만나서 기뻐, 시카. 사랑해."

사랑해.

"왜?"

시카가 묻자 그는 눈을 동그랗게 떴다가 웃었다.

"첫눈에 반해 버렸어."

시카는 그 말에 어떻게 반응해야 할지 알 수 없어서 망설이다가 말했다.

"시카."

"그래, 시카. 네 이름. 아니 생각해 보니 지금 네 이름은, 없는 거지? 그러면 시카라는 게 맞지만, 그러면 시작은 대체 어디서 된 거지……."

그가 중얼중얼하다가 "뭐, 어쨌든." 하고 씩 웃었다.

"난 그냥 검사님이라고 부르면 돼."

"검사님?"

"응. 아, 진짜—"

그는 뭐라고 하려는 듯했다가 그냥 고개를 절레절레 저었다.

"이거 은근 답답한데. 이것 때문에 했던 내 삽질들을 생각하면—"

"검사님?"

"응?"

그가 시카를 빤히 보다가 "으읏—!" 하고 소리치고 양손으로 자신의 얼굴을 감쌌다.

"진짜 귀여워! 작은 시카 정말 귀여워! 인형 같아!"

"귀여워?"

아까부터 계속 처음 들어 보는 말만 늘어놓아서 시카는 그의 눈을 믿을 수가 없었다. 검사님은 환하게 웃었다.

"응, 진짜 귀여워. 괴물이라니, 그건 말도 안 되는 헛소리야. 믿지 마. 시카는 엄청 귀여워. 세계 제일로 귀여워."

퍼붓는 말에 뺨이 달아올랐다.

"예뻐."

그녀 역시 작게 말했다. 검사님이 자신을 바라보았다.

"다 예뻐."

시카가 그의 머리카락을 가볍게 당기며 말하자 그가 씩 웃었다.

"마음에 들어?"

끄덕끄덕.

"역시, 시카. 어릴 때부터 보는 눈이 있네."

"왜 시카?"

시카는 궁금한 걸 물었다. 그녀는 알아듣는 건 능숙했지만, 언어를 사용해 보는 건 처음이라 입 밖으로 말하는 게 어색했다.

"시카는 시카니까?"

"……?"

그녀가 갸웃하자 그는 웃었다.

"그냥 그런 거야."

말하고 그는 자리에서 일어났다.

"상처 볼게."

시카는 순순히 고개를 끄덕였다. 그는 옷을 슬쩍 들춰 상처를 보고 한숨을 내쉬었다.

"다행이다. 고름도 다 빠졌네. 좋아. 그러면 오늘까지 쉬고 내일 출발하자."

"출발?"

"응."

"어디로?"

"얼음탑으로."

"……?"

이해할 수 없는 단어에 시카는 갸웃했다. 그가 그녀의 머리카락을 조심스럽게 쓸어내리고 말했다.

"마법사들이 사는 곳이야. 그곳까지 널 데려다줄게."

"마법사?"

"그래. 네 재능을 잘 발휘할 수 있게 도와줄 거야."

시카는 눈을 깜박였다. 그녀가 머뭇머뭇 말했다.

"나 계속 함께, 안 돼?"

그 말에 그의 얼굴이 일그러졌다가 간신히 웃음을 지으며 말했다.

"계속 함께하게 될 거야. 반드시. 꼭. 언젠가는. 하지만 그때까지는 떨어져 있어야 해."

시카는 이해할 수 없었지만, 순순히 고개를 끄덕였다.

*   *   *

카서스가 붕대를 풀어 주어 시카는 팔을 가볍게 움직여 보았다.

등이 약간 당기기는 하지만 통증은 없었다. 깔끔하게 잘 나은 모양이었다. 상처를 본 검사님도 그렇게 말해 주었다.

"다행이야. 흉터 안 생기고 낫겠다. 어려서 그런가, 회복력이 좋은데."

다행이야, 하고 검사님이 싱긋 웃어서 시카는 그의 얼굴을 바라보다가 옷을 챙겨 입었다. 입는 것이 서툴러서 낑낑거리는 걸 검사님이 도와주며 말했다.

"상처도 나았으니 이제 말을 탈 수 있겠네."

시카는 주섬주섬 옷을 챙겨 입었다. 옷을 입는 게 처음에는 답답하고 간지러웠지만 그래도 이제는 그나마 익숙해졌다.

처음으로 들어간 마을에서 그녀는 그가 자신을 넘기는 게 아닌가 걱정하며 떨었지만, 검사님은 그러지 않았다. 그는 그녀를 망토로 감싸 푹 눌러서 모습을 숨기게 하고 여관으로 들어갔다.

그가 그녀를 안고 있는 손길은 정말 소중한 것을 안은 듯한 부드러운 손길이었다. 여관 주인은 "딸이요?" 하고 물었지만, 그는 그냥 웃고는 대꾸했다.

"목욕물 좀 부탁하지."

뜨거운 물로 씻는 건 진짜 이상한 일이었다.

하지만 의외로 기분이 나쁘지는 않았다.

"물 갈아야겠다."

검사님은 진지한 얼굴로 그렇게 말했고 시카는 순식간에 검게 변해 버린 물을 바라보았다. 눈을 따끔따끔하게 만드는 비누라는 것까지 동원하자 시카는 자신의 손톱 밑까지 깨끗해지는 게 신기해서 손을 바라보았다.

미끄덩미끄덩한 오일을 바르자 허연 각질도 사라지고 손등이 튼 것도 사라졌다. 시카는 킁킁 팔뚝 냄새를 맡았다.

달콤한 꿀 냄새 같은 게 났다. 하지만 핥아 보니 맛은 없어서 몇 번 퉤퉤하자 검사님은 웃음을 터트리며 "먹는 거 아냐." 하고 뒤늦게 말해 줬다.

그리고 검사님은 빗이라는 걸로 길고 긴 빗질을 시작했다. 머리가 당겨서 아픈 걸 참고 시카는 얌전히 앉아 있었다.

그녀가 더 이상 지루함을 참지 못할 때쯤 되어서야 빗질은 끝났다. 빗이 정수리부터 끝까지 한 번에 부드럽게 내려왔다.

"끝났다."

그가 말하자마자 시카는 팡 튀듯이 자리에서 일어나 얼른 의자 뒤로 숨었다. 검사님이 웃으며 말했다.

"정말로 끝났어. 이리 와서 보여 줘. 예쁘다, 내 시카."

"또? 안 해?"

"안 해, 안 해."

그가 웃으며 그렇게 말하고 자신의 옆자리를 두들겼다. 시카는 머뭇머뭇 의자 뒤에서 나와 그의 옆에 앉았다.

"찰랑찰랑 예쁘네. 난 검은색도 좋고 분홍색도 좋아."

"이상해?"

"예쁘다니까. 시카가 세상에서 가장 예뻐, 가장 귀여워."

그가 그렇게 말하며 그녀를 꼭 끌어안고 뺨을 비볐다. 시카는 까르륵 웃었다. 역시 이 사람의 눈이 이상한 게 아닐까? 모두가 자신을 괴물이라고 하는데 그만은 계속 귀엽다고 사랑스럽다고 말해 준다.

"정말? 나 좋아?"

"응, 시카를 엄청 좋아해. 정말로."

검사님은 그동안 수십 번이나 해 온 이야기를, 질리지도 않아하며 진지하게 반복해 주었다.

'믿어도 되지 않을까?'

시카는 그렇게 생각하며 물끄러미 그를 바라보았다.

만약 시카가 좀 더 나이가 많았다면, 그의 이런 직설적인 말이 먹히지 않았을지도 모른다. 하지만 시카는 그가 하는 말을 비꼬지 않고, 솔직하게 받아들였다.

그녀가 아주 느리게 양손을 뻗어서 그를 끌어안았다.

야생동물이 처음으로 먼저 다가와 준 기분이라, 카서스는 숨을 삼켰다.

"예뻐, 검사님도 제일 예뻐."

시카는 머뭇거리다가 그의 뺨에 입을 맞췄다. 그가 잠들기 전 자신에게 해 주는 것처럼 말이다. 그는 잠시 숨을 삼켰다가 다시 그녀를 꼭 끌어안고 침대 위에서 이리저리 굴렀다.

"아, 진짜 귀여워!"

"숨 막혀!"

몸이 흔들리는 기분을 맛보며 시카는 다시 웃었다.

이 사람이 좋아. 정말 좋아.

왜 나에게 이렇게 잘해 주는지는 알 수 없지만. 그래도 좋아.

그의 달콤한 말은 그녀의 금이 간 가슴을 메우고 찰랑찰랑하게 마음을 채워갔다.

흘러넘칠 만큼 쏟아지는 애정을 흠뻑 빨아들이며 시카는 금방 그를 좋아하게 되었다.

장난치다가 시카는 지쳐서 잠들었다. 목욕이 생각보다 기운을 잡아먹은 모양이었다.

카서스는 잠이 든 시카를 조심스럽게 똑바로 침대에 눕혔다. 까마귀 깃털보다 더 반짝거리는 검은색 머리카락은 거의 그녀의 키와 비슷할 만큼 길어서 끝을 약간 정리하는 수밖에 없었다. 완벽하게 S자 곡선을 그리는 머리카락을 카서스는 쥐었다가 놓았다.

어린아이 머리카락 특유의 가느다람과 매끄러움이 기분 좋았다.

이불을 덮어 주고 카서스는 침대에서 일어났다.

'보통은 못 보지 이런 거.'

연인의 어린 시절을 볼 수 있는 사람은 없다. 소꿉친구로 함께 자라지 않는 이상은 말이다. 그러니까 자신은 어마어마한 특권을 누리고 있는 셈이었다.

'진짜 귀여워라.'

하지만 왜 사람들이 괴물이라고 했는지도 알 것 같았다.

'보통 머리카락을 넘기지 않아?'

머리카락을 뒤집어쓴 것처럼 하고 있는 데다가, 그 사이에 붉은 눈만 번득인다. 무엇보다도 홍채가 길쭉했다. 마치 고양이의 눈처럼 길고 가는 홍채가 그녀를 인간이 아닌 것처럼 보이게 하고 있었다. 더해서 카서스가 봐도 그녀의 머리 상태는 심각했다. 저렇게 길고 웨이브 진 머리를 관리하지 않으면 당연히 처참해진다.

하지만 깨끗하게 씻기고 빗질해 놓으니 반짝반짝 빛나는 도자기 인형 같다.

자신의 성공에 뿌듯함을 느끼며 그는 창밖을 바라보았다.

'얼음탑이라.'

얼음탑은 그 이름과는 어울리지 않는 사막에 존재한다.

여기서부터 사막까지는 약 한 달 정도 걸릴 터였다. 그렇게 그녀를 데려다주고서.

'그다음은 어떻게 하지.'

얼음탑 탑주의 멱살이라도 잡아야 하나. 아니면 저자세로 나가서 사실을 고백하고 원래의 시간대로 돌려보내 주십시오, 해야 하는 건가?

고민하다가 그는 한숨을 내쉬었다.

이건 자신의 힘을 벗어난 문제다. 고민해 봐야 소용없다. 만약 여기서 이대로 쭉 지내게 된다면…….

'잠깐, 그러면 시카를 다시 만나려면 20년은 기다려야 하는 거잖아?'

어, 그건 좀 싫다.

'다시 만나면 마흔 일곱이라니 그건 좀 싫지 않나. 물론 그때의 나도 멋있을 테지만.'

이거 진짜 좀 심각한 문제 아냐?

팔짱을 끼고 끙끙거리다가 결국 카서스는 한숨을 내쉬었다. 고민한다고 해결되는 문제는 아니다.

카서스는 침대가로 다가갔다.

그사이에 시카는 이불을 걷어찬 채 자고 있었다. 쌕쌕 어린애다운 건강한 숨소리에 카서스는 웃으며 그녀의 이불을 다시 덮어 주고 자리에 누웠다.

"잘 자, 시카."

시카는 반짝 눈을 떴다.

'더워.'

희미하게 먼동이 비쳐 와 나무 창틀 사이로 빛이 새어 들고 있었다. 시카는 고개를 돌려 눈앞의 남자를 바라보았다.

검사님.

자고 있는 얼굴은 단정하고 예쁘다.

아니 깨어 있을 때도 그렇지. 시카는 이불에서 빠져나왔다. 뒷다리로 탁탁 귀 뒤를 긁으려고 하는데 치마가 훌렁 뒤집혔다.

아차, 하고 치마를 바로 하며 그녀는 손으로 귀 뒤를 문지르고는 쭈욱 스트레칭을 했다. 그리고는 동료 늑대를 깨우듯 폴짝 뛰어올라 검사님의 배 위로 올라탔다.

"컥—!"

카서스가 저도 모르게 헛숨과 함께 소리를 내뱉었고 시카가 까르르 웃었다.

"일어나!"

"어, 응. 시카, 안녕……."

웅얼거리는 목소리가 들려와 시카는 몸을 숙여 머리를 그의 얼굴에 비볐다. 늑대들이 하는 애정 표현이다. 그녀가 혀로 그의 뺨을 핥자 카서스는 웃으며 그녀를 밀어냈다.

"그러면 안 돼."

"안 돼?"

"응. 어, 한 이십 년 후에 다시 만나면 그때 해 줘. 하지만 나 말고 다른 놈에게는 절대 안 돼. 절대, 절대, 절대."

"……?"

시카는 의아한 얼굴을 하며 그를 바라보았다. 카서스는 그녀를 붙잡아 조심스럽게 자신의 배에서 내려놓고 몸을 일으켰다.

"그럼 아침 먹고, 나가자."

그의 말에 시카는 고개를 끄덕였다. 여기서 먹는 식사는 전부 맛있었다. 전에는 항상 생고기만 먹었어서 검사님은 "소금이 괜찮을까?" 하고 걱정해 줬지만 짭짤한 것도 맛있었다.

그리고 후드를 깊게 쓰고 검사님의 팔에 안겨서 마을 구경이다.

귀엽다면서 왜 가리는 걸까?

시카는 그런 생각을 하며 후드를 깊게 잡아당겼다.

괴물.

괴물.

그 단어는 사실일 터.

그리고 검사님이 귀엽다고 말해 주는 것도 사실일 테지.

그러면 검사님의 눈이 이상한 것뿐일까. 아니면 취향이.

복잡한 생각에 잠겨 시카는 카서스의 어깨에 푹 얼굴을 묻었다. 카서스는 가볍게 그녀의 머리를 쓰다듬어 주었다. 그의 어깨 너머로 빼꼼히 거리를 바라보았다.

마을은 봐도 봐도 신기한 게 흘러넘쳐 끝이 없었다.

"시카."

가볍게 그가 등을 흔들어 시카는 뒤돌아보았다. 카서스가 가리킨 가판대에는 예쁜 리본들이 나란히 놓여 있었다.

"어떤 게 마음에 들어?"

"다."

시카는 솔직하게 대답했다. 그 말에 가판대 주인이 웃음을 터트렸고 카서스 역시 웃었다. 뭔가 잘못 말한 건가? 하는데 카서스가 주인에게 말했다.

"다 주세요."

"예에! 그러면 이쪽에 핀도 서비스로 드리겠습니다!"

주인은 하나씩 리본을 포장했다. 붉은색 도트무늬, 푸른색 스프라이프, 빨간 바탕에 흰 도트무늬 등등 리본이 가득 담겼다. 마지막으로 슬쩍 가짜 유리 장식이 달린 핀까지 서비스로 넣어주는 것도 잊지 않았다. 그걸 카서스는 시카에게 건네주었고 시카는 멍하니 그걸 바라보다가 물었다.

"주는 거야?"

"그래."

"왜?"

"선물이지. 시카 머리 예쁘게 묶으라고."

"선물."

시카는 조심스럽게 봉투를 받아 들었다. 그녀는 그걸 꼭 품에 끌어안았다. 바스락거리는 종이봉투의 감촉도, 소리도 전부 방울이 울리는 듯한 경쾌한 소리로 느껴졌다.

"고마워."

"별말씀을."

카서스는 마지막으로 말을 구매했다. 말을 보는 건 처음이라 시카는 눈을 동그랗게 뜨고 커다란 동물을 바라보았다.

'자금이 달랑달랑하군.'

카서스는 말 값을 지불하며 한숨을 삼켰다. 꽤나 써댔으니, 이제부터는 알뜰한 여행을 해야 할 듯하다.

하지만 그것과는 별개로 시카에게 자꾸 뭔가를 가득 안겨 주고 싶어서 견딜 수가 없었다. 하지만 그건 참아야겠지.

여행 중간에 용병질을 하고 싶지 않은 이상 말이다.

'어린 시카를 데리고 그런 험한 일을 할 수는 없지.'

어디 누군가에게 맡겨 두는 것도 그렇고.

카서스는 자신의 액세서리까지 싹 처분해야겠다고 생각했다. 그러면 여행 자금은 충분히 나올 터였다. 그가 자신의 귀걸이를 만지고 혀를 찼다.

'머리카락이 잘려서 큰 걸 안 하고 다닌 게 아쉽네.'

그런 그의 얼굴을 빤히 보던 시카가 종이봉투를 열고는 빨간색 리본을 꺼내서 내밀었다.

"선물."

카서스는 저도 모르게 웃었다.

"그러면 시카가 묶어 줄래?"

"나?"

"응."

시카는 리본을 보았다가 그의 머리를 보았다. 비장한 표정으로 그녀가 고개를 끄덕였다.

"좋아, 여관으로 돌아가면 묶어 줘."

약속이다, 하고 카서스가 말해 시카는 다시 고개를 끄덕였다.

카서스는 "와" 하고 가볍게 환호성을 지르며 말을 이끌고 여관으로 돌아왔다.

방에 올라와 카서스는 얼른 털썩 바닥에 주저앉았다. 시카는 빨간 리본을 들고 망설이다가 자신의 어깨에 리본을 올려 두고 카서스의 머리카락을 빗기 시작했다.

카서스는 머리카락이 잡아 당겨지는 대로 얌전히 앉아 있었다. 그녀의 손놀림이 너무 정중해서 좀 더 잡아당겨서 묶어도 된다고 말하고 싶을 정도였다.

'하지만 괜히 그런 말 했다가 망칠 수도 있으니까.'

시카는 한참을 풀었다 다시 묶었다를 반복했다. 카서스는 긴 시간을 말없이 기다렸고 시카는 한숨과 함께 뒤로 물러섰다.

"묶었어."

"그래? 어디 볼까."

카서스가 자리에서 일어나 거울로 다가갔다. 슬쩍 고개를 돌려 보니 붉은색 리본이 훌륭하게 묶여 있었다.

예상외의 솜씨라 카서스는 감탄했다.

"굉장한데? 매듭도 제대로 매어져 있고, 리본도 예쁘게 묶였네. 고마워, 시카. 이제 내가 묶어 줄게. 하나 골라 봐."

"검사님이?"

"응. 나 머리 잘 묶거든. 원래는 시카만큼 머리가 길었는걸."

시카는 고민하다가 흰색과 오렌지색 줄무늬가 들어간 리본을 골랐다. 카서스가 의자를 두들겨서 시카는 리본을 그에게 건네주고 의자에 앉았다.

"그런데 지금은 왜?"

시카가 물어서 카서스가 그녀의 머리를 움직이지 말라는 뜻으로 고정하고 되물었다.

"뭐가?"

"머리카락."

"아, 잘렸어."

"잘려?"

"응, 기절한 사이에 나쁜 놈들이 싹둑 잘라 버렸지. 나쁜 놈들, 소원을 빌던 거였는데―"

중얼거리던 카서스의 손이 멈칫했다. 다시 천천히 그가 시카의 머리를 양 갈래로 묶어 주며 느릿하게 말했다.

"이루어졌구나."

딱히 빌 소원은 없었다. 하지만 무언가를 원해서 소원을 빌었다.

"하핫."

카서스는 가볍게 웃었다. '머리카락이 잘리는 순간 소원이 이루어지는 거야.'도 아니고 뭐람. 그는 키득거리며 그녀의 머리를 솜씨 좋게 묶어 주었다.

"자, 다 됐다."

카서스가 손을 놓으며 말하자 시카는 자신의 양 머리카락을 당겨 보았다. 긴 리본은 잡아당겨서 볼 수 있었다. 카서스가 "거울은 저쪽이야." 하고 말했지만 그녀는 고개를 저었다.

시카는 카서스에게 물었다.

"예뻐?"

"응, 세상에서 제일 예뻐."

시카는 활짝 웃었다. 하지만 거울을 확인하러 가지는 않는다. 카서스는 묘한 기분을 느꼈지만 그렇다고 억지로 그녀에게 거울을 들이밀고 싶지는 않았다.

'아, 그러고 보니 시카가 반지를 뺐을 때의 자기 얼굴을 확인한 게 나와 만나고 나서였지.'

그걸 깨달아 카서스는 한숨을 내쉬었다.

시카는 양 갈래 머리가 신기한지 빙글빙글 돌며 머리카락을 확인하고 있었다. 그게 너무 귀여워서 카서스는 저도 모르게 히죽 웃었다.

시카가 그 웃음이 도는 행동을 멈추고 카서스를 바라보았다. 카서스는 갸웃하며 "왜?" 하고 물었고 시카는 고개를 저었다.

카서스가 팔을 벌렸다.

그 신호가 뭔지 알 수 없어서 시카는 멍하니 그를 바라보았다.

"이리 와."

카서스의 말에 시카가 그에게 걸어왔다. 카서스가 그녀를 번쩍 안아 들었다.

"시카, 내가 시카 진짜 진짜 사랑하는 거 알지?"

시카는 고개를 끄덕였다.

'아, 보고 싶다.'

어린 시카의 둥그스름한 얼굴을 보고 있으려니, 얼른 다 큰 시카 울프가 보고 싶다. 얌전한 척하면서 사실은 말괄량이인 데다가, 순진한 듯 보이다가도 숨을 삼키게 대담한, 내 시카.

'다시 만나서 실은 내가 검사님이라고 하면―'

카서스는 눈을 감았다.

지금도 선명한, 그 웃음, 그 기쁨, 그 눈물.

그것은 전부 자신의 것이다.

다리가 후들거릴 정도로 환희가 치솟아 올라서 카서스는 이를 악물었다. 안 그러면 미친놈처럼 웃을 것 같다. 시카가 그의 뺨에 작은 손을 가져다 대며 그를 불렀다.

"검사님?"

카서스는 숨을 깊게 들이마시고 눈을 뜨며 부드럽게 미소 지었다.

"응?"

시카는 그의 연녹색 눈동자를 빤히 바라보았다. 그 붉은색의 길쭉한 눈동자가 전부 꿰뚫어 보는 기분이라 카서스는 슬그머니 시선을 돌렸다.

안 그랬다가는 사실 나는 방랑자 카서스 리안이고, 우리는 미래에 다시 만나 연인이 될 거야! 같은 소리를 줄줄이 해 버릴 것 같았다.

"하아."

작은 한숨 소리에 카서스는 휙 눈동자를 돌렸다. 지금 한숨?

한숨을 내쉰 거야?

"시카?"

저도 모르게 그녀의 이름을 부르자 시카가 눈을 내리깔고 말했다.

"내려 줘."

"어? 어어. 갑자기 왜? 무슨 일이야?"

"아니, 별로."

시카는 그렇게 대답하며 고개를 휙 돌렸다. 누가 봐도 '나 마음 상했어.' 하는 동작이라 카서스는 더더욱 당혹스러웠다.

"시카?"

"얼른."

시카의 재촉에 카서스는 그녀를 내려주었다. 시카는 총총 걸어서 침대로 가 풀썩 앉았다.

'아.'

시카는 깨달았다.

'이건 그냥 화풀이야.'

검사님이 눈을 피해서, 화가 났다. 남들은 괴물이라고 해도, 당신은 예쁘다고 해 줬잖아. 하지만 역시 빤히 보는 건 싫어?

시카는 손등으로 눈가를 슥슥 문질렀다.

"시카? 왜 그래? 응?"

카서스가 침대 앞에 한쪽 무릎을 꿇고 앉으며 시카에게 물었다. 시카는 휙 고개를 돌렸다.

"시카~"

카서스가 애교스럽게 부르며 그녀의 손을 잡으려 했지만, 시카는 손을 팍 뿌리쳤다.

'헉, 이거 검사님 위기인가……?!'

왜지? 갑자기 뭐지?

이대로 가면 시카의 기억 속 검사님은,

—으응, 뭐 그런 사람이 있었죠.

이게 될 테고, 그러면 날 보고도 아무렇지도 않을 테고, 그러면!

빙글.

눈앞의 시카가 다시 카서스 쪽으로 돌아앉았다.

"나 이상해?"

시카의 물음에 카서스는 "아니? 전혀 안 이상한데? 완전 예쁜데? 진짜 귀여운데?" 하는 말을 퍼부었다. 시카는 빤히 카서스를 보았고, 카서스도 빤히 시카를 바라보았다.

눈싸움하듯 하다 결국 건조해진 시카의 눈에서 눈물이 한 방울 또르르 흘러내렸다. 놀란 카서스가 손을 뻗어 그녀의 눈을 눌렀다.

"눈을 깜박여야지!"

카서스의 타박에 시카는 저도 모르게 웃었다.

왜 이렇게 친절할까?

왜 이렇게 다정할까?

처음 보는 사람이면서 어째서 이렇게 친근하게 대해 주는 걸까?

이해할 수 없었지만, 좋았다.

"검사님."

"응?"

"좋아."

"나도 좋아."

눈을 누르고 있어서 검사님의 표정을 볼 수는 없지만, 그의 목소리에 담긴 달콤함은 충분히 알아들을 수 있어서 시카는 다시 웃었다.

말이 통하고 생각이 통하는 존재에게 사랑받는다는 것은 완전히 새로운 세계였다. 그의 말은 다채롭고 몇 겹씩 겹쳐서 울리는 숲의 소리처럼 시카의 마음을 사로잡았다.

카서스가 조심스럽게 손을 떼며 물었다.

"괜찮아? 눈 따끔거리거나 뿌옇게 보이거나 하지 않아?"

"괜찮아."

시카의 답에 카서스는 안도하며 자리에서 일어났다.

뭔지는 몰라도 기분이 풀린 모양이다.

"내일부터는 말 타고 이동해야 하니까 힘들 거야."

"얼마나 가면 돼?"

"탑까지? 글쎄. 한 달은 걸릴걸. 거기다가 사막에 들어선다고 해서 탑이 언제 나올지는 모르는 거니까."

하지만 반드시 만난다는 건 알고 있다.

"한 달."

시카는 그게 얼마나 되는 날일까 하며 멍하니 읊조렸다. 카서스는 그걸 눈치채고 말했다.

"서른 밤낮이 지나가면."

"길다."

"그렇지."

카서스는 웃으며 고개를 끄덕였다. 끄덕이다가 그는 "긴가……?" 하고 다시 작게 중얼거렸다. 그는 고개를 돌려 창밖을 바라보았다.

노을이 지고 있어, 붉은 기가 섞인 금색 햇살이 비쳐 들어오고 있었다.

푸른색 가느다란 머리카락이 금실처럼 반짝였다. 긴 속눈썹이 눈동자에 그늘을 드리우고, 햇빛을 받은 눈동자는 전혀 다른 색으로 빛나서―

시카는 숨을 삼키고 그의 옆모습을 바라보았다.

단정한데도 화려한 옆모습이었다.

그녀의 시선을 눈치챈 그의 눈동자가 이쪽을 바라보고, 생각에 잠겼던 얼굴에 천천히 미소가 번지면서, 애정이 가득 담긴 얼굴로 똑바로 자신을 바라본다.

그 표정이 시카의 눈에 와 박혔다.

사랑해, 라고 직접 말하진 않았지만, 그 눈이 그렇게 말하고 있었다.

시카는 눈물이 나올 것 같았다.

"그럼, 한 달 뒤에 안녕이야?"

떨리는 입술로 묻자 그는 고개를 끄덕였다. 그리고 힘주어 말했다.

"그리고 다시 만날 거야."

반드시.

시카는 고개를 끄덕였다. 그가 그렇게 말한다면 그런 것이겠지.

"언제?"

하지만 묻지 않을 수 없었다.

그녀의 질문에 그는 웃었다. 천천히 손가락을 입가로 가져가며 검사님은 속삭였다.

"비밀이야."

*　　　*　　　*

시카는 혀를 빼물고 헐떡였다. 카서스가 슬픈 어조로 말했다.

"시카, 그렇게 해도 인간은 소용없어."

늑대라면 모를까.

"더워."

"응, 덥지. 사막이니까."

카서스가 그녀에게 손부채질을 해 주었다. 이렇게 더운 날씨에 검은색 긴 머리카락은 쥐약이라 시카의 머리를 남김없이 틀어 올리고 그 위에 흰 천을 베일처럼 둘러 주었다.

그래도 더위를 막을 수는 없지만 말이다.

말을 사막에 데리고 들어가는 건 불쌍하니, 사막 근처에서 물과 식량으로 바꾸었다. 카서스는 짐을 짊어지고 그 위에 시카까지 얹고서 사막을 횡단하고 있었다.

'아니, 횡단이라는 것도 이상하지. 헤맨다고 해야겠지.'

언제 얼음탑이 나타날지 알 수 없으니 말이다.

시카가 카서스를 밀어내며 말했다.

"걸을래."

"금방 지쳐."

"그래도. 붙어 있으면 더 더워."

시카의 말에 카서스는 머뭇거리다가 그녀를 내려주었다. 시카는 자신의 발로 걷게 된 것이 기분 좋아 가볍게 뛰었다. 푹푹 모래가 파이며 발자국이 남았다.

시카는 손으로 차양을 만들어 멀리 지평선을 바라보았다. 끝도 없는 백금색 모래가 이어지고 있었다. 이곳의 모래는 흰색에 가까운 밝은 노란빛을 띠고 있었다.

그것이 햇빛을 반사해 한낮에는 도무지 걸을 수 없는 환경을 만들어 냈다. 그래서 낮에는 텐트를 쳐서 자고, 저녁부터 오전까지 걸었다.

어차피 기간 안에 사막을 건너야 하는 것도 아니니, 이리저리 오아시스를 따라 움직이는 느긋한 일정이었다.

해가 완전히 머리 위로 떠오르기 전에 두 사람은 오아시스에 도착했다.

멀리에서 보이는 초록색이 어찌나 반갑던지, 시카는 저도 모르게 네 발로 달리려다가 "앗, 뜨거." 하고 얼른 자리에서 일어났다. 시카는 손을 털었다. 데이거나 하지는 않았다.

"시카, 사람은 두 발로 뛰는 게 더 빨라."

뒤에서 카서스가 충고했다.

시카는 그 말에 두 다리로 힘차게 달리기 시작했다. 카서스는 그녀의 뒤를 쫓아 달렸다.

'과연.'

늑대와 함께 자라서인지 시카의 달리기 속도는 엄청났다.

이렇게 팔팔한 시카를 보니 어째서 성인 시카의 체력이 간당간당한 것인가, 하는 슬픈 생각마저 들었다.

'봉인 때문인가?'

생각해 보니, 봉인을 풀고 나서는 체력적으로 모자라는 모습이 거의 없었다.

'침대에서야 내가 워낙 괴롭히니까. 하지만 그래도 그 정도면 상당히 따라오는 편이고.'

생각하니 갑자기 괴로워졌다.

'금욕 생활, 괴롭다.'

시카의 목소리도, 웃음도, 그녀가 불러 주는 이름도, 화내는 얼굴도 전부 다 보고 싶었다. 절절히 그녀가 그리웠다.

그녀의 부드러운 살결도, 참으려고 애쓰는 신음 소리도, 깊은 입맞춤 끝에 눈물이 맺힌 붉어진 눈가는 또 얼마나 가학심과 욕망을 자극하는지—

한숨을 삼키고 카서스는 눈앞에 폴짝폴짝 뛰어가는 어린 시카를 바라보았다. 물론 지금의 저 모습도 사랑스럽기는 하지만 저 아이는 아직, 내 늑대 아가씨가 아니잖은가?

같은 사람이지만 시간대에 따라서 다르다니.

신기한 기분을 느끼며 카서스는 지나치게 앞서가는 시카의 뒤에 대고 외쳤다.

"넘어질라, 조심해!"

그 말에 시카는 달리는 걸 멈추고 그를 돌아보았다. 어찌나 격하게 달렸는지 베일이 벗겨져 있었다.

사막의 햇살에 반짝이는 검은색 머리카락도 머리카락이지만 눈동자는 루비보다 더 아름다웠다. 길쭉한 동공조차 이국적인 매력으로 보였다.

'저런 눈을 한 사람들은 없겠지만.'

카서스는 오아시스 쪽을 힐끗 바라보고 시카에게 베일을 쓰라고 손짓했다. 오아시스에는 사람이 모이는 경향이 있으니 미리 주의하는 게 좋겠지.

시카는 그의 손짓에 얼른 베일을 뒤집어썼다. 그리고 오아시스 쪽으로 천천히 걸어가기 시작했다.

오늘은 낙타를 볼 수 있으려나?

하지만 작은 오아시스에는 사람이 보이지 않았다. 카서스는 금방 시카의 뒤를 따라잡았다. 시카는 더워서 오아시스에 뛰어 들고 싶었지만 그런 짓은 금지다.

흐르는 물이 아닌 오아시스를 더럽히는 것은 자신들뿐 아니라 이곳에서 사는 동물들을 위해서도 피해야 하는 일이었다.

대신 그녀는 카서스에게서 나무 컵을 받아 들어 물가로 다가 갔다. 차가운 물을 연거푸 들이켜자 기분이 좋아져서, 시카는 얼른 컵을 가득 채워 카서스에게로 가지고 돌아갔다.

"여기, 물."

"고마워."

카서스가 컵을 받아 들고 물을 마셨다. 이미 천막은 설치된 후였다. 야자수 그늘 밑에 만들어진 천막은 짙은 그늘을 만들었다.

카서스는 짐에서 건량을 꺼내서 시카에게 나눠 주었다. 그가 야자수를 올려다보고 웃었다.

"오늘은 로울 열매를 먹을 수 있겠네."

"로울?"

올려다보니 키가 커다란 나무에 주먹만 한 열매가 포도송이 처럼 열려 있었다. 카서스는 허리춤에서 비도를 꺼내어 열매 줄 기를 겨냥했다.

단 한 번에 줄기가 잘라지면서 무거운 열매가 쿵 소리와 함께 바닥으로 떨어졌다. 카서스는 열매 송이를 가지고 돌아왔다.

시카는 신기하게 그 열매를 만져 보았는데 엄청나게 딱딱했다.

"어떻게 먹어?"

"기다려 봐."

카서스는 단검으로 쉽게 열매를 반으로 쪼갠 후 시카에게 내밀었다.

"숟가락으로 파먹는 거야."

겉은 노란색이었는데 안은 새하얀 빛을 띠고 있었다. 숟가락으로 푸니 푹 하고 쉽게 떠졌다. 입안에 넣고 시카는 눈을 동그랗게 떴다.

"맛있어!"

농후한 단맛과 동시에 적당한 산미가 입안에서 감돌았다. 시카는 입가와 손이 끈적끈적해지고 더는 못 먹겠다 싶을 때까지 로울 열매를 먹어 치웠다.

카서스가 물을 가져와서 그녀의 입과 손을 닦아 주었다. 피곤했는지 시카는 배가 부르자 앉은 채로 꾸벅꾸벅 졸기 시작했다.

"들어가서 자."

카서스가 웃음 섞인 목소리로 말해서 시카는 고개를 끄덕였다. 천막 안으로 기어들어간 시카는 머리를 바닥에 대자마자 그대로 잠들었다.

어둠 속에서 자신은 쫓기고 있다.

괴물!

괴물!

죽여라!

산 채로 불태워!

개가 짖는 소리, 사람들의 고함 소리, 죽어 가는 늑대들.

몸을 꿰뚫는 격통.

시카는 비명을 질렀다. 허공을 휘젓는 팔다리를 누군가가 단번에 감싸 안았다.

"흐윽!"

숨을 삼키며 시카가 그 힘에 저항하는데,

"괜찮아. 쉬이, 괜찮아."

부드러운 목소리에 단숨에 몸에서 힘이 빠져나갔다. 반대로 이제 시카는 그의 품에 매달렸다. 눈물이 끊임없이 흘러넘쳤다.

"괜찮아."

등을 쓸어내리는 손길은 일정한 리듬을 가지고 있었다. 시카는 그의 거친 셔츠에 뺨을 비비며 파고들어 갔다. 떨리던 작은 어깨와 등이 천천히 이완된다.

시카는 안도의 숨을 내쉬었다.

눈물도 멈추고 떨림도 멈췄지만, 그 품에서 벗어나고 싶지 않았다. 그녀의 마음을 읽은 것처럼 그는 그녀를 밀어내지 않고 계속 등을 쓸어주었다.

'역시 떨어지고 싶지 않아.'

시카는 그의 품에 얼굴을 묻고 말했다.

"검사님."

"응?"

"나 마법사, 안 하면 안 돼?"

순간 등을 쓸던 손이 멈칫해서 시카는 그의 옷자락을 잡은 손에 더 힘을 주었다.

역시 성가신 걸까?

여기에다가 버리고 가려는 생각일까?

"시카."

부르는 목소리에 시카는 올려다보지 않았다.

"나는 여기 오래 있을 수가 없어."

말하다가 그는 혀를 찼다.

"아, 제길. 어디까지 말해도 되고 어디까지 안 되는 건지."

그가 그녀의 양 옆구리에 손을 끼우더니 번쩍 들어 올렸다. 시카의 가벼운 몸이 쑥 딸려 왔다. 시카는 그의 얼굴을 정면으로 바라보았다.

"나도 시카를 혼자 두고 가고 싶지 않아. 하지만 그래야 해. 그리고 장담하는데, 시카는 마법을 좋아하게 될 거야."

"마법을……?"

"그래. 강하고 아름다운 마법사가 되지."

마치 미래를 보는 듯한 말투였다.

강하고 아름다운.

시카는 그 단어를 입안에서 굴려 보았다. 그렇게 되면 당신은 다시 만나러 와 주는 걸까?

그리고 더 이상 내 소중한 사람들을 잃지 않아도 되는 걸까?

내 늑대 가족처럼 잃지 않을 수 있을까?

배 속에서 헤어진 내 형제와도 다시 만나게 되는 걸까.

시카는 검사님을 바라보았다. 그는 웃었다가 다시 곤란한 얼굴을 하며 한숨을 내쉬었다.

"나도 말을 꽤 잘하는 편이라고 생각하는데 말야. 이건 어렵네."

어려워.

그가 중얼거렸다가 다시 그녀를 보고 웃었다.

"그리고 네가 마법사가 되어야 다시 만날 수 있는걸."

그 말에 시카는 마음을 결정했다.

"알겠어."

시카는 고개를 끄덕였다. 왜인지는 모르지만, 마법사가 되어야 다시 이 사람을 만날 수 있는 거라면 기꺼이 마법사가 돼도 좋으리라.

"그래."

카서스가 그녀를 조심스럽게 내려놓았다. 그때 땅이 미세하게 진동하기 시작했다.

'지진인가?'

우르릉.

그 떨림은 점점 더 강해졌다. 카서스는 시카를 안고 천막 밖으로 나왔다. 한밤중의 사막은 무서울 정도로 광활하고 아름다웠다.

시카는 뻥 뚫린 하늘을 바라보고 숨을 삼켰다. 숲에서, 나뭇가지 사이로 보던 하늘과는 완전히 달랐다. 지평선 이쪽에서 저쪽까지 별이 쏟아질 듯이 빛나고 있었다.

시카는 저도 모르게 시선을 오아시스로 보냈다.

그 작은 호수에도 별이 비쳐서 마치 거기도 밤하늘인 것처럼…….

"검사님, 저기."

시카가 오아시스를 가리켜 카서스도 그곳으로 시선을 돌렸다.

뭔가가 물 밑에서 아른거리고 있었다.

카서스는 시카를 안고 뒤로 물러나며 시미터를 뽑아 들었다.

오아시스의 수면이 격렬하게 흔들린다 싶더니 간헐천이 폭발하듯 물을 밀어젖히며 투명한 탑이 솟구쳐 올랐다.

시카는 눈을 크게 떴다.

투명한 수정으로 만들어진 듯한 탑은 달빛이 비쳐서 아롱아롱 빛났다. 탑 표면으로 물이 흘러내리며 빛을 더 강렬하게 반사했다. 카서스는 신음을 흘렸다.

"얼음탑."

실물을 보는 것은 처음이었다. 그리고 왜 그걸 수정탑이라고
하지 않고 얼음탑이라고 명명하는지도 알 수 있었다.

차가운 한기가 탑에서 뿜어져 나오고 있었다.

한낮의 사막에서야 고마운 한기일지도 모르지만, 지금은 밤
이다. 한기가 달갑지는 않았다.

카서스는 조심스럽게 탑으로 다가갔다. 시카가 그 뒤를 바싹
따랐다. 탑은 커서, 오아시스를 꽉 채우고 있었기에 그는 발이
젖을지도 모른다는 염려 없이 탑의 표면을 만질 수 있었다.

얼음 특유의 감촉이 손끝에서 느껴졌다. 카서스는 탑의 주변
을 한 바퀴 돌았다.

원형으로 만들어진 탑에는 출입구가 없었다.

그는 어처구니없는 기분이 되어 탑을 두들겼다.

"이봐, 아무도 없는 건가?"

"검사님?"

"으음, 얼음탑까지는 나타났는데 문이 없다니. 이건 또 어떻게
하라는 건지."

카서스는 한숨을 내쉬고 팔짱을 꼈다.

시카는 신기한 기분이 되어 탑으로 손을 뻗었다. 이렇게 더운
곳에서 얼음이라니 눈으로 봤지만 도무지 믿기지가 않았다.

"앗—!"

시카는 작게 소리를 지르며 탑에서 손을 뗐다.

그녀가 손을 덴 곳부터 얼음이 후두둑 녹아 내려서 그녀가 들어갈 수 있을 만큼 작은 구멍이 만들어졌다.

"사람을 가리고."

카서스는 투덜거리며 쭈그려 앉아 구멍을 들여다보았다.

새까만 암흑이 거기에 존재하고 있었다. 그 안의 어떤 상황도 알 수가 없었다. 카서스는 안으로 손을 뻗었지만 거절당했다.

손끝이 저릿해지면서 오러 코어까지 찌잉 하고 울린다.

명백한 거절이었다.

시카는 빤히 그 안을 바라보았다. 그녀가 그를 돌아보고 말했다.

"안쪽에 숲이 있어."

"숲?"

그는 고개를 돌려서 안을 보았지만, 자신에게는 그저 검은색 공동으로 보일 뿐이었다. 시카는 그의 팔을 붙잡았다.

그녀의 시선은 탑 안쪽을 향해 고정되어 있었지만, 그녀의 손은 카서스를 꽉 붙잡고 있었다. 갑자기 카서스는 그녀를 안으로 보내고 싶지 않아졌다. 아니, 보내지 않겠다는 이야기는 아니다.

하지만 시카는 너무 어리잖아? 좀 더 시간을 보낸 다음에 가도 되지 않을까? 한 일주일이라도, 한 달이나 반년쯤 더 함께한다고 미래가 크게 달라질 건 없지 않을까?

"시카, 좀 더 나랑 있어도 괜찮아."

저도 모르게 카서스는 내뱉었다. 뱉고 나서 아차 싶은 기분도 없었다.

그 말에 시카는 그를 돌아보았다. 그녀의 붉은색 눈동자가 웃음기를 머금고 있었다.

시카는 크게 웃을 수 있을 것 같았다. 샘물이 퐁퐁 솟아오르는 것처럼, 기쁨이 퐁퐁 솟아 나왔다.

그가 계속 헤어져야 한다고 말해서, 사실은 불안했었다. 정말로 다시 만날 수 있을까? 여러 가지 고민들.

사실 그는 자신을 내버리고 싶은 게 아닌가 하는 작은 불안감.

'하지만 아니었어.'

그도 자신과 헤어지고 싶지 않았던 거다. 시카는 자신이 가지고 있었던 마음을, 검사님의 눈에서도 똑같이 볼 수 있었다.

헤어지기 싫은 마음, 불안, 초조감. 좀 더 함께 있고 싶어 하는 매달림.

참 재미있지 않은가?

그가 자신을 보내기 싫어하는 것처럼 보이자, 그제야 떨어질 용기가 생겼다. 분명히 다시 만날 수 있을 거라는 확신이 들었다. 그가 자신을 잊어버리지 않을 거라고 믿게 되었다.

"다시 만나?"

이건 불안감에 묻는 게 아니었다. 그냥 확인하는 것뿐이었다. 카서스는 "응." 하고 대답했다. 카서스는 목이 메여 와서 작은 목소리로 대답할 수밖에 없었다.

시카는 생각했다.

그는 여기서 헤어져야 한다고, 그래야 다시 만날 수 있다고 했었다. 그렇다면 다시 만나기 위해서는 지금 헤어져야 하는 게 아닐까.

그거라면 괜찮다.

시카의 작은 손이 카서스의 팔에서 떨어진다.

"안녕, 검사님. 다시 만나."

카서스는 떨리는 호흡을 가다듬었다.

결국 그녀와 헤어지고 싶지 않은 것은 자신이었다. 매달리는 그녀에게 그렇게 몇 번이나 안 된다고 말해 놓고서는 마지막에 와서 이렇게 본심이 드러나고 만다.

그리고 시카는, 언제나의 시카지.

─과거를 바꾸면 안 돼.

어린 시카의 얼굴에, 그녀의 목소리가 겹쳐진다.

카서스는 웃었다.

"안녕, 시카. 또 보자."

꼭 다시.

우리는 다시 만날 거야.

만나서 절대로 헤어지지 않을 거야.

카서스는 흘러나오려는 말들을 삼켰다. 하지만 시카는 그 말을 전부 다 알아들은 것처럼 웃었다.

"응."

시카는 깊게 고개를 끄덕이고 망설임 없이 탑 안으로 뛰어 들어갔다. 시카의 모습은 그녀가 탑 안으로 발을 들이자마자 사라졌다.

쩌저적 하는 소리와 함께 순식간에 작은 구멍은 다시 얼음으로 막혀서 사라졌다. 땅이 진동하기 시작해 카서스는 뒤로 물러났다.

솟구쳐 나왔을 때와 달리 탑은 천천히 오아시스로 가라앉기 시작했다.

탑이 완전히 물 밑으로 사라지고 그 표면에 다시 별들이 반짝일 때까지 카서스는 하염없이 오아시스를 바라보며 서 있었다.

"후—"

그는 길게 숨을 내쉬었다.

이제 어떻게 돌아가야 하는가?

카서스에게는 한 가지 방법이 있었다. 예전에도 써먹은 적이 있는 방법이다. 그때는 그녀가 올지 안 올지 의심했지만, 지금은 안다.

그녀가 분명 오리라는 것을.

　　—당신의 목소리는 잘 들려요.

카서스는 희미한 미소를 머금고 작게 불렀다.

"시카 울프. 내 늑대 아가씨."

바람 소리가 오아시스를 쓸고 지나갔다. 다음 순간, 카서스는 누군가가 자신의 손을 휙 잡아당기는 걸 느꼈다. 붙잡은 새하얀 손이 언뜻 보였다.

세계가 일그러지고 흐릿해졌다. 순간 이동 때와 비슷하지만 전혀 달랐다. 온몸을 압박하는 힘이 점점 더 강해져서 그는 숨을 쉴 수가 없었다. 눈앞에 불똥이 튀는 것 같았다. 그리고 모든 것이 새까맣게 변했다.

*　　*　　*

머리가 울렸다.

카서스는 눈을 뜨기 전에 전신을 체크했다. 몸에 아픈 곳도 없었고, 움직이지 않거나 감각이 없는 곳도 없다.

침대에 눕혀져 있으니 적대적인 환경에 있는 것도 아닐 터. 그는 천천히 눈을 떴다. 낯선 나무 천장이 시야에 들어왔다.

카서스는 몸을 일으키다가 "어라?" 하고 자신의 머리카락을 잡아당겼다. 머리가 침대 위에 흐트러질 정도로 길어져 있었다.

'마법의 부작용인가?'

아니면 설마 머리카락이 이렇게 길 정도로 나이가 든 건 아닐 테지.

얼굴을 더듬어 보니 그건 아닌 것 같아 카서스는 안심하며 침대에서 내려왔다. 그의 눈이 주변을 훑었다.

'검은 없군.'

무기에 연연하는 편은 아니지만, 무기가 없는 상황은 불편했다. 가벼운 발자국 소리가 들려와 카서스는 시선을 문으로 돌렸다.

문을 열고 들어온 사람이 환하게 웃었다.

"카서스! 깼구나!"

너무나도 뜻밖의 사람이 방 안으로 들어와 카서스는 떨떠름하게 되물었다.

"피오나?"

피오나는 들고 있던 대야를 내려놓고 달려와 그의 손을 꽉 잡았다.

"엄청 걱정했어. 거의 일주일간 눈을 뜨지 못하고 있었다고. 그냥 잠들었을 뿐이라고 하기는 했지만, 네가 그러고 있는 모습은 처음이라서—"

"왜 네가 여기 있는 거야? 여기는 어디고? 시카는?"

그의 질문에 피오나의 표정은 금방 샐쭉해졌다.

"그야 여기가 내 집이니까 그렇지."

"네 집?"

"그래."

"지금 몇 년이지?"

그의 엉뚱한 질문에 피오나의 얼굴에 걱정이 서렸다. 그녀가 손을 뻗어 카서스의 이마를 짚으려는 걸 그가 슬쩍 피했다.

"카서스, 괜찮아? 아직 어디 아픈 거 아냐?"

"멀쩡해. 그보다 몇 년이야?"

"황력 303년."

제국력으로 치면 402년.

돌아왔다.

제대로 된 연도였다.

"몇 월 며칠?"

"7월 25일. 정말 괜찮은 거야? 황도에서는 드래곤이 나타났다고 하지, 하늘은 찢어졌다고 하지, 그런데 갑자기 그 여자가 찾아와서는—!"

피오나의 신경질적인 말에 카서스는 되물었다.

"그 여자? 시카 말야? 시카는 어디 있어?"

그의 말에 피오나의 눈이 차갑게 내려앉았다. 그걸 숨기려 그녀는 고개를 숙였다. 고개를 떨구고 그녀가 낮게 말했다.

"시카는……."

"시카는?"

초조해져서 카서스가 다시 묻자 피오나가 조용히 말했다.

"죽었어."

카서스는 피오나의 정수리를 내려다보았다.

지금 뭐라고 한 거야?

손발 끝으로 단숨에 피가 빠져나가는 듯한 감각이 전신을 덮쳤다.

"그런 농담은 싫은데."

놀랍게도 목소리는 떨리지도 않고, 가볍고 매끄럽게 나왔다. 꼭 자신이 아니라 다른 사람이 말하는 기분이다.

"농담 아냐."

피오나는 고개를 숙인 채로 말을 이었다.

"내가 왜 그런 농담을 하겠어?"

"누가 죽였는데?"

카서스의 목소리는 낮아지고 부드러워지고 달콤해졌다. 피오나는 저도 모르게 고개를 들어 그를 바라보았다. 그의 연녹색 눈동자가 마치 짐승의 것처럼 빛나고 있었다.

"주, 죽이다니⋯⋯."

어깨가 저절로 떨려 왔다. 피오나는 무의식적으로 한두 걸음 물러났다.

"하지만 시카가 그냥 죽을 리는 없잖아? 안 그래?"

"그, 그냥 죽었어. 점점 몸이 안 좋아지더니, 이틀 전에 쓰러져서 죽었다고."

카서스의 얼굴에서 표정이 싹 사라졌다. 피오나가 떨리는 손을 뻗어 그의 팔을 잡았지만, 곧 내쳐졌다.

"건드리지 마."

화내는 것도 아니었고 으르렁거리는 것도 아니었다. 냉정한 명령이어서 피오나는 상처받았다.

"시카는?"

"말했잖아."

"그래. 하지만 있을 거 아냐."

"시체 말야?"

피오나의 어투가 뾰족해졌고 카서스는 움찔했다. 피오나가
곤란한 표정으로 말했다.

"묻었어."

"뭐?"

"여름이잖아."

여름에는 뭐든 부패하기가 쉽다. 당연히 시체도 마찬가지라
하루가 지나기 전에 수습하는 게 관례였다.

여름에는 하루, 겨울에는 삼 일. 그 정도인 것이다.

"어디에?"

"그야, 연고 없는 사람이니까⋯⋯."

카서스가 손을 뻗어 피오나의 어깨를 잡았다.

"바다에 던졌다고?!"

"그, 그게 관례잖아."

카서스는 피오나를 놓고 밖으로 뛰쳐나갔다. 피오나는 입술
을 깨물었다.

"뭐야, 진짜로 그 애가 그렇게 소중해?"

하지만 어차피 죽었는걸.

잔혹한 기쁨이 그녀의 가슴속에서 피어올랐다.

그럼 이제 카서스는 다시 혼자지. 안 그래?

피오나는 즐겁게 참았던 웃음을 터트렸다.

투사크는 천천히 칼날을 갈았다.

그의 옆에는 팔다리가 묶인 채로 정신을 잃은 시카가 놓여 있었다. 그녀의 목을 끊어 피를 받아내 부족의 혼을 위로할 예정이었다. 마련해 놓은 제단을 바라보며 그는 깊게 숨을 들이마셨다.

'세세락의 혼이 도와준 것일까.'

일이 쉽게 풀렸다.

피오나는 시카가 그녀에게 오자마자 투사크에게 연락을 취했다. 투사크는 한달음에 달려와 피오나에게 약을 주며 시카에게 먹이라고 지시했다.

평범한 여자가 할 수 있는 일일까, 하고 생각했는데 그녀는 미소까지 띠며 알겠다고 대답했다.

'세세락과 닮았지.'

그런 생각을 하며 투사크는 희미하게 웃었다. 오만하고 잔혹한 무녀가 남들에게는 두려움의 대상일지 몰라도 대전사인 자신에게는 아니었다.

그리고 그게 부족을 지켜 주리라는 걸 그는 잘 알고 있었다. 참혹하게 죽은 그녀의 모습이 떠올라 투사크는 검 손잡이를 꽉 쥐었다.

그의 손마디가 희게 불거졌다.

이대로 거꾸로 매달아 배를 갈라 제단에 내장을 쏟아내게 해서 죽이고 싶지만, 위령제는 그보다 고요히 치러져야 한다.

사악사악.

숫돌에 물을 부어 날카롭게 날을 간다.

사악사악.

시카는 그 작은 소리를 들었다. 팔다리가 납처럼 무거웠다. 눈을 뜨기가 어려워, 머릿속이 빙글빙글 돈다.

어떻게 된 걸까?

'계속 몸이 안 좋았지.'

처음으로 떠오른 생각은 그거였다.

과거에서 돌아온 것이 자신뿐이라는 걸 깨달았을 때 시카는 울부짖었다. 마지막에 손을 놓쳤다. 어째서? 왜?

카서스를 다시 만나지 못하게 된다고 생각하니 미칠 것 같았다.

어떻게 해서든 그를 다시 찾아와야만 했다.

시카는 필사적으로 대규모 마법을 준비했다. 장소도 신중하게 골랐다. 에테르가 잘 모여 있는 곳이면서 동시에 10년 전 자신들이 있었던 곳.

실바에서 시카는 피오나를 만나 그녀의 집을 빌려 달라고 간청했다. 카서스를 구하는 일이라고 하자 그녀는 망설임 없이 수

락했다.

그렇게 고생해서, 마력을 쏟아부었지만 카서스의 위치를 알수가 없었다.

이제 끝인가?

생각했는데 자신을 부르는 목소리가 들렸다.

선명하게 잘 들리는 목소리. 내가 사랑하는 사람의 목소리.

시카는 있는 힘껏 손을 뻗어 카서스를 건져 올렸다.

시간과 공간이 엉키고, 세계가 망가지고, 그런 건 고려 대상이 아니었다. 단지 카서스와 함께 있는 것이 중요했다.

'그래서 카서스를 돌아오게 하고……. 그리고…….'

카서스가 눈을 뜨지 않았지만, 그냥 잠을 자고 있는 것뿐이니 곧 깨어나리라. 안심이 되자마자, 마력도 마수의 힘도 전부 다 써 버린 터라 시카는 완전히 방전되어 버렸다. 피오나가 그런 자신을 챙겨서 달콤한 차를 마시게 했고, 그다음은 기억이 없다.

천천히 전신의 감각이 돌아오면서 시카는 자신의 팔다리가 묶여 있다는 걸 깨달았다.

'어째서 난 이렇게 납치를 잘 당하는 걸까?'

이래서야 카서스의 과잉보호를 뭐라고 할 수도 없지 않은가.

멍한 머리로 그렇게 생각하며 시카는 눈을 떴다. 초록색 풀이 눈에 들어왔다. 고개를 좀 더 옆으로 돌리니 그제야 칼을 갈고 있는 남자의 모습이 보였다.

'야만족……?'

붉은 숲에서 봤던 사람들과 비슷한 생김새를 하고 있었다. 제국인 같은 옷차림을 하고 있기는 하지만 피부색도 그렇고, 손등의 문신도 그렇고…….

사태를 파악할 수는 없지만 이런 식의 납치가 결코 좋은 의도는 아닐 터. 시카는 손발 끝을 움직였다. 조금이라도 더 빨리 감각이 돌아오게 하려는 몸부림이었다.

"깼나?"

뜻밖에도 그의 입에서 흘러나온 것은 어색하기는 해도 제국어였다.

"당신은 누구야?"

"투사크."

"왜 이런 짓을 하는 거지?"

"원한을 갚기 위해서."

"원한?"

시카는 어리둥절해져서 그를 바라보았다.

"세세락과 비참하게 죽어 간 우리 부족민을 위한 제사다."

"그게 무슨……."

시카는 눈을 찌푸렸다가 "아!" 하고 말했다.

"라차족의……!"

"그래."

"당신이 카서스를 고문했어?"

시카의 목소리가 날카로워졌다. 투사크는 바닥에 누워서 소리치는 그녀가 우습기도 한 기분이 들어 답했다.

"내가 아니라 세세락이다."

"그리고 그 원한과 내가 무슨 상관이야? 우리를 공격한 건 그쪽이잖아."

"사람의 모습을 한 마물이 그렇게 했지."

"그건 내가 아냐. 그리고 난 인간이야."

시카가 그를 노려보며 이를 갈았다. 손발 끝의 감각이 거의 돌아왔다.

'게다가 마법 봉인도 해 두지 않았어.'

물론 카서스를 데려오기 위해서 대부분의 마나를 소모하기는 했지만 그래도 쉴 만큼 마나는 돌아와 있었다.

마수의 힘은 없지만, 마법사로서의 힘은 가득하다.

"지금 그냥 날 풀어 주면 없었던 걸로 할게."

시카는 권유했다.

그는 자신의 부족을 전부 잃었다. 그것이 과거의 자신과 약간 겹쳐 보여, 시카는 그를 동정했다. 혼자가 되는 것이 어떤 것인지 그녀도 알고 있으니까.

"필요 없다."

투사크는 그렇게 말하며 칼을 들고 자리에서 일어났다. 그가 그녀의 발목을 붙잡아 들어 올렸다. 시카는 작게 신음을 흘렸다. 거꾸로 들리자 머리에 피가 확 쏠리며 어지럼증이 밀려왔다. 발목에 전신의 무게가 실리는 것도 괴로웠다. 관절이 삐걱거리는 것 같다.

"마지막 기회야. 그냥 날 놔줘."

시카가 말했지만 투사크는 듣지 않았다.

"그래, 그렇다면."

시카는 주문을 외웠다.

꽝—!

경쾌한 소리와 함께 투사크의 몸이 저쪽으로 퉁겨 나갔다. 하지만 그는 낙법을 이용해 자리에서 벌떡 일어났다. 시카도 몸을 일으켰다. 이미 팔다리의 줄은 자유로워져 있었다.

"사리하르—?"

그가 저도 모르게 중얼거렸다. 시카가 대답했다.

"미안, 그쪽 말 몰라."

시카가 손을 뻗어 허공에 나타난 자신의 지팡이를 붙잡았다.

"죽어 줄 생각은 없어. 죽일 생각도 없지만—"

시카의 지팡이가 그를 가리켰다. 예전이라면 좀 더 동정심 있게, 친절하게 대했을 것이다.

인간적으로.

하지만 자신은 이미 인간이다. 자신이 어떤 일을 하든지 그건 이미 인간적인 일이다. 게다가 죽을 생각은 조금도 없었다.

카서스와 함께해야 하니까.

'위협이니까 미리 제거해 둘까.'

고민하다가 시카는 한숨을 내쉬었다.

"당신 대전사장이잖아. 살아남은 부족민이 없는 것도 아닌데, 돌아가서 그들을 돌봐야 하지 않아?"

시카의 말에 투사크는 대답하지 않았다. 뿌드득 이를 가는 소리만 작게 들렸을 뿐이었다.

"그리고 완전히 사람 잘못 봤어."

"세세락이 틀렸단 말이냐."

"틀리지 않는 무오류한 사람이 존재해?"

시카는 그렇게 말하고 작게 숨을 내쉬었다. 그녀가 완전히 틀린 것은 아니다. 자신의 안에 마수의 힘이 있는 건 사실이니까.

그리고 아마 그 부족을 습격한 마수는…….

'로렌스겠지.'

하지만 굳이 그 이야기를 이 남자에게 하고 싶지는 않다. 아니, 더 이상 그와 어떤 이야기도 하고 싶지 않았다. 시카가 보고 싶은 사람은 따로 있다.

'예전에…….'

시카는 아르카나를 떠올렸다.

좌표도 없이 순간 이동을 하는 그에게는 '시그리드에게로.' 하는 마법사들에게도 마법같이 여겨지는 좌표로 순간 이동했다는 전설이 될 법한 이야기가 있었다.

"사실이야?"

시카는 추궁했고 아르카나는 "사실이지." 하고 대수롭지 않게 대꾸했다. 거기에 경악하며 시카는 물었다.

"어떻게?"

그때 아르카나가 웃으면서 대답했었다.

"자신의 영혼이 어디에 있는지 모르는 사람은 없어."

그 대답에 시카는 "에잉, 그게 뭐야." 하고 타박했고 아르카나는 그저 웃기만 했다. 하지만 지금은 자신도 알 수 있다.

그래, 자신의 영혼이 어디에 있는지 모르는 사람은 없지.

시카는 지팡이를 가볍게 휘두르며 속삭이듯 말했다.

"카서스에게로."

푸핫—

카서스는 수면 밖으로 고개를 내밀었다. 여름인데도 이가 저절로 부딪칠 정도로 물은 차가웠다. 자신을 여기로 데려다준 뱃사공은 그가 바다로 뛰어들자 미친놈이라고 생각했는지 그대로 줄행랑을 쳐 버렸다.

'미친 거 맞지.'

그는 그렇게 생각하며 깊게 호흡을 들이마시고 물속으로 잠수했다.

실바에서 연고가 없는 사람들, 몇몇 바다에서 잠들고 싶어 하는 늙은 뱃사공들, 때때로 화장 후의 유골을 뿌리는 장소가 있었다. 바다의 무덤이라고 하는 이곳은 잔잔해 보이는 표면과 달리 깊은 곳은 물살이 강하게 휘몰아쳐서 시체와 뼈가 이곳에 모여 있지 밖으로는 잘 나가지 않는 곳이었다.

바다 여신의 무덤가.

사람들은 이 장소를 그렇게 불렀다.

돌로 묶어 넣은 시체에 가스가 차서 떠오를 때도 있었다. 하지만 이 주변을 지나다니는 배들은 아무도 여기에 떠 있는 사람을 구하려고 하지 않았기에 시체는 다시 가라앉고는 했다.

그 바다 밑으로 카서스는 헤엄쳐 들어갔다.

그의 입에는 빛나는 돌이 물려 있었다. 이게 아니면 깊은 바다는 너무 어두웠다. 굴러다니는 해골들은 무시하고 카서스는 새로 들어온 시체들을 살폈다.

부패하고 뜯어 먹혀 끔찍한 꼴을 하고 있는 시체는 바닷물에 온몸을 흐늘거리며 돌아다녔다. 카서스는 긴 검은색 머리카락, 아니면 연분홍색 머리카락이 눈에 띄기를 바라며 주변을 돌아다녔다.

숨을 더 참을 수 없어져서 그는 다시 수면으로 올라갔다.

정오의 햇살도 식은 몸을 데워 주기는 힘들었다.

카서스는 다시 물속으로 들어갔다. 쉼 없는 물질은 아무리 강철 같은 체력이라도 좀먹기 마련이다. 하지만 시카를 찾아야 했다.

'찾아서? 그다음은?'

그녀를 이런 차가운 바다가 아니라, 따뜻한 언덕에 묻고…….

그리고?

카서스는 위를 바라보았다. 바다 표면에 햇빛이 어른거린다.

카서스는 물고 있던 요정의 돌을 뱉어 냈다. 빛나는 돌이 천천히 깊은 암흑 속으로 가라앉기 시작했다.

카서스는 눈을 감았다.

폐가 격렬하게 산소를 요구하기 시작했다. 이대로 바닷물을 들이마시면 폐에 물이 찰 테고 몇 번 괴롭겠지만 그대로 끝나겠지.

그때 물속에서 진동이 울려 카서스는 눈을 떴다. 근처에 상어나 돌고래라도 지나가는 건가?

하지만 시야를 채운 것은 다른 거였다.

흔들리는 연분홍빛.

시카는 당황했다.

분명히 카서스에게로 이동했는데? 갑자기 물이 코와 입으로 들이차서 괴로웠다. 그녀가 발버둥 치면 칠수록 괴로워졌다. 누군가가 그런 그녀를 붙잡아 수면 위로 끌어 올렸다.

"커헉, 쿨럭, 컥, 커흑—"

시카는 눈물 콧물을 쏟아내며 바닷물을 뱉어 냈다. 점막이 따끔거렸다. 불이라도 삼킨 것처럼 코와 기도가 아파 왔다. 폐는 말할 것도 없고 말이다.

끊임없이 기침을 하다가 시카는 시선을 돌렸다. 그녀는 카서스를 보고 소리쳤다.

"왜, 쿨럭. 왜, 이런 데, 있는 거야?!"

그녀가 고함을 지르자 카서스가 그녀를 끌어안았다. 시카는 숨을 헐떡이며 그의 어깨에 얼굴을 문질렀다.

카서스의 몸이 희미하게 떨리고 있었다.

그제야 시카는 그의 몸이 아주 차갑다는 걸 깨달았다. 보통 때는 데일 정도로 뜨겁다고 생각되는데—

"차갑잖아! 얼마, 쿨럭, 여기에?!"

그녀가 그의 뺨을 어루만졌다. 대리석처럼 차가웠다. 카서스가 그녀의 손을 잡고 중얼거렸다.

"진짜 시카다."

"그럼, 진짜, 켁, 지."

이놈의 기침 좀 멈췄으면! 시카는 숨을 고르려고 애쓰며 말했다.

그때 카서스가 중얼거렸다.

"살아 있어."

"그야—"

말하다가 시카는 뭔가 이상한 점을 찾아냈다. 그러고 보니 지금 이 상황 아무리 생각해도 이상하지 않은가.

분명히 자고 있어야 할 카서스가 바다에 있질 않나, 자신은 야만인에게 잡혀서 제물이 될 위험에 처하질 않나—

카서스는 그녀의 손으로 자신의 얼굴을 눌렀다.

"아, 뭐야. 속은 건가? 진짜 놀랐어. 하"

"카서스?"

"피오나가 네가 죽었다고 해서, 이거 혹시 꿈인가?"

"아닙니다."

"그럼 키스해 줘."

느닷없는 말에 시카는 눈을 찡그렸다가 그의 어깨에 팔을 두르며 말했다.

"눈 감으면."

순순히 카서스는 눈을 감았고 그녀는 부드럽게 입술을 가져다 댔다. 차가운 입술이 가슴 아파 그녀는 거듭 입술을 눌렀다. 체온이 올라가기를 바라면서.

"차가워."

카서스가 중얼거려서 시카는 '내 체온도 낮아졌나.' 하고 있는데 그의 혀가 쑥 입안으로 들어왔다. 앗 하는 신음마저 삼키며 카서스는 그녀에게 깊게 키스했다. 순식간에 입안이 뜨거워졌다. 점막을 자극하며 혀뿌리를 빨아 당기는 힘이 너무 강해서 시카는 눈물이 맺혔다.

짭짤한 바닷물 맛은 순식간에 사라지고 달콤하다 못해 저릿하기까지 한 감각이 전신을 달렸다. 카서스가 그녀를 놓아주어 시카는 그제야 숨을 내쉬었다. 그가 그녀의 뺨을 어루만지며 속삭였다.

"여기서 나가자."

시카는 호흡을 고르며 고개를 끄덕였다. 시카는 그를 안은 채 그대로 남은 마나를 끌어모아 순간 이동했다.

약간 좌표가 어긋났는지 둘은 백사장 위에 떨어지듯이 팽개쳐졌다. 평소라면 햇빛에 달궈진 모래가 뜨거웠겠지만 지금처럼 차가워진 몸에는 딱 좋은 온도로 느껴졌다.

시카가 중얼거렸다.

"이제 손끝 하나 까딱할 힘도 없어……."

카서스가 손을 뻗어 그녀의 머리카락을 정리해 주었다. 시카가 눈을 떠서 그런 그를 바라보았다. 자신도 카서스도 백사장에 누워서 모래 굴림 꼬치가 되어 가고 있었다.

'소금 굴림 꼬치는 맛있지.'

그런 생각을 하고 시카가 후후 웃었다.

"카서스 머리 도로 길었어."

"알아. 예뻐?"

"응."

시카는 고개를 끄덕였고 카서스는 씩 웃었다. 그리고 한숨을 푹푹 내쉬며 말했다.

"피오나, 진짜 가만 안 놔둘 거야."

"아, 그거 말인데……."

시카는 자신의 직전 상황을 간단하게 털어놓았다. 카서스가 멍하니 그 이야기를 듣다가 목소리를 높였다.

"그 새끼를 그냥 살려 뒀어?"

"약한 사람을 괴롭히면 못써."

시카가 짐짓 눈을 찌푸리며 엄격한 목소리로 말하자 카서스는 멍하니 그녀를 보았다가 웃음을 터트렸다.

"네가 그래서 살려 뒀다는 걸 알면 그 새끼는 자해라도 하고 싶을걸."

대전사장의 자존심을 생각하며 카서스는 중얼거렸다. 그가
몸을 돌려서 하늘을 바라보았다. 정면으로 받는 햇빛이 기분 좋
았다.

"피오나도 협력자군. 왜 그런 짓을."

약간의 궁금증은 곧 분노에 밀려 사라졌다. 그 여자가 무슨
생각으로 그랬는지는 상관없었다. 그녀가 시카를 해치려고 했
다는 것만 중요할 뿐이었다.

카서스는 싱긋 웃으며 시카를 돌아보았다.

"시카, 내가 재미있는 거 말해 줄까?"

"뭔데?"

"나 말야, 어린 시카를 봤어."

"어?"

시카가 눈을 동그랗게 떴다. 카서스가 그녀의 연보라색 눈동
자를 바라보며 실실 웃음을 흘렸다.

"사람들에게 쫓기다가 화살을 맞고 계곡에 떨어진 걸 건져 올
렸지. 처음에는 날 경계하고 도망가려고 해서 엄청 애를 먹었다
니까. 그런데 어린 시카는 엄청나게 귀여워서— 진짜 깨물어 주
고 싶은 거 참느라 혼났네."

시카의 눈동자가 흔들렸다. 그 흔들림이 참 예쁘다고 생각하
며 카서스는 손을 뻗어 손마디로 그녀의 뺨을 부드럽게 쓸었다.

"미안, 늦었지. 간신히 다시 만났네."

부풀어 오른 눈동자에서 눈물이 뚝 흘러내렸다.

"검사님……?"

시카의 물음에 카서스는 대답 대신 웃어 보였다. 시카는 손을 뻗어 그를 꽉 끌어안았다. 울음이 그의 품 안에서 흘러나왔다.

"만났, 세상에. 검사님, 웃―"

어린애처럼 펑펑 우는 그녀를 카서스는 가볍게 들어 자신의 몸 위에 올렸다. 시카는 꼼짝도 하지 않고 그를 안은 채로 소리 내어 울었다. 그는 그녀의 등을 느릿하게 쓸어 주었다.

그녀가 투정하듯이 말했다.

"너무 늦어…… 늦었잖아!"

"그건 정말로 미안."

하지만 어쩔 수 없었다고, 카서스가 변명을 했다. 시카는 원망 반 기쁨 반, 흐느끼며 말을 쏟아냈다.

제대로 알아들을 수 있는 말은 반도 채 되지 않았다.

시카는 간신히 진정이 되어 상체를 세웠다. 카서스의 배 위에 있으니 그를 내려다보는 자세였다. 시카가 그의 얼굴을 뚫어져라 바라보다가 웃었다.

"검사님이 카서스라니."

"진짜, 내가 마음 고생한 걸 생각하면."

두 번째라도 괜찮다고 했을 때를 생각하니 카서스는 괜히 억울해지는 것이었다. 처음부터 그녀의 첫 번째는 자신이었다.

그때부터 지금까지.

곱씹자 내면에서 소유욕이 치밀어 올라왔다. 그가 그녀의 머리카락과 함께 뒷머리를 붙잡아 누르며 상체를 일으켰다. 그녀의 목덜미에 그가 이를 세우자 시카는 흠칫했다가 통증에 작게 소리를 냈다.

그녀의 목덜미에 잇자국을 낸 그가 퉤 하고 모래 섞인 침을 뱉어 내며 말했다.

"우리 이제 씻으러 갈까. 당장 시카 안으로 들어가고 싶어."

속삭이는 그 말에 시카는 순식간에 얼굴이 달아오르는 걸 느꼈다. 하지만 거절하고 싶지 않았다. 그가 주는 쾌락이 그녀의 안에서도 살아나 심지가 달아오르는 기분이었다.

시카는 작게 고개를 끄덕였다.

*　　*　　*

카서스는 잠든 시카의 머리카락을 살그머니 넘겨보았다. 잠든 게 아니라 정신을 잃다시피 한 그녀를 보니 쓴웃음이 나왔다.

내일이면 분명히 여기저기가 쓰리고 아프겠지. 카서스는 자신이 남긴 흔적을 손가락으로 훑었다.

어깨에서 등을 따라 허벅지까지.

'아침까지는 깨지 않을 테지. 아니, 낮까지?'

카서스는 이불을 덮어 주고 자리에서 일어났다. 머리카락을 쓸어 올려 그는 익숙하게 하나로 묶었다. 긴 청색 머리카락이 찰랑이며 떨어졌다. 여관 주인에게 부탁해서 사 온 옷을 챙겨 입고 그는 거리로 나섰다.

밤의 실바에서 무기를 구하는 건 쉬웠다. 카서스는 단검과 장검의 중간쯤인 검을 골랐다. 잡철을 부어 만든 가장 싸구려였다.

시카는 그 뒤로 더 이상 피오나에 대해서도 투사크에 대해서도 말하지 않았지만 카서스는 잊지 않았다. 자신에게 검을 겨눈 상대를 살려 두는 건 그의 방식이 아니었다.

검을 허리에 차고 카서스는 환락가로 들어섰다.

빛이 강한 곳에는 어둠도 강하게 드리워지기 마련이라 어두운 골목에서 그는 사람들의 눈에 띄지 않고 황금꽃 이 층 창문으로 미끄러지듯 들어갔다.

새벽녘이라 슬슬 장사를 접을 때였다. 손님들은 여자를 끼고 방으로 들어갔거나, 아니면 고주망태가 되어 정신을 잃고 있었다.

카서스는 쉽게 피오나를 찾을 수 있었다. 그는 그녀가 혼자 될 때까지 기다렸다.

'흥미로운데.'

기다리다가 카서스는 재미있는 걸 발견했다.

남부 이민족.

'투사크겠군.'

시카가 알려 준 것과 문신이 일치한다. 그가 나타나자 피오나의 얼굴이 살짝 굳었지만 곧 다시 풀어졌다. 피오나는 다른 아가씨와 자리를 교대하며 뒷문으로 나갔고, 투사크도 그 뒤를 따랐다.

"왜 여길 다시 온 거야?"

피오나가 담배에 불을 붙이며 신경질적으로 말했다. 투사크가 물었다.

"그 여자가 여기 오지 않았나?"

"그 여자? 시카 말야? 당신이 처리한 거 아냐?"

"도망쳤다."

"뭐?!"

피오나의 목소리가 높아졌다. 그녀는 다 피지도 않은 담배를 바닥에 던지고 신경질적으로 비벼 끄며 말했다.

"당신이 그 여자를 처리하기로 했잖아!"

"그래."

"그런데 놓쳤다고? 어떻게 된 거야? 독을 먹여서 움직이지도 못할 텐데. 움직이지 못하는 계집 하나도 처리하지 못한단 말야?"

"다음에는 실패하지 않는다."

"하—!"

한숨인지 비웃음인지 모를 짧은소리를 내고 피오나는 눈앞의 남자를 노려보았다.

푹.

작은 소리가 나더니 칼날이 번쩍이고 그녀의 얼굴에 뜨거운 피가 확 튀었다. 피오나의 입이 저절로 벌어졌다. 카서스가 잡고 있던 손을 놓자 투사크의 몸이 그대로 쓰러졌다. 피오나의 눈에 그게 슬로우 모션으로 들어왔다. 대량의 피가 그의 가슴으로 흘러내리고 있었다. 반으로 갈라진 목이 뻐끔거린다.

피오나가 다시 시선을 들자 카서스의 얼굴이 눈에 들어왔다.

"아—"

피오나는 변명을 하려고 했다. 하지만 비명이 먼저 나오려는 그녀의 입을 카서스가 막았다. 그의 손에는 피 한 방울 묻어 있지 않았다. 투사크에게 했던 것과 똑같은, 한 번 더 이뤄진 그의 동작은 간결하고 매끄러웠다.

칼날이 목의 옆으로 경동맥을 뚫고 들어가서 다시 앞으로 나오며 기도와 정맥을 끊어낸다. 빠른 속도로 대량의 피가 소실되고, 비명도 없이 죽음이 찾아왔다.

카서스는 그 옆에 검을 던지고 그대로 몸을 훌쩍 날렸다.

사람들이 시체를 발견하고 비명을 지른 것은 그가 완전히 몸을 감추고 나서였다.

시카는 맛있는 냄새에 고개를 치켜들었다.

'빵 냄새……'

힘껏 숨을 들이마시자 배 속이 요동쳤다. 시카는 신음과 함께 팔다리를 움직이려 애썼다. 어제 물리고 빨린 곳들이 전부 따끔거렸다. 연약한 부분은 퉁퉁 부어 있어서 시카는 다시 신음을 삼켰다.

"일어나지 마, 아침은 침대로 가져다줄게. 아니 점심인가."

카서스의 말에 시카가 쉰 목소리로 말했다.

"씻고 싶어."

칭얼거리는 그녀의 목소리에 카서스는 차리던 아침을 내려놓고 침대로 돌아왔다. 그가 손을 뻗어 그녀를 안아 들어 욕실까지 옮겨 주었다. 그가 자신을 들어 올리자 다리 사이로 주르륵 액체가 흘러 시카는 온몸이 달아올랐다.

카서스는 별일 아니라는 듯 그녀를 욕실에 앉히고 물었다.

"씻겨 줄까?"

시카는 고개를 저었다. 카서스가 그녀의 뺨을 어루만지고 말했다.

"정말로 씻겨 주기만 할게. 나도 양심이라는 게 있다고."

그의 말에 시카는 그럼 그럴까, 하고 고개를 끄덕였다. 정말로 손가락 하나 까닥하기 힘들었다. 카서스가 욕조에 뜨거운 물을 받았다.

그는 정말로 착실히 시중만 들었다. 그가 자신을 깨끗이 씻기고 안아 들어 욕조에 넣어 주자, 시카는 천국이 여기라는 생각마저 들었다.

"하아~"

만족스러운 한숨을 내쉬자 카서스가 피식 웃으며 그녀의 머리를 뒤로 젖히게 했다.

"머리 감겨 줄게."

"응."

시카는 순순히 욕조 끝에 기대어 고개를 뒤로 젖혔다. 카서스가 따뜻한 물로 머리카락을 골고루 적시고 샴푸질을 해 주었다.

그의 긴 손가락이 머리카락 속을 파고들어 힘 있게 누르자 시카는 저절로 목구멍에서 소리가 올라왔다.

"기분 좋아?"

"……응……."

완전히 이완되어서 만족스러운 듯 입꼬리를 올리고 있는 시카의 얼굴을 보고 카서스는 피식 웃었다. 그가 꼼꼼하게 두피 마사지를 해 준 후 비눗기를 씻어 냈다. 그리고는 머리카락의 물기를 빼 주고 휙휙 돌려서 비녀로 고정해 주며 말했다.

"다 씻으면 나와."

"응……. 고마워, 카서스."

"별말씀을. 이런 말도 그렇지만 자업자득이지."

그가 씩 웃으며 하는 말에 시카는 "그러네." 하고 웃었다. 카서스가 문을 닫고 나가자 시카는 욕조에 미끄러지듯 완전히 들어갔다가 다시 올라왔다. 그녀는 찬찬히 자신의 몸을 살폈다. 가슴에도 아랫배에도, 허벅지에도 붉은 키스 마크가 새겨져 있었다.

"정말이지."

시카는 자신도 하나쯤 남겨 둘 걸 그랬다고 생각했지만, 그럴 정신도 없었다. 시트를 붙잡고 흐느끼며 그가 주는 고통에 가까운 쾌락에 소리치는 게 고작이었다.

시카는 자신의 목을 어루만졌다.

얼마나 소리를 냈는지 목 안쪽이 따끔거릴 지경이었다. 자신의 목소리 같지 않을 만큼 쉬었다. 입안을 훑던 그의 긴 손가락이 떠올라 시카는 입술을 어루만졌다. 좀 더 목소리를 내보라는 그의 고양된 목소리와 자신의 짐승 같은 신음이 기억났다.

'아아아아!'

부끄러워져서 시카는 욕조에서 발버둥을 쳤고 물이 첨벙거리며 흘러넘쳤다. 그러나 곧 힘에 부쳐서 시카는 축 늘어졌다.

그녀는 욕조에서 일어나 몸을 닦고 샤워 가운을 걸쳤다. 작은 그녀에게 가운은 살짝 끌릴 정도로 길었다. 시카는 단단히 허리끈을 매고 욕실에서 나갔다.

"다 씻었어?"

"응."

"그럼 식사하시죠, 늑대 아가씨."

"정말로 늑대만큼 배고파."

시카의 말에 카서스가 웃으며 의자를 빼 주었다. 시카는 얼른 빵에 손을 뻗었다. 아직 따뜻한 빵에 버터를 듬뿍 바른 후, 블루베리 잼을 얹어서 입안에 맹렬하게 집어넣었다.

"천천히 먹어. 많이 있으니까."

카서스의 말에 시카는 "응." 하고 입안에 빵을 가득 넣은 채로 대답했다. 카서스가 자기 몫의 빵에 얇은 햄을 올리며 말했다.

"구멍 났다며, 하늘에."

시카가 꿀꺽 삼키고 고개를 끄덕였다.

"빨리 수도로 돌아가 봐야 할 것 같아. 다들 걱정하고 있을걸? 우리가 사라지고 나서 이십 일쯤 지났으니까."

"안 그래도 날짜 확인하고 놀랐어."

많이 지났다고 해야 할지, 겪은 것에 비하면 적게 지났다고 해야 할지.

하늘에 구멍이 났다는 건 전해들은 말이었다. 수도 하늘에 난 구멍이 여기 실바에서 보일 리도 없다. 소문이 그렇다는 것이다.

카서스는 마지막으로 봤던 광경을 떠올렸다.

"드래곤이 장막을 빠져나왔을까?"

"그건 아닌 것 같아."

시카의 말에 카서스는 "하긴." 하고 고개를 끄덕였다.

드래곤이 나왔다면 아무리 여기가 수도에서 떨어진 곳이라고 해도 멀쩡할 리가 없었다. 그 거대한 크기가 날아다니며 불을 뿜어낸다니.

카서스는 드래곤은 어떻게 잡아야 하는 걸까, 의문이 들었다.

'아니 뭐, 어떻게든 잡으려면 잡겠지만.'

시카는 먹는 속도를 좀 더 올리며 말했다.

"먹고 나서 아르카나에게 연락해야 해."

"그러고 보니 시카는 언제 여기 도착한 거야?"

"이 주 전에."

"그런데 아직 연락 안 했어?"

그 말에 시카가 그를 바라보았다.

"카서스가 없잖아."

카서스는 그 말에 저도 모르게 시카와 눈을 마주쳤다. 시카가 눈을 내리깔며 말했다.

"카서스를 찾는 게 최우선이었으니까. 아르카나에게 연락하면 말릴지도 모르고……."

좀 더 좋은 방법이 있었을지도 모르지만, 그런 좋은 아이디어는 떠오르지 않았다. 그래서 시카는 막무가내로 밀어붙였던 것이다.

'한심하게 생각할지도 몰라.'

카서스는 연락을 중요하게 생각했었지.

그의 얼굴을 힐끗 바라보았다가 시카는 눈을 크게 떴다. 카서스는 기쁘다는 듯 눈을 가늘게 뜨고 자신을 보고 있었다.

"내가 최우선이었다니, 기쁜데. 응, 기뻐."

카서스의 말에 시카는 얼굴을 붉혔다.

"그야 당연하지."

그녀가 중얼거리듯 말하자 카서스는 다시 웃었다.

"하지만 난 두 번째로 시작했었고."

"첫 번째도 카서스였잖아. 생각해 보면 이건 내 손해야, 다섯 살 때부터 계속 카서스를 좋아해 왔는데, 만나자마자 자기는 그런 거 모른다고 하지 않나."

투덜거리는 시카를 보고 카서스도 말했다.

"나도 첫사랑은 시카인걸. 내 동정도 시카가 가져갔고."

"내가 가져간 게 아니라 내가 **뺏긴** 것 같은데―"

시카의 말에 카서스는 가볍게 웃었다.

여유가 흘러넘쳐 보이는 게 밉상이라는 생각이 들었다가 시카는 한숨으로 그 생각을 흘려버렸다.

'여유가 있으면 그렇게 침대에서 잡아먹을 듯이 굴지 않겠지.'

히죽, 여유 있는 여자의 미소를 지으며 시카는 다리를 꼬았다.

식사를 끝내고 나서 시카는 바로 자신의 원반 펜던트를 꺼내 들었다. 시카가 머뭇머뭇 카서스를 보며 말했다.

"같이 혼나줄 거지?"

"아니."

"카서스."

"시카를 혼내려고 하면 내가 없애버릴 것 같은데."

"카서스 리안."

"죽이는 건 그만둘까?"

"그만둬 주세요."

"그러면 손 정도는 잡아 줄게."

"감사합니다."

카서스의 농담에 마음이 조금 가벼워져 시카는 펜던트에 마력을 불어넣으며 손을 내밀었다. 카서스는 웃으며 그 손을 마주 잡아 주었다.

3장

장막 너머

시카는 어색하게 손을 흔들었다.

"안녕, 아르카나."

"살아 있었으면—!"

고함을 치려다 아르카나는 입술을 깨물었다. 그는 끓어오르는 감정을 억누르기 위해 애쓰며 말했다.

"살아 있었으면 연락을 좀 해. 난 네가 죽은 줄 알았어."

"미안, 하지만 나도 다시 돌아온 지 얼마 되지 않아서……."

"돌아와?"

"그게…… 나도 믿기지 않는 일이지만—"

시카는 상황을 설명했다.

그녀가 아르카나에게 상황을 설명하는 사이 카서스도 비슷한 일에 시달리고 있었다.

"이 빌어먹을 새끼야! 살아 있으면 연락을 하라고!"

베라무드가 그의 멱살을 잡고 탈탈 털듯이 흔들어서 카서스는 웃었다.

"미안, 연락할 수가 없었어."

그의 말에 베라무드는 묘한 얼굴로 잡은 옷을 놓아주었다. 카서스가 셔츠 주름을 펴는데 베라무드가 말했다.

"어떻게 된 건데?"

"시카가 날 데리고 순간 이동을 했다는 건 알지?"

"그래. 하지만 연락이 없어서 실패했나 했어."

"10년 전 과거로 갔었어."

그 말에 베라무드는 눈을 찡그렸다. 잠시 생각하는 듯하다가 그가 물었다.

"그리고 얼마 전에 다시 돌아온 거고?"

"그렇지."

"그렇다면 어쩔 수 없네."

너무 순순히 베라무드가 자신의 말을 믿어서 카서스는 의아해졌다.

"진짜 믿는 거야?"

"뭐야. 거짓말이야?"

"아니, 그건 아니지만. 듣기에도 황당하잖아. 과거로 갔다가 다시 돌아오다니."

카서스의 말에 베라무드는 피식 웃었다.

"비슷한 일을 겪은 사람을 알아서."

카서스가 그 말에 눈을 찌푸리는데 베라무드가 선수를 쳤다.

"너 변했다."

"이제 알았냐. 머리카락이 다시 길어졌어. 볼래? 어쩐지 예전보다 더 찰랑찰랑해진 것 같아."

자, 하고 자신의 머리카락을 내미는 그를 향해 혀를 차고 베라무드가 말했다.

"아니, 그게 아니라. 아까처럼 내가 말했을 때 분명히 예전의 너라면 '걱정할 정도로 가까운 사이도 아니면서.' 하고 내 속을 긁었을 텐데."

하지만 순순히 연락 못 해서 미안하다고 사과했다.

저 카서스 리안이.

그의 말에 카서스는 "그런가." 하고 희미하게 웃었다.

"그냥, 이제 거리 두는 거 그만둘까 하고."

베라무드는 그 말에 카서스를 바라보다가 "잘 생각했다." 한마디만 하고 웃었다. 그걸 보고 카서스는 "정말 넌 사람이 너무 좋다니까." 하고 팔짱을 꼈다.

보통이라면 '드디어 그만두는 거냐', '괜찮다고 하더니만', '이제 외로워졌냐?', '갑자기 왜' 같은 말을 잔뜩 했을 거다.

하지만 베라무드는 잘했다, 하고 웃고 마는 것이다.

"나라면 실컷 비꼬아 줬을 텐데."

카서스의 말에 베라무드는 "아, 그야 넌 비뚤어졌으니까." 하고 말했고 카서스는 히죽 웃었다.

"그래, 나야 비뚤어졌지."

카서스는 순순히 인정했다.

그때 위층에서 시카가 가벼운 발소리를 내며 내려왔다. 그 뒤를 아르카나가 따라왔다.

"그래서, 상황은 어떻게 되어 가고 있는 건가요?"

응접실로 내려온 시카의 물음에 아르카나가 손가락으로 위쪽을 가리켰다.

"장막이 찢어진 거 봤어?"

"응. 다시 닫히지 않는 건가?"

"일단 지금은 임시로 마법사들이 봉인해 둔 상태야. 하지만 조금이라도 상황이 불안정해지면 어떻게 될지 몰라."

"로렌스는?"

"그도 보이지 않고. 카서스가 그에게 부상을 입힌 게 주효했는지, 네가 없어지고 나서 그도 사라져서는 나타나지 않고 있어."

"마수의 움직임이나 다른—"

"전혀 없어. 조용해."

"그래, 그렇구나."

시카는 낮게 대답했다. 카서스가 팔짱을 끼며 말했다.

"그럼 문제는 두 가지인가? 구멍 난 하늘과 도망친 로렌스?"

"그리고 드래곤."

베라무드의 말에 카서스가 "드래곤?" 하고 되물었다.

"그 구멍으로 나오려고 틈틈이 시도하고 있거든."

베라무드의 설명에 카서스는 낮게 신음을 흘렸다. 드래곤이 구멍에서 뛰쳐나오기라도 하면 곤란하다. 아니, 곤란이라는 단어는 너무 가볍다. 상당히 위험하겠지.

"일단 장막을 닫으면 드래곤 문제는 사라지니까요."

아르카나의 말에 카서스는 "그런가." 하고 고개를 끄덕였다. 시카가 아르카나를 돌아보며 말했다.

"닫으려면 봉인을 풀어야 하지 않아? 그 순간은 괜찮은 건가?"

"봉인한 채로 닫는 게 최고지."

"하지만 닫으려면 상당한 마력이 필요할 텐데, 봉인을 유지할 수 있을지……."

"그 걱정보다도 닫는 방법을 찾는 게 먼저야."

아르카나의 말에 시카는 고개를 끄덕였다. 카서스가 씩 웃으며 말했다.

"마스터가 이렇게 많은데, 뭐 드래곤 하나 이기지 못하겠어? 정 안 되면 우리가 상대하면 되니까."

베라무드 역시 어깨를 으쓱했다.

"그 정도는 도움이 될 수 있겠지."

"은기사 님과 광전사 씨는?"

카서스가 물어 베라무드는 낮게 대답했다.

"시리는 폐하와 함께 있어. 우툴루는 피엔샤 후작에게 가 있고. 지금 대부분의 정예병은 수도에 모여 있다고 보면 된다."

"근위대장 복귀인가?"

카서스의 물음에 베라무드는 낮게 웃었다.

"칙령에 의해 임시로."

"하긴, 얼 경에게 이 짐은 너무 무겁지."

"그리고 네놈을 부대장으로 임명할 생각인데."

"엑."

카서스가 이상한 소리를 냈다. 베라무드가 히죽 웃었다.

"전시니까, 특진 정도야 누구나 인정하겠지."

"그렇지 않을 것 같은데. 기사들이 반발할걸. 평민 주제에, 라면서."

"방랑자를 보고 평민 주제에, 라고 할 수 있는 사람이 있다면 꼭 얼굴을 보고 싶은데."

"의외로 있지 않나."

카서스는 중얼거렸다. 하지만 딱 잘라 거절을 하지는 않는 것이 바뀐 점이었다. 베라무드가 말했다.

"하여간 마법사들이 먼저 작전을 수립해 주지 않으면 따라가기가 힘드니까."

아르카나와 시카가 고개를 끄덕였다. 아르카나가 시카에게 말했다.

"이론은 대강 짜 놨는데, 시카가 한 번 봐주면 좋겠어."

"얼마든지."

시카는 그렇게 말하고 아르카나를 따라 총총 방 안으로 들어 갔다. 카서스가 베라무드를 바라보며 물었다.

"그럼 우리는 뭐하지?"

"네놈이 살아 있다는 걸 사방팔방 알려야지."

"불길하군."

"불길하냐. 할 수 있으면 널 마차에 매달아 끌고 다니고 싶은 데—"

"봐줘라."

진심이 담긴 말에 베라무드는 피식 웃었다.

"널 부대장으로 임명했으니까, 일단 소개해야지. 할 수 있으면 지금."

"저녁인데?"

"전시라고 했잖아. 다들 비상 대기하고 있어."

베라무드의 말에 카서스는 "그렇다면야." 하고 어깨를 으쓱했 다. 다들 비상 대기 중이라는데 자신 혼자 미적거릴 수도 없는 노릇 아닌가.

게다가 평소와 달리 부대장직을 임시로라도 받아들였으니, 할 일은 제대로 해야 했다.

"하지만—"

시카가 들어간 방을 슬쩍 돌아보는 카서스에게 베라무드는 코웃음을 쳤다.

"마법사가 둘이야. 게다가 이 저택에 얼마나 많은 보호 마법이 걸려 있는 줄 알아?"

"그래."

과보호는 좋지 않지.

카서스는 그렇게 말하고 자신의 옷차림을 내려다보며 말했다.

"이 차림으로도 괜찮겠지?"

"제복은 본부에 가면 지급하지."

"네, 네."

카서스는 고개를 끄덕였다.

카서스가 한숨을 내쉬며 말했다.

"이거 팔다리 길이가 짧아. 내 제복 가져오는 게 낫겠다."

"그건 어디 있는데?"

"그러게."

내 짐 어딘가에 처박혀 있을 텐데? 하며 카서스는 방 밖으로
나갔다. 기다리고 있던 모리스가 싱긋 웃으며 말했다.

"다시 만나게 돼서 반갑습니다."

"이제 그쪽이 저보다 위네요."

카서스의 말에 황실 제1기사단 단장인 모리스는 가볍게 웃었
다. 그 옆에 서 있던 알케르토가 명랑하게 말했다.

"그래도 저보다는 위시죠."

"어─ 존대해야 하나?"

카서스가 알케르토에게 묻자 알케르토가 "공식 석상이니까?"

하고 되물었다. 카서스는 고개를 끄덕였다. 나스 얼은 홀가분하다는 표정과 동시에 묘한 얼굴로 말했다.

"적어도 제가 부대장직은 유지할 줄 알았죠."

"원하신다면 돌려 드릴까요."

카서스가 찡긋 그에게 윙크하며 묻자 나스는 한숨을 내쉬었다.

"어쩌나 두 분이 비슷하신지."

그 말에 베라무드가 눈을 찌푸렸다.

"나랑 카서스가?"

"와, 그건 욕이죠."

카서스가 고개를 끄덕였다. 베라무드가 "누구에게 욕이라는 건데?" 하고 물었고 카서스가 "너." 하고 대답해서 베라무드는 만족스럽게 고개를 끄덕였다.

나스는 다시 한숨을 내쉬었다.

모리스가 의아한 얼굴로 물었다.

"욕이랄 것까지는 없지 않나요?"

카서스가 웃으며 작전 테이블로 다가갔다. 정교한 군사용 지도가 펼쳐져 있다. 수도의 지형지물이 크게 그려진 지도를 손으로 훑으며 카서스가 말했다.

"작전 실행 중에 부하가 잔뜩 죽으면, 베라무드는 밤잠을 설칠 사람이죠. 저야 상관없이 푹 자겠지만."

모리스의 얼굴이 굳었다. 베라무드가 지도 위에 말판을 올리며 말했다.

"그 정도까지는 말 안 했어."

"사실인걸."

모리스는 한숨을 내쉬고 말했다.

"장기짝으로 생각한다고 하더라도, 냉정한 사령관이 좋겠죠."

한 사람도 낙오시키지 않겠다고 하다가 백 명을 잃는 것보다는, 한 사람을 냉정하게 잘라내는 사령관이 더 유능한 것인지도 모른다. 그 말을 들은 카서스는 눈을 둥글게 떴다가 곧 히죽거리며 말했다.

"맞춰 볼까요? 알테르 경은 시그리드의 절친이겠죠."

느닷없는 그의 말에 모리스가 눈썹을 모으며 말했다.

"친구이기는 합니다만, 무슨 상관인지 모르겠군요."

카서스가 "그럴 줄 알았어." 하고 고개를 끄덕이고는 대꾸했다.

"끼리끼리 모이더라고요. 특히 앙케르트나 백작 주변에는 삐뚤어진 절 당혹스럽게 만드는 사람들이 잔뜩."

베라무드는 웃었고 모리스는 뭐라고 해야 할지 알 수가 없어 카서스를 바라보았다. 카서스가 어깨를 으쓱하고 말했다.

"하여간 균형이 필요한 거죠. 그러니까 저는 부대장밖에 못 되는 거고요."

용병 일이 더 적성이라니까요.

느긋한 어조로 말하고 카서스는 팔짱을 꼈다. 수도 경비대장인 아무 역시 이 자리에 동석하고 있었다. 모두가 작전판을 둘러싸고 수도 지도를 내려다보았다. 카서스가 베라무드에게 물었다.

"사람들은 대피시켰어?"

"최대한. 하지만 죽어도 여기서 죽겠다는 사람도 있더군. 수도에서 벗어나면 갈 곳 없는 사람도 많고. 주변 도시에서 받아들이는 데에도 한계는 있어."

언제까지나 대피해 있으라고 할 수는 없다.

"폐하는? 성을 지키시나, 대피하셨나?"

"성에."

카서스가 고개를 들었다.

"의외네."

당연히 도망칠 줄 알았는데.

"도망가 봤자 드래곤이 있다면 소용없다고 하더라. 그리고 황성이 무너져도 지하 대피소가 있으니까."

"그렇군."

카서스가 고개를 끄덕였다.

'하긴 화력이 다 수도에 집중되어 있으니까.'

제국 전체 마스터의 대다수가 지금 수도에 모여 있다. 마법사들도 여럿 있고.

만약 이걸로 해결되지 않는다면 어떤 수를 가져와도 소용없을 터였다. 이미 뽑을 수 있는 최강의 패를 다 들고 배팅했으니 말이다.

'제국이 불바다가 되는 걸 보느니 황성에서 생이 끝나는 게 깔끔한가.'

무시무시한 생각을 하며 카서스는 지도를 내려다보았다.

"황실 근위대는 역시 황실을 못 벗어나네."

"그야 그렇지."

근위대장인 베라무드가 말하며 군청색 말을 가리켰다.

"그래도 공격이 시작되면 중심부에 호위만 빼고는 전부 가용할 거야. 그리고 이쪽의 빨간색이 수도 기사단이고."

"흰색이 황실 기사단입니다."

모리스가 흰색 말을 배치하며 말했다. 카서스가 재미있는 얼굴로 말했다.

"말 색이 옷 색이랑 같네."

흰색 제복에 금줄 달린 옷을 입고 있는 모리스가 "그렇죠." 하고 웃으며 대꾸했다. 카서스가 물었다.

"황실 제2기사단은?"

"음, 피난민을 돕고 있습니다."

모리스의 난처한 듯한 말에 카서스는 "과연." 하고 웃었다.

귀족 작위용으로 만들어진 황실 제2기사단이니 전쟁터에 나올 일은 없으리라.

"만약에 드래곤이 나오게 되면, 수도 밖으로 나가게 해서는 안돼."

카서스의 말에 아무가 고개를 끄덕였다.

"멀리 날아가 버리면 대응할 수가 없지요."

"발리스타를 만들고 있기는 한데."

베라무드의 중얼거림에 카서스가 물었다.

"가져올 수는 없어?"

똑똑.

그때 노크 소리가 들리고 바로 이어서 문이 열렸다.

"서부 귀족 연합에서 왔습니다. 오루트 알커란스입니다."

자기소개를 한 오루트가 어? 하고 입을 벌렸다. 카서스가 가볍게 손을 들어 인사하자 오루트가 활짝 웃었다.

"살아 있었군요! 그대로 통구이가 되어서 사라지신 건가 했습니다. 방랑자가 죽었다니, 손실이 꽤 크다고 생각했다고요. 뜻밖에도 미하스 경도 꽤나 우울해지셔서 말이죠. 아니, 그건 리안 경이 아니라 시카 누나가 사라져서인 걸까요? 아니아니, 그건 또 아닌 것 같지만—"

"그만."

카서스가 말을 끊자 오루트는 씩 웃었다.

"하여간 살아 있어서 기쁩니다. 게다가—"

그의 눈이 카서스 제복에 달린 핀을 훑었다.

"황실 근위대 부대장이 되신 것도 축하드려요."

"임시야."

카서스는 부대장직이 별거 아니라는 듯 말하고 물었다.

"그래서, 서부 연합에서도 협조하는 건가?"

"그야 당연하지요. 황실에 대한 충성심을 보여 드릴 기회인걸요."

부드럽게 달콤한 말을 늘어놓지만 피엔샤 후작은 분명, 이 기회에 이득을 챙길 생각이 만만일 것이다. 그만큼의 전력을 내놓으니 당연한 이야기였다.

"지금 발리스타 이야기를 하는 중이었어. 서부에 있지 않아?"

서부의 성벽에는 발리스타도 배치되어 있다.

"드래곤을 쏘려고요? 통할까요?"

오루트는 되물으면서도 이어 대꾸했다.

"서부의 레사크 진지에 배치된 발리스타가 스무 대 정도 됩니다."

"상당하네."

"하지만 그거 조준도 그렇고, 훈련받지 않았으면 소용없다고요. 그렇게 뚝딱 조준법을 익힐 만한 물건도 아니고요."

오루트가 어깨를 으쓱했다. 모리스가 그 말에 동의했다.

활도 그렇지만, 발리스타는 조준법부터가 완전히 다르다.

"무엇보다도 가져오는 사이에 이미 사태가 끝났을 가능성이 높겠군요."

모리스의 말에 베라무드가 "마법사가 있잖아." 하고 말해 모리스는 눈을 찌푸렸다.

"가능합니까?"

"물어봐야지."

"그런데 그렇게 큰 사물을 옮기는 건 힘들걸. 게다가 레사크 진지면 진짜 멀고. 마법사라고 마력이 무한대는 아니잖아."

카서스가 이어 말했다.

"그보다 투창을 만드는 게 낫겠어."

"투창?"

"마스터가 여럿이잖아? 들고 던지게 하는 편이 낫지."

마스터로 물량 공세라니, 이런 때가 아니면 언제 해 보겠어? 하는 카서스의 말에 아무는 턱을 문질렀다.

"과연, 그 방식이 더 간결하겠습니다. 그리고 투창 끝에 쇠사슬을 연결하게 해서 병사들에게 잡아당기게 하는 겁니다. 아니면 사슬 끝을 땅에 고정해 놔도 좋고요."

하늘을 나는 상대를 상대하려면 바닥으로 먼저 끌어내려야 한다.

"그런데 만약 투창이 통하지 않으면……."

알케르토가 작게 자신의 의견을 말했다. 마수 중에는 종종 단단한 비늘로 무장해서 오러가 아니면 날이 통하지 않는 마수도 있었다.

드래곤의 비늘이 얼마나 단단할지 짐작도 되지 않았다.

침묵이 잠시 작전실을 맴돌았다.

"그럼 날 던져야지 뭐."

베라무드가 가벼운 어조로 말했다. 오루트가 "아." 하고 피식 웃었다.

"그러고 보니 장벽에서 마수를 없앨 때, 은기사님을 집어던졌다고 매튜 경이 그러던데요."

"그렇지. 시그리드가 오러를 날릴 수 있으니까. 그녀가 잡을 수 있으면 좋고."

"아내를 불러내도 되는 거야?"

베라무드의 말에 카서스가 묻자 흑기사는 눈을 찌푸리며 말했다.

"달갑지는 않지만, 그녀도 기사니까."

"하긴, 위험하니까 빠지라고 하면 싫어할 타입이야."

카서스의 말에 베라무드는 깊게 고개를 끄덕였다. 카서스가 드래곤의 크기를 생각하며 중얼거렸다.

"부디 그 거대한 몸집으로 빠르게 움직이는 녀석이 아니길 바라자고."

시그리드가 쓸 수 있는 건 한 방일 것이다.

그 한 방이 빗나가면 그다음은 어떻게 할지도 문제였다. 기사들은 머리를 맞대고 여러 가지 방안을 세워 나갔다.

할 수 있는 모든 작전이 나왔다고 생각하며 베라무드가 말했다.

"잠깐 쉴까?"

"그러자. 머리에 쥐날 것 같아."

카서스가 찬성했고 나머지 사람들도 고개를 끄덕였다. 시종을 불러 차를 가져오게 하고 베라무드가 작전실 옆에 붙어 있는 대기실로 나가 소파에 털썩 앉았다.

그 뒤를 따라 들어오며 카서스가 물었다.

"그러고 보니 트라벨 남작에 대한 수사는 어떻게 됐어?"

"아직 단서를 찾지 못했습니다."

수도 경비대장인 아무가 베라무드 대신 대답했다. 그의 얼굴에 근심과 죄책감이 서렸다.

"집집마다 뒤져서 위치를 찾으려 했지만 보이지 않더군요. 게다가 지금 가용 병력의 대부분을 피난민들의 호위와 통제에 쓰고 있어서……."

"혼란기 때일수록 범죄자가 판치니까 말이죠."

모리스가 조용히 아무의 편을 들어주었다. 모두가 피난을 가고 빈집이 많아진 이 시기에 상점이나 저택의 빈집털이범이 생겨났다.

당연히 그쪽에도 신경을 쓰지 않을 수가 없었다. 안 그래도 모자란 병력을 나눠서 순찰을 돌게 해야 했다. 수도의 치안은 유지되어야 할 것 아닌가.

"새삼스럽지만 인간이란, 참."

카서스가 중얼거리자 모리스가 말했다.

"반대로 이런 때일수록 적극적으로 돕는 사람도 있으니까요."

그 말에 카서스가 싱긋 웃으며 같은 말로 대꾸했다.

"새삼스럽지만 인간이란, 참. 이군요."

모리스가 피식 웃었다. 곧 시종이 차가운 냉차를 가지고 들어왔다. 모두가 찻잔을 받아 들고 막간의 휴식을 누렸다.

시카는 한숨을 쉬고 베란다로 나왔다. 베란다 아래로, 앙케르트나 백작가 저택의 정원이 내려다보이고 있었다.

이 수도에서 이 정도 넓이의 정원을 가진 저택은 손에 꼽을 정도이리라.

그리고 장미가 한껏 피어 있어서, 밤공기에 달콤한 장미향이 스며들어 있었다. 한껏 공기를 빨아들이고 시카는 다시 길게 숨을 내쉬었다.

'어렵네.'

그녀는 하늘을 바라보았다. 하늘의 찢어진 틈새가 보였다. 천이 찢어진 것처럼 말이다. 찢어진 밤하늘 사이로 푸른빛이 희미하게 흘러나오고 있었다.

그 빛 덕분에 밤의 정원이 푸른빛을 발했다. 신비하다면 신비하고 으스스하다면 으스스한 광경이었다. 가끔 하늘의 틈 사이로 그림자가 지나갈 때마다 저도 모르게 주먹을 쥐게 되었다. 시카는 한숨을 내쉬며 시야를 정원으로 내렸다.

카서스는 황실 근위대 임시 부대장직을 맡아, 회의하러 나갔다고 했다.

'제복 입은 카서스 멋지지.'

멍하니 그런 생각을 했다가 시카는 난간에 기대며 고개를 저었다. 그런 생각을 할 때가 아니다.

'봉인을 풀지 않고 닫는 건 어렵겠어. 게다가 저걸 닫으려면 얼마나 많은 마력이 들어갈지……'

봉인을 풀게 되면 드래곤이 나올 거다. 아니, 드래곤만 나온다고 확답할 수도 없었다. 마수가 쏟아져 나올 확률도 있었다.

그 상황에서 마법사들은 집중해서 문을 닫아야 했다. 그렇게 집중할 만한 장소를 찾을 수 있는가도 문제였다.

"고민이 많아 보이네, 누이."

시카는 흠칫하고 고개를 들었다. 밤하늘에 잘 어울리는 청명한 목소리.

로렌스가 허공에 떠 있었다.

목에는 붕대를 감고 있었지만 스리피스의 귀족적 차림은 변하지 않은 채였다. 백색 머리카락이 푸르스름한 빛에 청백색을 띠었다. 자신과 같은 루비색 눈동자가 반짝인다.

"로렌스."

로렌스가 난간에 내려앉아서 쭈그리며 턱을 괴었다. 시카는 뒤로 한 걸음 물러섰다.

"싸우러 온 거 아냐. 시비 걸러 온 것도 아니고."

그의 목소리에는 상당한 홀가분함이 묻어 있어서 시카는 당혹스러웠다. 분명히 화내거나 분노할 거라고 생각했는데.

"그냥 이야기를 하고 싶을 뿐이야."

"무슨 이야기?"

시카가 그를 똑바로 노려보았다. 그녀의 머리카락이 검게 물들고, 눈동자도 붉은색으로 변했다. 쭉 찢어진 동공을 로렌스는 다정한 얼굴로 바라보았다.

"아, 이제 조절할 수 있구나. 예쁘네."

탁.

가벼운 소리와 함께 시카의 옆에 레오가 떨어졌다. 시카는 놀라 그를 돌아보았다. 레오의 한쪽 눈은 안대로 가려져 있었다.

카서스가 꿰뚫은 눈은 회복되지 않았기 때문이었다. 로렌스가 레오를 보고 손을 흔들었다.

"안녕."

"기척을 느꼈습니다."

"그렇겠지."

로렌스는 당연한 일이라는 듯이 말하고는 레오를 보았다. 시카는 불안감을 숨기며 레오를 보았다. 아르카나가 그의 세뇌를 풀었다고 하기는 했지만, 어떻게 될지는 모르는 일이니까.

"그래서 날 죽이고 싶어졌어?"

로렌스의 말에 레오는 눈을 찡그렸다가 한숨을 내쉬었다.

"아니요. 당신이 나에게 한 짓을 전부 기억하는데도 그러고 싶지 않습니다. 내게 무슨 짓을 한 겁니까?"

로렌스는 소년처럼 웃고 시카를 보았다. 그가 난간에서 내려왔다. 시카는 한 걸음 더 물러섰고 레오가 둘 사이에 비스듬히 섰다.

"나도 마찬가지야. 그렇게 당했는데도, 시카가 좋아. 아마, 마물의 아이는 어쩔 수 없는 거겠지."

"우리는 마물의 아이가 아냐."

시카가 입을 열었다. 로렌스는 고개를 갸웃하며 그녀를 보았다. 더 이야기해 보라는 제스처라 시카는 설명을 이었다.

"나 십 년 전으로 돌아갔었어. 그래서 어머니를 만났어."

"십 년 전으로? 아아, 그래서."

로렌스는 뭔가 깨달은 듯 고개를 끄덕였다. 시카는 모친이 했던 이야기를 자세하게 로렌스에게 털어놓았다. 그도 알아줬으면 했다. 자신들이 괴물이 아니라 인간이라는 것을.

"그러니까, 우리는 인간의 아이야. 그냥, 마수의 힘에 노출된 것뿐이라고."

"레오나 레아처럼 말이지?"

"그래."

"그래서—?"

로렌스가 그다음 이야기를 원하듯 물었고, 시카는 할 말을 잃었다. 그녀는 당혹해서 말했다.

"그러니까 우리는 괴물이 아냐. 너도, 나도."

"시카. 내 사랑스러운 누이."

로렌스는 재미있다는 얼굴로 물었다.

"정체성이라는 건 스스로 결정하는 거야? 남이 정해 주는 거야? 다른 사람이 전부 괴물이라고 부르는데 나 혼자 아니라고 하면 아닌 거야?"

시카는 말문이 막혔다.

모두가 한 사람을 바보라고 하는데, 본인만 자신을 천재라고 주장한다면 그 사람은 천재인가 바보인가?

모두가 한 사람을 쓰레기라고 하는데, 본인만 자신은 고결한 사람이라고 주장한다면?

시카는 대답하지 못하고 그를 바라보았다. 로렌스는 웃었다.

"그리고 남이 날 인간이라고 해도 상관없어. 난 내가 괴물이기로 정했으니까. 하지만 그렇군. 누이는 인간이고 싶은 거네. 아 이러니해라."

로렌스는 난간에 비스듬히 기댔다.

"왜 레아와 레오가 날 미워하지 않는지 알아?"

"……몰라."

시카는 솔직하게 대답했고 로렌스는 팔짱을 꼈다.

"강한 마수가 약한 마수를 부르는 건 알지?"

시카는 고개를 끄덕였다. 콜링(calling)이라고 부르는 현상이었다. 그게 강한 마수가 나타나면 어떻게든 빠른 시간 안에 마수를 해치워야 하는 이유고.

"마수들은 태생적으로 약자가 강자를 따르게 되어 있어. 거스르지 않고. 그건 구속이지. 그래서 내가 누이에게 이렇게나 집착하는 거야."

로렌스의 말에 시카는 저도 모르게 입을 벌렸다. 로렌스가 희미하게 미소 지었다.

"태어났을 때부터 시카가 나보다 더 강한 힘을 가지고 태어난 거야. 그러니까 시카는 힘이 발현돼서 태어났고, 난 아닌 거지.

그때부터 날 구속하고 있었던 거야."

시카는 뭐라고 말하려 했지만 말이 나오지 않았다.

"그래서 제대로 세뇌도 되지 않았던 거야. 난 그냥 시카의 생각을 부수는 게 고작이었잖아? 그것도 곧 돌아왔고."

"그건, 다행이네,"

간신히 한마디 토해 내자 로렌스는 살짝 웃었다.

"그래서, 시카가 사라졌을 때. 난 내가 자유로워졌다는 걸 알았어. 그리고 돌아왔을 때는 네가 돌아왔다는 걸 알았지."

"너에게 그렇게 할 의도는 없었어."

"알아."

로렌스는 어깨를 으쓱했다. 그가 가늘게 한숨을 내쉬었다.

"그래서, 좀 흥미가 없어졌다고 해야 할까."

어디에? 하고 시카가 묻기 전에 로렌스가 빤히 시카를 바라보았다.

"하지만 또 이렇게 얼굴을 보고, 곁에 있는 걸 느끼면― 너와 함께 있고 싶어서 견딜 수가 없어져."

로렌스가 토해 내듯 말하고 눈을 찡그렸다. 그의 붉은 눈이 슬픔을 담고 시카를 보았다. 시카는 가슴 안쪽이 울리듯이 저릿해지는 걸 느꼈다.

만약 로렌스가 자신에게 구속되어 있는 거라면, 자신 역시 어느 정도는 그에게 구속되어 있는 게 아닐까?

이게 마수의 힘에 의한 것이더라도, 아픈 것은 아픈 것이다.

"그리고 제국을 부수는 것도 좀 시시해졌고."

로렌스가 입꼬리를 올리며 말해서 시카는 어이가 없어졌다. 그렇게 많은 사람을 죽이고, 많은 피해를 내놓고 이제 와서?

"저거 닫을 방법은 있어?"

로렌스가 하늘을 가리키며 말했다. 시카는 그의 말에 희미한 희망을 가지고 물었다.

"방법이 있는 거야?"

찢은 게 로렌스이니, 닫는 것도 그에게 방도가 있을지도 모른다.

"안에서 당기고 밖에서 밀면 훨씬 쉽고 빠르게 닫혀."

로렌스의 말에 시카는 "어?" 하는 작은 소리를 내며 그를 바라보았다. 로렌스가 손을 내밀었다.

"같이 가자. 뭐, 저쪽에 어떤 상황이 기다리고 있을지는 모르지만. 우리에게 힘을 줬다는 그것도 만나고 싶고. 그렇지 않아? 같이 가자. 시카."

마지막 말은 유혹하는 듯한 낮은 속삭임이었다.

"시카에게 강제하지 않을 거야. 그래 봐야 기쁘지 않았으니까. 하지만 최대한 피해 없이 저 문을 닫고 싶은 거지? 우리 둘이 넘어가서 함께 당기면 돼. 안에서 당기면 밖에서는 약간의 힘만 줘도 금방 닫힐 거야."

시카는 눈앞에 내밀어진 그의 손을 빤히 바라보았다. 로렌스는 충분히 기다렸다가 손을 접으며 말했다.

"뭐, 생각해 봐."

로렌스는 도로 난간 위에 가볍게 올라섰다. 중력이 느껴지지 않는 움직임이었다. 그녀에게 인사하고 로렌스는 휙 난간에서 몸을 날렸다. 시카가 놀라 아래를 내려다보았지만 로렌스는 없었다.

시카는 난간을 붙잡고 그대로 자리에 무릎 꿇듯 주저앉았다.

'장막을 넘자니.'

너무 황당한 계획이라 헛웃음만 나왔다.

'가면, 돌아올 수 없어.'

시카는 하늘을 바라보았다. 찢어진 하늘이 보였다. 안쪽에서 당기면—상상도 하지 못한 일이지만— 확실히 더 쉽겠지. 최소한의 희생으로 일을 끝낼 수 있을 것이다.

"일어나시죠. 바닥은 차갑습니다."

레오가 손을 내밀며 말했다. 시카는 그제야 그의 존재를 깨달았다. 주저앉은 채로 그녀가 말했다.

"레오는 괜찮아요?"

"뭐가 말인가요?"

"그, 자신이 그런 이유가요……."

레오는 눈을 찡그렸다가 한숨을 내쉬었다.

"이성적으로 생각해서 화를 내야 한다는 걸 아는데도, 감정적으로 화가 나지 않습니다. 화가 나지 않는 게 괴롭지요."

시카는 피식 웃으며 그의 손을 잡고 자리에서 일어났다.

"난 그런 건 전혀 몰랐어요. 구속이라던가……."

"로렌스 님— 아니, 그 사람은 마수의 힘에 관심이 많았으니까요."

레오가 무표정한 얼굴로 말했다. 시카는 다시 한숨을 내쉬었다. 자신은 자신의 힘을 무서워해서 봉인하고 도망치기만 했다. 그런 결과가 지금 이것이다.

자신이 좀 더 똑바로, 정면으로 자신을 봤다면 일이 이렇게 되지 않았을 텐데.

후회가 밀려들었다.

시카가 레오에게 말했다.

"음, 지금 들은 건 비밀로 해 줄래요?"

"넘어가실 생각입니까?"

"아뇨. 그건 아니지만, 생각 좀 해 보려고요."

레오는 시카를 찬찬히 살피다가 고개를 끄덕였다. 시카는 "고마워요." 하고 작게 대답했다. 이 사람도 로렌스의 피해자다.

어째서인지 로렌스가 잘못한 일들이 자신 때문인 것처럼 느껴졌다.

썰물처럼 그녀 머리카락의 검은색이 연분홍으로 바뀌었다. 눈동자가 연보라색으로 돌아왔다. 시카는 가볍게 주먹을 쥐었다가 펴 보았다.

이제 조절은 자연스럽다. 하지만 로렌스처럼 자유자재로 다루는 것은 아직 무리였다. 시카는 난간을 바라보았다.

'로렌스처럼 깡충―은 무리지.'

그렇게 생각하며 시카는 안으로 들어갔다. 여름인데도 왜인지 목덜미가 서늘했다.

'그러고 보니 여기에 결계도 쳐져 있을 텐데, 어떻게 들어온 걸까.'

아르카나가 알면 화내겠다, 하고 시카는 작게 웃었다. 자신의 마법에 자부심이 있는 마법사라면, 누구라도 자신의 결계가 무효화된 걸 참을 수 없을 것이다.

방 안으로 다시 들어와 시카는 생각에 잠겼다.

'넘어간다, 라.'

물론 시카도 궁금하기는 했다. 장막 넘어, 이계가 궁금하다기보다는 자신의 모친에게 힘을 준 그 존재가 말이다.

새하얀색의 아름다운 괴물.

분명히 어머니는 그걸 아름답다고 말했다. 그리고 일반적인 마수는 인간의 미적 감각에서 볼 때 결코 아름다운 존재가 아니다.

그 존재가 없었다면 자신과 로렌스는 그때 죽었을 것이다. 남작 부인도 다시 이곳으로 돌아오지 못했겠지. 자신과 로렌스가 괴물이라고 불린 원인이지만 동시에 은인이기도 하다.

'아니 솔직히 말해서.'

시카는 남작 부인을 떠올렸다. 그녀가 좀 더 정신이 강했다면 로렌스는 제대로 자랐을 것이다. 자신은 태어났을 때부터 겉모습이 달랐다고 쳐도, 로렌스는 아니었으니까.

시카는 처음으로 모친에게 원망스러운 마음이 들었다.

'게다가 내 힘이 강하다니.'

그건 생각도 하지 못했다. 로렌스와 비슷하거나 아니면 그가 더 높을 거라 생각했었는데.

'그러면서 남의 마음속이랑 정신을 마음대로—!'

다시 만나면 분명히 싸우거나, 서로 칼을 겨눌 거라고 막연히 상상했었는데 생각보다 너무 온건한 만남이었다.

'하긴, 선은 넘지 않았지.'

로렌스는 분명히 자신과 동침할 수도 있었다. 그러나 그는 그 선은 넘지 않았다.

시카가 푹푹 한숨을 내쉬는데 아래층이 소란스러워졌다. 카서스가 돌아온 모양이라 시카는 얼른 자리에서 일어났다.

＊　　＊　　＊

아르카나와 시카는 카서스와 베라무드의 이야기를 들었다. 시카를 보겠다고 따라온 오루트는 명랑하게 인사를 하며 "살아 있어서 다행이에요." 하고는 바로 돌아가 버렸다.

"미하스 경 요즘 무섭거든요."

하는 말 한마디만 남기고 말이다.

남은 두 사람이 그동안 세운 작전들을 이야기하자 아르카나와 시카는 진중하게 귀를 기울였다. 종종 의견을 묻고 첨가하며 대화를 끝내고 나서 시카가 카서스에게 말했다.

"카서스, 잠깐 할 이야기가 있는데."

카서스는 별말 없이 자리에서 일어났다. 베라무드가 물었다.

"급한 이야기입니까? 아니면, 식사하고 하시죠."

시카는 고민했다가 고개를 끄덕였다. 잘못하면 길어질 이야기고, 저녁을 완전히 날려 버릴 가능성도 있었다.

"밥 뭐 줄 거야?"

카서스의 물음에 베라무드가 웃었다가 정색하고 답했다.

"그냥 닥치고 먹어."

닥치고 먹으라고 한 것치고 저녁은 꽤 풍성했다. 이런 상황에서도 이 정도의 식재료를 비축하고 있다는 것에서 백작가의 저력이 느껴지는 저녁 식단이었다.

"그러면 시리도 부르는 겁니까?"

아르카나의 질문에 베라무드는 고개를 끄덕였다.

"뭐, 내일 아침에 불러도 되겠지. 좋아하면서 달려올걸."

베라무드의 말에 아르카나는 "그렇겠죠." 하고 고개를 끄덕였다. 카서스가 어깨를 움츠리며 말했다.

"백작님이 오셔서 날 잔뜩 타박하시는 게 아닐까."

"너에게 잔소리할 정도로 애정을 가지고 있을 것 같지 않다."

"애정으로만 잔소리를 하는 건 아니지."

"애정이 안 들어간 잔소리는 후려치기라고 하는 거야. 그리고 그걸 하려면 마이너스적인 관심을 가지고 있어야 하는데 마이너스적인 관심이라는 것 자체를 모를걸, 시리는."

"에이. 그건 아니다."

카서스가 포크를 흔들어 베라무드의 말을 부정했다.

"마음속 어둠의 깊이를 누가 알리오, 인가요?"

아르카나가 싱긋 웃으며 말하자 옆에서 시카가 "아, 그거 내 대사인데." 하고 중얼거렸다. 카서스가 픽 웃으며 말했다.

"그런 거지요."

"열등감도 질투도 없는 완벽한 사람이라고 말하는 게 아냐. 그런 데 쓸 감정을 플러스적으로 돌린다는 말이지."

베라무드가 어깨를 으쓱했다. 시카는 고개를 끄덕여 동의했다.

"백작님은 뭐든 자신의 정진하는 재료로 삼으실 것 같으니까요."

카서스는 '그럴까?' 하고 갸웃했다가 고개를 끄덕였다.

"뭐, 나보다는 남편인 네가 더 잘 알겠지."

베라무드는 남편이라는 말에 흐뭇하게 웃으며 "그럼, 그럼." 하고 고개를 끄덕였다.

간단한 저녁 식사가 끝나자 아르카나는 다른 마법사들에게 연락을 하겠다고 나갔다. 베라무드의 배려로 시카와 카서스는 응접실로 안내받았다.

"여기에서 나오는 목소리는 밖에서 안 들리니까요."

하고 가볍게 윙크하고 베라무드는 응접실을 나갔다. 카서스가 자리에 앉으며 팔을 벌렸다.

"시카가 부족해."

"계속 같이 있었잖아?"

타박하듯 말하면서도 시카는 다가가 앉아 있는 카서스를 끌어안았다. 카서스는 푹신푹신함을 즐기며 그녀의 가는 허리를 마주 안았다.

"그래서, 할 이야기가 뭐야?"

"로렌스를 만났어."

카서스의 어깨가 굳었다. 그가 고개를 들자 연녹색 눈동자가 이글거리는 게 보였다.

"로렌스가 왔었어?"

하지만 나오는 목소리는 기름이라도 바른 듯이 매끄러웠다. 시카는 고개를 끄덕였다. 카서스가 찬찬히 시카를 살폈다. 어딘가 그녀에게 이상한 곳은 없는지 살피는 것처럼. 하지만 저녁 내내 이상한 점이 없었다는 걸 떠올리며 그가 말했다.

"어째서 말하지 않은 거야?"

"카서스와 먼저 의논하고 싶었거든."

"뭘?"

의논할 게 도대체 뭐가 있는데? 하고 그의 목소리가 날카로워졌다.

"로렌스가 와서 하늘을 닫는 법을 알려 줬어."

"뭐?"

카서스는 어처구니없다는 목소리로 되물었다. 병주고 약주고도 아니고, 이게 무슨 헛소리란 말인가?

"함정이 아니라?"

그의 물음에 시카는 '그건 생각해 보지 못했네.' 했다가 한숨과 함께 말했다.

"그건 아니라고 생각해."

"그건 네 생각이지. 하여간 그래서 그 방법이 뭔데?"

시카가 천천히 카서스의 머리를 쓸어 넘겼다. 서늘한 청색 머리카락이 사락거리는 감촉이 좋았다.

"장막을 넘어가재."

카서스는 설명을 요구하듯 시카를 바라보았다.

"그러니까, 지금 찢어져 있잖아. 안에서 닫고, 밖에서 닫고, 양쪽에서 동시에 밀어야 큰 힘을 들이지 않고 봉합할 수 있다는 거지."

"닫으면 안에 있는 사람은?"

"거기에 갇히는 거지."

시카의 대답은 간결했지만, 카서스의 반응은 아니었다. 그가 그녀를 안은 팔에 힘을 주었다. 그의 눈에서 불꽃이 튀는 것 같았다.

"그래서?"

"그래서 카서스와 이야기하는 거야."

"갈 거 아니지?"

성급하게, 약간의 불안감마저 품고 그의 질문이 튀어나왔다.

시카는 가볍게 숨을 들이마시고 말했다.

"물론, 안에서 닫는다면 피해가 거의 없을 거야……. 다들 목숨을 걸지 않아도 되고, 피해도 적을 거고……. 나 한 사람의 희생으로 끝나는 거라면 가벼운 거겠지."

시카는 그를 내려다보고 웃었다.

"하지만 카서스와 헤어지고 싶지 않아."

사람들이 이기적이라고 손가락질해도 좋고, 조금의 희생도 없는 인생을 산다고 노려봐도 좋았다.

"카서스와 함께 있고 싶어."

"함께 있어."

카서스가 그제야 웃으며 대꾸했고 시카는 웃으며 고개를 숙였다. 키스를 하려나 하는데 그게 아니라 살짝 이마가 맞닿았다.

연인이 아니면 허락되지 않는, 매우 친밀한 거리.

누군가가 이렇게 가까이 오게 허락한 적은 한 번도 없었다. 몸도 섞었으면서, 이런 접촉은 새삼스러운 카서스였다.

서로의 코끝이 슬쩍 부딪쳤다. 시카가 웃으며 고개를 들고 말했다.

"그리고, 이런저런 이야기도 들었어."

"좋아. 말해 봐. 전부."

카서스가 시카를 끌어당겨 자신의 다리 위에 앉게 했다.

"이야기가 길어질 것 같으니까."

"그렇게 긴 이야기는 아닌데."

대답하면서도 시카는 그의 다리 위에 자리 잡았다. 그녀는 카서스의 긴 머리카락을 가지고 장난치듯 어루만졌다. 마치 여우 꼬리를 만지는 것 같이 푹신하고 매끄러워 기분 좋았다.

"그냥 로렌스가 나에게 집착하는 이유가 마수의 생태와 관련되어 있다는 거라던가……."

"그게 무슨 소리야?"

시카는 로렌스에게 들었던 이야기를 간단히 설명했다. 카서스는 그녀의 말을 귀 기울여 들었다. 시카의 설명이 끝나자 "그랬군." 하고 짧게 말하고 생각에 잠겼다.

시카는 한숨을 내쉬며 처량한 목소리로 말했다.

"나는 내가 인간이라고 생각했어. 그래서 기뻤고. 하지만—"

그녀가 뭐라고 말해야 하나 하고 머뭇거리자 카서스가 말했다.

"남이 뭐라고 하던, 자기가 정한 게 자기 정체성이야."

로렌스의 의견에 정면으로 반박하며 카서스가 시카를 바싹 끌어 당겨 안았다. 시카는 그의 머리카락을 만지작거리면서 그의 어깨에 머리를 기댔다.

"그럴까?"

"그래, 그리고— 남이 말해 주는 거라고 해도. 넌 누구 말이든 다 들을래? 아니면 내 말이 더 중요해?"

"카서스."

"그럼, 내가 이미 아니라고 했잖아. 그리고 널 아는 사람이라면 다 그렇게 말할 거야."

시카는 고개를 들어 카서스를 바라보았다. 그는 장난스럽게, 그러면서도 다정하게 웃고 있었다. 그 얼굴을 보자 마치 상처에서 가시가 빠진 것처럼, 지금까지 가슴속을 따끔거리게 하던 것이 스르륵 녹듯이 사라져 버렸다.

'그렇구나.'

시카는 깨달았다.

자신에게는 단 한 사람이 있었다. 자신을 괴물이라고 말해 주지 않는 단 한 사람. 평생에 걸쳐서, 첫 만남에서부터 넌 귀엽고 사랑스럽다고, 인간이라고 말해 주는 딱 한 사람.

로렌스에게는 그 한 사람이 없었고, 자신에게는 있었다.

그게 모든 길을 가른 것이다.

사랑한다고 말해 주는 단 한 사람의 존재가.

시카는 그의 어깨에 고개를 푹 기댔다. 그의 품 안에 있는 게 너무 좋아서, 안락해서, 여기서 벗어나고 싶지가 않을 정도였다.

그녀는 작게 자신의 응어리를 토해 냈다.

"그래서, 로렌스가 했던 일이 전부 내 탓 같아서."

"그게 왜 시카 탓이야?"

"하지만 내가 강하게 태어나지 않았다면—"

"강하게 태어난 게 시카 탓이야?"

"그건 아니지만."

"그럼 왜?"

카서스의 질문에는 어처구니가 없다거나, 이성적으로 생각해 보라거나, 그런 뉘앙스가 전혀 없었다. 시카의 생각에 대해 그는 비난하지 않았다. 그저 이유를 물을 뿐이었다.

"그래도……."

시카가 웅얼거리자 카서스가 선뜻 말했다.

"좋아. 그럼."

"어?"

"그럼 시카 탓이야."

"어?"

"로렌스가 부모님에게 괴물이라는 말을 들은 것도, 트렌스 남작 부인이 정신이 이상해져서 아들을 괴물이라고 하고, 딸은 버린 것도. 부모 때문에 로렌스가 삐뚤어진 것도. 괴물이 되기로 결심하고 로렌스가 장막을 찢은 것도, 전부 시카 탓이네."

시카는 입을 딱 벌렸다. 그의 말에 반박하는 수십 가지 말들이 혀끝까지 올라왔다. 그녀가 결국 내뱉었다.

"그건, 내 잘못이 아냐!"

"그래?"

"그래."

"그럼 그런 거네."

카서스가 피식 웃으며 살짝 머리를 흔들었다. 그러자 그녀의 손에서 그의 머리카락이 빠져나갔다. 시카는 아쉬워하며 그의 머리카락을 놓아주었다.

시카가 웃음 섞인 한숨을 쉬고 말했다.

"어떻게 하지? 나 이제 카서스 없이는 못 살 것 같아."

"나 없이 살 생각을 했단 말야?"

카서스가 불만스럽게 되물어서 시카는 웃었다. 웃고 그녀가 말했다.

"좋아, 그러면 로렌스가 다시 오면 같이 가지 않겠다고 해야겠다."

"다시 온다고?"

카서스의 목소리가 날카로워지자 시카는 고개를 끄덕였다.

"대답을 들으러 오겠지."

"오면 나에게 알려."

카서스가 으르렁거리듯 말했다. 시카는 순순히 고개를 끄덕였다.

"알았어."

그녀는 카서스의 무릎에서 일어나 손을 내밀었다. 그녀가 카서스를 일으켜 세워주고는 말했다.

"아마, 금방 올 거야."

카서스는 눈썹을 치켜 올렸다.

그리고 시카의 말대로, 로렌스가 대답을 들으러 온 것은 바로 그 이튿날 밤이었다.

*　　*　　*

시카는 단호하게 대답했다.

"가지 않을 거야."

"그래?"

로렌스는 시카를 지그시 바라보았다. 그의 입가에 희미한 미소가 걸렸다.

"그건 아쉽네."

캉—!

날카로운 소리와 함께 밤의 어둠 사이로 불꽃이 튀었다. 비유적인 의미의 불꽃이 아니라, 강철과 강철이 만나 미끄러지면서 날카로운 파열음이 불꽃과 함께 튀었다.

키이잉—!

마지막으로 검이 크게 한 번 부딪쳐서 격돌하고 두 사람은 멀어졌다. 카서스는 시미터를 비스듬히 하며 혀를 찼다.

레아가 그에게 이를 드러내며 자세를 낮췄다. 양손에 자마다르를 들고 있었는데, 카서스는 '어디서 또 저런 마니악한 무기는 구해서.' 하고 숨을 깊게 들이마셨다.

다음 순간, 어둠 속에서 레오가 퉁기듯이 나와서 레아를 덮쳤다. 레오의 손에는 휘어진 쿠크리가 들려 있었다. 둘의 실력이 비등해서 엎치락뒤치락하는데 로렌스가 말했다.

"그만."

작은 소리였지만 선명했고, 레아는 즉각 동작을 멈췄다. 레오는 반항하는 듯 보였지만, 공격 의지가 없는 레아를 죽일 수는 없어 이를 갈며 물러났다.

로렌스가 카서스를 보고 말했다.

"싸우러 온 건 아냐."

카서스는 픽 웃었다.

"아, 그래? 하고 그럼 내가 여기서 검을 집어넣고 너와 수다라도 떨랴?"

"검을 넣는 건 상관없지만, 이야기는 필요한데."

"로렌스?"

시카가 그의 이름을 부르자 로렌스의 시선이 다시 시카에게로 돌아갔다. 그의 붉은색 눈동자가 시카와 닮아 있다는 것이 카서스에게 불쾌감을 일으켰다. 당장 저 눈알을 파내고 싶었다.

저 새끼 때문에 자신이 고생한 걸 생각하면—

"난 넘어갈 거야."

로렌스의 말에 시카는 "그래?" 하고 작게 되물었다. 로렌스는 고개를 끄덕였다.

"그러니까, 내가 저걸 닫는 걸 조금은 도와줄 수 있는데."

시카는 그 말에 깜짝 놀라 로렌스를 보았다. 카서스가 물었다.

"네 말이 함정이 아니라는 걸 어떻게 알지? 그러면서 장막에 접근해서 구멍을 더 크게 할 생각 아닌가?"

"저쪽으로 넘어가는데, 저게 계속 열려 있으면 나도 곤란해."

카서스는 기가 차서 말했다.

"널 그냥 순순히 보내 줄 거라고 생각하는 건가?"

"그럼 날 잡아다가 법의 심판을 받게 하려고? 괴물이라고 부를 때는 언제고, 필요할 때는 인간의 잣대라니."

"난 널 괴물이라고 한 적이 한 번도 없거든."

로렌스는 그 말에 "그런가?" 하고 고개를 기웃했다가 이어 말했다.

"하지만 내 도움이 필요하지 않은가? 더 큰 희생을 감수하고 날 잡을 필요가 있어?"

"너 때문에 죽은 자의 가족은 그렇게 생각할 거다."

"그렇군."

로렌스가 납득했다는 듯이 고개를 끄덕였다.

"그럼 내 도움은 필요 없다는 말이지."

"필요해."

시카의 말에 카서스가 휙 그녀를 노려보았다.

"시카 울프."

"카서스 리안."

"저 녀석을 그대로 살려서 하자는 대로 내버려 둔다고? 죽은 사람들은 어쩌고?"

"그럼 지금 한 사람이라도 더 살릴 수 있는데, 죽은 사람들 원수를 갚자고 산 사람을 죽이자는 이야기야? 그렇게 죽은 사람의 가족에 대해서는 뭐라고 할 건데? 그 죽음은 원한을 갚는 데 소모된 부수적인 데미지일 뿐이라고."

"그러면 지금 죽은 자들의 가족들은? 그저 더 선한 일을 위해서 원한을 참아야 한단 말야?"

"자신과 똑같은 일을 다른 사람에게 겪게 하고 싶지 않을 거야."

"너라면 그렇겠지. 하지만 모든 사람이 그런 건 아냐."

"하지만 살아 있는 사람이 우선이야."

시카의 말에 카서스는 웃었다.

"원한을 푸는 건 죽은 사람을 위한 게 아냐. 그것 역시 산 사람을 위한 거야."

"그러면 산 사람의 감정과 목숨. 둘 중에 하나를 골라야 한다면 목숨이겠지."

"그걸 단순한 감정이라고는 할 수 없어."

"알아."

시카가 고개를 끄덕였다. 카서스는 한숨을 길게 내쉬었다. 로렌스가 물었다.

"다 싸운 거야?"

"의견 교환이라고 해 줄래?"

시카의 말에 로렌스는 어깨를 으쓱했다. 카서스가 검 끝을 들어 그를 가리키며 말했다.

"아직 동의한 건 아냐. 하지만 이건 우리 둘이서 결정할 문제는 아니니까. 다른 사람의 의견도 들어 보고 나서."

"그것도 좋겠지."

로렌스가 고개를 끄덕였다. 그가 하늘을 슬쩍 보고 이어 말했다.

"하지만 결정은 빨리 해 주는 게 좋겠군."

카서스가 시카를 돌아보았다.

"지금 해. 가서 알려."

시카는 그 말에 놀라 카서스를 보았다가 고개를 끄덕이고는 베란다를 빠져나갔다. 로렌스가 레오를 돌아보며 물었다.

"같이 가지 않을 거야?"

"전 이곳이 더 좋습니다."

"그래? 하지만 레오의 소중한 건 여기에 하나도 없잖아?"

"그건 만들어 가면 되는 거니까요."

"그런 생각도 있군."

로렌스는 고개를 끄덕였다. 그는 자신이 만든, 자신의 동료를 바라보았다. 자신의 꼭두각시로 움직이는 것 같았던 그가 자신의 명령을 거부하는 건 색다른 기분이었다.

"그 마법사가 너에게 어떻게 한 건지 꼭 듣고 싶네."

"닫힌 기억을 좀 건드린 것뿐이야."

아르카나가 베란다 문을 열고 거기 서 있는 사람들을 바라보았다. 그 뒤에 시카가 서 있었다. 아르카나가 눈을 찡그리고 물었다.

"어떻게 들어온 거지? 분명히 결계를 쳐 뒀는데."

"네가 다루는 마법과 내가 다루는 힘은 완전히 별개니까."

로렌스의 말에 아르카나는 혀를 찼다. 그가 옆으로 물러서며 말했다.

"들어오는 게 어때? 다른 사람들에게도 연락을 했으니까. 다 모이려면 시간이 좀 걸릴 테고."

"레아, 가."

로렌스의 말에 레아가 고개를 퍼뜩 들었다. 그녀가 입술을 깨물었다.

"싫습니다."

"걱정 말고, 돌아가. 응?"

로렌스가 손을 뻗어 그녀의 머리를 흐트러트리자 레아는 눈을 내리깔았다. 다정한 손길이 한참을 이어졌다. 간신히 그녀가 "알겠습니다." 하고 내뱉고는 레오를 한 번 바라보았다가 베란다에서 홀쩍 뛰어내려 사라졌다.

로렌스가 자신의 머리를 쓸어 올렸다. 백색 머리카락은 갈색으로, 붉은 눈도 갈색으로 돌아왔다. 평범한 인간 같은 모습이되어 그는 방 안으로 슥 들어왔다.

한마디로 무장해제인 셈이다.

잠시 방 안에 서 있다가 로렌스가 재미있다는 어조로 말했다.

"들어오자마자 붙잡힐 거라고 생각했는데."

"이야기하자고 불러 두고? 그런 짓은 안 해."

아르카나의 말에 카서스는 시미터를 집어넣고 방 안으로 들어오며 말했다.

"이쪽이 더 우세하니까. 나로서는 네가 화려하게 날뛰어 줬으면 좋겠지만."

"내 목을 날리게 말이지."

"그래."

"내 사랑스러운 누이 앞에서."

웃으며 로렌스가 하는 말에 카서스는 순간 말을 잃었다. 그의 시선이 저도 모르게 시카에게 닿았다. 시카는 미동도 없이 로렌스를 바라보고 있었다.

카서스는 혀를 차고 싶은 걸 눌러 참았다.

그랬다. 아무리 그라고 해도 시카의 앞에서 로렌스의 목을 날릴 수는 없었다.

로렌스가 손을 뻗어 스스럼없이 시카의 미간을 꾹 눌렀다. 시카가 흠칫하며 뒤로 물러섰다. 그녀의 반응에도 로렌스는 별 반응 없이 설명하듯 말했다.

"그렇게 심각한 얼굴 하고 있으면 미간에 주름 생겨."

시카가 자신의 미간을 누르며 중얼거렸다.

"너 때문이잖아."

"그런가."

그거 반성해야겠네, 하고 로렌스는 다시 웃었다.

시카가 머뭇거리다가 말했다.

"정말로 어째서 생각이 바뀐 거야?"

"계속했으면 좋겠어?"

"당연히 아니지!"

시카의 목소리는 날카로웠다. 로렌스는 "그래." 하고 낮게 대답하고 잠시 생각하듯 툭툭 손바닥으로 허벅지 옆쪽을 두들기다가 말했다.

"난 시카가 죽는 걸 봤어."

"어?"

시카는 놀라 그를 보았고 로렌스가 희미하게 웃었다.

"나와 같이 배 속에 있었는데, 내다가 버렸지. 갓난아이를 내다 버리면 죽잖아? 난 무서웠어. 나도 그렇게 죽을까 봐. 모친은 날 계속 괴물이라고 하니까. 아버지가 그 말에 찬동해 버리면 나도 너처럼 죽이겠지."

로렌스가 "아니, 사실 시도도 몇 번 했었어." 하고 가벼운 어조로 말하며 웃었다.

"몇 번 그 여자가 살해 시도를 한 적이 있었고. 의식은 있는데 몸은 전혀 움직이지 못하는 아기일 때 베개로 얼굴이 눌리면 그거 진짜 무섭다고."

생각지도 못한 말이라 시카는 멍하니 로렌스를 바라보았다. 그가 상처 받았다고는 생각했지만, 그런 두려움 속에서 살았을 거라고는 생각 못 했다.

그건 어린아이에게 얼마나 공포였을까?

"그래서 그들이 원하는 대로 괴물이 되어 주자고 생각했지. 실제로 나에게는 그럴 만한 힘도 있었고."

괴물이면 적어도 날 쉽게 죽이지는 못할 거 아냐? 하고 로렌스가 찡긋 윙크했다.

"그리고 마수의 피가 나에게 흐르고 있다면, 그 너머가 궁금하기도 하고, 마수들과 말은 통하지 않으니까…… 여러 가지로 연구도 좀 했지. 그리고 이 세계 따위 이방인인 나에게는 별 가치도 없고."

로렌스가 빙긋 웃으며 말했다.

"사람들은 쉽게 만족하고 살아가잖아? 자신이 반드시 원하는 것을 손에 넣지 못해도, 그 비슷한 거나 질이 떨어지는 걸로. 대충 이 정도면 됐다고 하지만 난 그런 건 싫어서."

"그래서 세상을 끝장내려고 한 거고?"

카서스가 코웃음을 치며 말하자 로렌스가 히죽 웃었다.

"세상이 멸망하는 건 아니지. 장막이 찢어지고 저쪽의 마력이 넘어오면, 나처럼 그 마력에 내성이 있는 자만 살아남을 테니까. 동료들을 솎아 내는 것뿐이야. 그리고 내가 그들 위에 있게 되는 건 그냥 덤이고."

그가 어깨를 으쓱하며 덧붙인 마지막 말에 카서스는 눈을 가늘게 떴다. 시카가 물었다.

"그럼 지금은 왜?"

"시카가 사라졌을 때, 더 이상 내가 시카에게 집착하지 않게 되니까. 눈이 좀 트이는 느낌이더라. 그리고 날 부르는 소리를 들었어."

그가 나지막이 뒷말을 했다.

"불러?"

시카가 갸웃하자 로렌스가 "시카에게는 안 들렸나?" 하고 어깨를 으쓱했다.

"저 열린 틈으로, 뭔가 친근하게 날 불러서, 가서 확인해 보고 싶으니까. 그리고 시카가 그랬잖아. 우리에게 힘을 준 것이 있다고. 그럼 그거이려나."

시카는 로렌스의 말에 생각에 잠겼다.

그의 말을 완전히 믿는 것은 아니지만, 딱히 반박할 만한 부분도 없었다. 마지막의 그 '부름'은 더더군다나.

꾸며 낸 거라면 좀 더 논리적인 이야기를 했겠지.

"그래서 어떻게 하려고?"

시카의 물음에 로렌스가 그녀를 보며 "같이 가면 좋을 텐데." 하고 한숨 섞인 목소리로 중얼거리고 이어 말했다.

"난 넘어가니까. 난 안에서 당기고, 그쪽은 밖에서 밀고. 그리고― 내가 저 장막을 찢을 때에 에테르 폭풍을 일으켰었잖아. 그러면 장막이 얇아지니까. 닫을 때도 똑같이 하는 거야. 그러면 지금처럼 움직이는 데 힘이 많이 들어가지 않으니까."

"에테르 폭풍을 일으킨다고?"

아르카나가 묻자 로렌스가 고개를 끄덕였다.

"그래."

"반대로 말하면 약해진 장막이 완전히 찢어질 수도 있다는 거지."

아르카나의 말에 로렌스가 "그렇지." 하고 어깨를 으쓱했다. 로렌스가 시카에게 시선을 돌리며 말했다.

"네가 같이 가면 더 빨리 닫을 텐데. 만약 드래곤이 나오면, 그건 네 몫이야."

"뭐?"

시카의 목소리가 높아졌다. 로렌스가 피식 웃고 말했다.

"내가 드래곤보다 더 격이 높지만, 내가 안으로 들어가고, 그게 밖으로 나온 후에 문이 닫히면 더 이상 내가 조종할 수 없어. 그건 시카 네 몫이지."

"그걸 어떻게 하는데?"

"그건 설명하기가 어려운데."

로렌스가 어깨를 으쓱했다.

"걷는 방법을 설명할 수는 없잖아? 난 시카가 모른다는 게 신기할 정도야. 계속 봉인을 하고 있어서 감이 없는 건가?"

똑똑.

그때 누군가가 벽을 가볍게 두들겼다. 시카는 화들짝 놀라 뒤를 돌아보았다. 은발을 틀어 올린 시그리드가 서 있었다.

"다 모였어."

"백작님."

시카가 중얼거리자 시그리드가 희미하게 웃으며 말했다.

"그냥 시그리드라고 부르셔도 괜찮습니다. 그리고, 오랜만입니다. 트라벨 남작."

시그리드는 격식을 갖춰 인사했고, 로렌스는 놀란 얼굴로 시그리드를 보았다가 웃음을 머금고 우아하게 마주 인사했다.

"그간 격조했습니다. 앙케르트나 백작."

"당신이 내 집에 있다는 건 불쾌하지만, 어쩔 수 없지요."

"이곳을 모임 장소로 쓰게 해서 죄송합니다. 시카가 여기에 있어서요."

"제 손님이니까요. 어쩔 수 없죠."

도저히 서로를 죽이려고 했던 상대로는 보이지 않는 담담한 대화였다.

"응접실에 다 모여 있습니다. 내려오시죠."

시그리드가 마지막으로 한 말에 카서스가 로렌스에게 앞장서라고 턱짓을 했다. 로렌스는 "양손이라도 들고 갈까." 하며 시그리드의 뒤를 따라갔다. 그 뒤를 카서스가 바로 따라가고 시카와 아르카나가 뒤를 이었다.

시카의 방은 이 층에 있어서 일행은 계단을 내려가 방을 몇 개건너 널찍한 응접실로 들어섰다. 로렌스가 들어서자 순식간에 방 안의 공기가 팽팽해졌다.

방 안에 너무 의외의 인물이 있어 로렌스가 놀라 저도 모르게말했다.

"폐하?"

"자네에게 그 호칭을 들을 줄은 몰랐군."

제국의 황제가 그 자리에 있었다. 연한 하늘빛 머리카락을 가진 황제는 유일하게 응접실에서 앉아 있는 사람이었다.

"그냥 이름으로 부르는 것도 이상하니까요."

로렌스가 어깨를 으쓱했고 젊은 황제는 냉정한 눈으로 그를 바라보았다. 그의 좌우에는 베라무드와 시그리드가 나란히 섰다. 그가 자리에서 일어나자 베라무드가 "세리오스." 하고 짧게 이름을 불렀다.

시카는 둘 사이가 매우 가깝다는 걸 눈치챘다.

'그야 황제의 이름을 남 앞에서 부른다니 말야.'

게다가 거기에 대해서 다른 사람들이 놀라지도 않는 걸 보니, 원래 가까운 사이인 듯했다.

"걱정 마, 다가가지는 않아."

세리오스의 말에 로렌스가 피식 웃었다.

"물지는 않는데."

"그래서, 피해를 줄이는 방법을 알려 주겠다고? 왜지?"

세리오스의 질문에 로렌스는 어깨를 으쓱했다.

"흥미가 없어졌어."

"뭐?"

세리오스는 어처구니가 없어졌다.

"그렇게나 날뛰어 놓고서?"

로렌스는 이제 설명하기도 귀찮다는 얼굴로 말했다.

"솔직히 말해서 내가 그 문을 닫으려고 도울 이유는 조금도 없어. 그냥 봉인된 걸 대충 부수고 넘어가면 되니까. 하지만, 시카가 있으니까."

그 말에 세리오스의 시선이 시카에게 힐끗 갔다가 다시 로렌스에게로 돌아갔다. 로렌스가 천천히 이어 말했다.

"그러니까 돕겠다는 거야. 그리고 나도 봉인을 풀고 마법사들을 상대하는 건 좀 귀찮으니까."

레아가 무리할지도 모르고, 하고 로렌스가 덧붙였다.

"네놈의 말을 어떻게 믿지?"

낮고 무거운, 우툴루의 목소리가 방 안 모든 사람의 질문을 대변했다.

"당연히 날 못 믿지."

로렌스가 어이없다는 목소리로 말했고, 순간 침묵이 방 안을 맴돌았다. 로렌스가 이어 말했다.

"하지만 시카는 날 믿어 줄 테니까. 날 믿는 시카를 믿어, 라고 해 두지. 그리고 그녀는 내가 거짓말을 하면 알 수 있거든. 나보다 더 격이 높으니까."

히죽 웃으며 하는 말에 '격이 높아?' 하고 모두가 고개를 갸웃했다. 시카는 순식간에 피가 차가워지는 걸 느꼈다.

모두의 앞에서, 마수의 힘을 가지고 있다는 걸 밝힐 셈인 건가?

"저자의 말이 사실인가?"

세리오스가 시카를 보며 물었다.

어느 쪽이 사실이란 말인가?

내가 로렌스를 믿는다는 것?

아니면 내가 로렌스의 거짓말을 알 수 있다는 것?

아니면 내가 더 격이 높다는 것?

시카는 고개를 숙이고 대답했다.

"네, 그렇습니다."

"그대는 트라벨 남작과 혈연지간이라지?"

"쌍둥이입니다."

"그런데 어째서 내가 그 이름을 들어 보지 못한 걸까?"

"날 때 버려졌습니다."

시카의 목소리는 담담했지만 세리오스는 움찔했다.

"미안하네. 유감이군."

"아닙니다."

시카는 진심으로 대답했다. 물론 그건 괴롭고 힘들고 고통스러웠지만, 지금에 와서는 모든 것들이 제자리에 있었다. 현재가 괜찮기 때문에, 시카는 과거에 대해서도 괜찮다고 말할 수 있었다.

세리오스는 잠시 생각에 잠겼다. 그가 베라무드에게 물었다.

"네 생각은 어때?"

"일단은 어떤 식으로 우리를 도울 생각인지부터 들어 보는 게 어때?"

베라무드가 어깨를 으쓱했다. 세리오스가 로렌스를 바라보아 로렌스는 시카에게 했던 설명을 간단하게 했다.

시그리드가 놀라 시카를 바라보고 물었다.

"드래곤을 다룰 수 있는 건가?"

"저도 잘 모르겠습니다."

"자신의 힘인데?"

"사용해 본 적이 없어서."

"그런가."

시그리드는 갸웃했다. 세리오스의 눈에 살짝 탐욕이 어렸다.

"그럼 그 드래곤을 마음대로 다룰 수 있다는 건가? 어디를 공격하라고 하거나, 수호하라고 하거나?"

"가능하겠지만, 그냥 다시 돌려보내는 게 낫지 않을까."

로렌스의 말에 세리오스의 얼굴에 불쾌감이 서렸다.

어느 사이 그만둔 존대도 그렇지만, 마치 자신의 욕심을 꿰뚫어 보는 것 같은 발언도 그랬다. 하지만 상대는 자신의 말 한마디에 어떻게 되는 존재도 아니다.

"그런 힘이 있다면 이용하는 게 당연하지."

세리오스가 날카롭게 말했다.

"아직 제가 드래곤을 사로잡을 수 있을지도 알 수 없습니다."

시카가 그의 발언이 너무 앞섰음을 슬그머니 지적했다.

"하는 게 좋을 걸, 보통 사람에게 맡겨 두면 피해가 엄청 날 테니까."

로렌스가 강 건너 불구경하는 사람처럼 느긋하게 말했다. 시카는 그 말에 미간을 모았다가 숨을 길게 내쉬며 미간을 폈다.

지금까지 이야기를 듣고만 있던 모리스가 입을 열었다.

"그러면 에테르 폭풍이라는 걸 일으켜서 장막을 약하게 하고 봉인을 푼 다음에, 드래곤이 나오고 나서 당신이 장막으로 넘어가게 되면, 울프 양은 드래곤을 조종하고 마법사와 당신이 문을 닫는 겁니까?"

로렌스가 고개를 끄덕였다. 그가 이어 말했다.

"그리고 덧붙이자면 나오는 게 드래곤만이라고도 할 수 없고."

"그 말은?"

모리스의 눈이 날카로워졌다.

"장막이 열려 있으면 다른 마수도 따라 나올 테니까. 그게 문을 빨리 닫아야 하는 이유이기도 하고."

"문을 닫는 데는 어느 정도 걸릴까요?"

"안과 밖에서 동시에 하면 오 분 정도."

"오 분."

길다면 길고, 짧다면 짧은 시간이다. 그 짧은 시간 사이에 얼마나 많은 마수들이 나오게 될까.

"만약에 마법사들끼리 밖에서 닫으려고 하면 한 시간은 걸릴걸."

로렌스의 말에 모리스가 아르카나를 보았고 아르카나는 살짝 고개를 끄덕여 그의 말이 맞다는 걸 확인해 주었다.

"그럼 방법이 없군."

세리오스는 한숨을 내쉬었다.

한 시간과 오 분.

뭘 택해야 할지는 명확했다.

하지만 우틀루는 여전히 불신의 눈으로 로렌스를 바라보았다. 물론 시카를 믿기는 하지만, 그것과 이것은 별개다. 게다가 그가 정당한 법의 심판을 피해서 무사히 빠져나간다는 것도 불쾌했다.

그가 부른 마수들에게 죽은 사람들이 어른거렸다.

시그리드가 쉬어 자세인 채로 로렌스에게 말했다.

"당신이 저지른 범죄에 대해서 처벌을 받지 않는 것이 유감입니다."

"저 너머에 뭐가 있을지는 모르니까. 뭐, 인간이 없는 곳으로 영구 추방령이라고 생각하면 마음이 편하지 않을까?"

로렌스는 어깨를 으쓱했다. 시그리드가 그의 그런 말을 무시하며 어조를 바꾸어 이어 말했다. 상대가 정중하지 않다면, 자신 역시 정중할 필요가 없다.

"그래도 그쪽의 협조로 많은 피해를 막을 수 있다면 어쩔 수 없지. 하지만 협조한다는 게 용서한다는 것과는 다르다는 걸 알아 둬."

악행을 선행으로 지울 수 없고, 선행을 악행으로 지울 수도 없다. 그것은 전혀 별개의 것이다.

"용서를 구하는 게 아냐."

로렌스가 히죽 웃었다.

"지금 이게 옳은 일이라서 하는 것도 아니고. 시카가 그러기를 바라니까, 그렇게 해 주는 것뿐이야."

그 말에 시그리드는 빤히 로렌스를 보다가 입을 열었다.

"그게 어떤 건지는 나도 알아."

그녀 역시, 자신의 남편인 베라무드를 위해서라면 뭐든지 할 테니까.

"이해해 준다니 고맙네."

로렌스는 깊게 한숨을 내쉬었다.

"그래서, 그러면 언제로 할까? 최대한 빠르면 빠를수록 좋은데."

"언제 에테르 폭풍이 가능하지?"

아르카나가 물었다. 로렌스는 잠시 눈을 감았다가 뜨고 말했다.

"이틀 후."

"그 정도면 저희는 충분합니다."

마법사들을 재정비하는 데 그 정도면 된다는 이야기다. 세리오스가 물었다.

"근위대는?"

"충분해."

"황실 기사단은?"

"충분합니다."

"수도 경비대는?"

"충분합니다."

세리오스가 마지막으로 서부 귀족 연합의 대표인 우툴루에게 시선을 돌렸다가 고개를 끄덕였다.

"뭐, 서부 연합도 말하지 않아도 충분하겠지. 그렇다면 울프 양은 어떻지?"

"네?"

갑자기 화살이 자신에게 날아와 시카는 긴장했다.

"드래곤 말일세. 다루는 방법을 모른다고 했잖은가?"

시카는 말문이 막혔다.

당연히 모른다. 하지만 모두가 충분하다고 하는데 혼자서만 '안 되는데요.' 하는 대답을 할 수도 없잖은가? 그녀는 도움을 청하듯 로렌스를 바라보았다. 로렌스는 그저 미소만 짓고 있을 뿐이었다. 시카는 고개를 숙이며 할 수 있는 최대한의 긍정적 대답을 했다.

"노력해 보겠습니다."

"그게 좋겠지. 하지만 그녀가 할 수 없을 경우도 대비해 두는 게 좋을 거야."

"이미 계획이라면 여러 가지를 짜 놨습니다."

카서스의 말에 세리오스가 그를 보고 싱긋 웃었다.

"인사가 늦었지만, 방랑자를 만나게 돼서 반갑군. 그대에 관한 신화 같은 이야기는 많이 들었네."

"황송합니다."

"할 수 있다면 일이 끝나고도 머물러 주면 좋겠군."

명백한 스카우트 의사를 밝히는 세리오스였다. 현재 제국에

소속된 마스터의 수는 적고, 방랑자라면 당연히 환영이다.

"조직은 성미에 맞지 않아서."

카서스가 정중한 어조로 거절했다. 세리오스는 "그런가." 하고 고개를 끄덕였다. 이명이 방랑자일 정도다. 카서스의 방랑벽은 워낙 유명했고, 그래서 황제도 납득했다.

"하지만 문이 항상 열려 있다는 것은 알아두게."

"황공합니다. 폐하."

카서스는 가볍게 고개를 숙여 보였다.

"제국의 유명한 검사 넷이 모여 있으니 든든하군. 베라무드, 너에게 작전은 일임하도록 하겠어."

"감사합니다."

베라무드가 싱긋 웃으며 말하자 세리오스는 혀를 찼다.

"이제 와서 존대라니, 됐다."

세리오스의 눈이 서늘하게 로렌스를 향했다.

"그리고 너. 널 능지처참하고 싶지만― 네 제안을 받아들이도록 하지."

로렌스는 싱긋 웃으며 그 시선을 받아넘겼다. 세리오스는 머리가 아파 왔지만, 한숨을 삼켰다. 아무리 그래도 제국의 황제가 한숨을 쉴 수는 없다. 대신 그는 손에서 자신의 인장 반지를 빼내어 베라무드에게 내밀었다. 방 안의 사람들이 숨을 가볍게 삼키는 소리가 났다.

베라무드가 눈을 크게 떴다.

"정말로 전권 일임이다."

세리오스는 희미하게 미소 지었다. 베라무드는 자신의 억지스러운 이야기에도 백 프로 답해 주었다. 이 정도의 신뢰는 당연한 것이었다.

베라무드는 조심스럽게 반지를 받아 들었다.

"최선을 다하겠습니다."

"그래, 그럼 난 이만 가 보도록 하지."

"제가 호위하겠습니다."

시그리드가 고개를 숙이며 말했다.

"고맙네, 백작."

세리오스는 사람들에게 나오지 말라고 하고는 그대로 방을 나갔다. 시카는 얼떨떨해졌다. 제국의 황제가 줄줄이 사람을 거느리지도 않고 저렇게 움직이다니.

그야말로 파격적인 행보였다.

'오라고 부르지 않고 자신이 여기까지 온 것 자체도 이미 파격이지만.'

젊은 황제라서 그런가, 확실히 다르구나.

"그럼 결정된 거지?"

로렌스의 말에 시카는 그에게 시선을 돌렸다. 그녀가 말했다.

"잠깐 할 이야기가 있어."

"해."

"여기서는 말고."

"단둘이 하는 이야기라면 항상 환영이지."

"둘이서는 안 돼."

카서스가 단호하게 막고 나섰다. 모리스가 로렌스에게 말했다.

"저도 역시 여러 가지 묻고 싶은 게 있습니다. 저만이 아니라— 이제 총사령관님이신가요? 베라무드도 묻고 싶은 게 있겠죠. 작전을 의논하려면요."

그 말에 시카가 한발 물러섰다.

"먼저 이야기하세요. 그렇게 급한 건 아니에요."

로렌스가 모리스를 향해 고개를 끄덕였다.

"좋습니다."

그 말을 시작으로 모든 것이 분주하게 움직이기 시작했다. 회의는 밤늦게까지 이어졌고, 회의가 끝나자마자 각자 빠르게 부대로 돌아갔다.

호위를 끝내고 돌아와 회의에 참여했던 시그리드가 시카에게 찻잔을 내밀었다.

"제 손님인데, 대접이 소홀했네요."

"아니에요. 감사합니다."

시카는 잔을 받아 들었다. 시그리드가 빤히 시카를 바라보았다. 시카는 어색해져서 물었다.

"뭔가 제 얼굴에 묻었나요?"

"아뇨. 그게 아니라. 카서스 리안이 사랑에 빠질 거라고는 생각도 못 했거든요."

시그리드의 말에 시카의 얼굴 역시 진지해졌다. 그녀가 고개를 끄덕였다.

"저도 그래요."

"그래요?"

"네, 첫 만남에서부터 선을 그었다고요. 자기는 깊은 감정이 싫다고 말이죠."

"그랬군요."

시그리드는 고개를 끄덕였다. 그럴 만한 사람이라서 놀랍지도 않았다. 시카가 피식 웃고 이어 말했다.

"그런데 어느 순간 좋아하게 돼서, 엄청 고민했어요. 밝혀 봐야 차일 텐데. 그런데 놀랍게도 그쪽에서 먼저 고백을 해 왔지 뭐예요?"

"카서스가요?"

"네."

"놀랍군요."

시그리드가 힘주어 말하자 시카가 웃었다.

"저도 놀랐어요. 그런데 두 번째로 해 달라고 해서 '아, 그렇구나. 첫 번째는 하고 싶지 않구나.' 하고 생각했어요."

"두 번째요?"

"네, 제 첫사랑은 따로 있는 거 아니까. 두 번째로도 괜찮다고요."

"무책임한 말이네요."

시그리드의 미간이 살짝 찡그러졌다. 두 번째라니. 그녀의 도덕 관념상 도무지 이해가 되지 않는 일이었다.

"음, 그렇죠. 그런데 전 받아들였어요. 좋아하니까…… 으아, 이렇게 말하니까 제가 엄청 바람둥이 같네요."

시카는 킥킥거리고 웃었다. 웃고 시그리드를 보며 물었다.

"저만 이야기하니까 그런데요. 백작님은 베라무드 님을 어떻게 만나신 거예요?"

"싸움터에서요."

"그래요? 어쩌다가 사귀게 되신 거예요?"

그 질문에 시그리드의 뺨이 살짝 붉어졌다.

"그게, 베라무드가 임시로 삼 개월만 사귀어 보자고 했어요. 그래서—"

"계약 연애 하신 거예요?"

"네. 그런데, 제가 베라무드를 좋아하고 있다는 걸 알게 돼서— 음. 전 그런 감정들에 상당히 둔했어서 친구들의 도움을 많이 받았어요. 베라무드도 지금 생각하니 고생을 많이 했고."

시그리드는 가볍게 한숨을 내쉬었다.

"그래도 좋은 친구들이 있어서 다행이네요."

"네, 제 인생의 보물이에요."

그녀의 웃음이 더없이 환하게 빛나서 시카는 부러운 생각이 잠깐 들었다. 시그리드가 머뭇거리다가 작게 물었다.

"괜찮아요?"

"네?"

"하여간 로렌스는 당신과 남매잖아요. 그가 떠난다고 하니까요."

시카는 눈을 동그랗게 떴다. 분명히 아까 시그리드는 로렌스를 비난했었다. 그러니까, 그의 혈육인 자신 역시 비난하거나 경계할 거라고 생각했는데.

로렌스가 멀리 가는데 괜찮냐고 자신을 걱정한 사람은 단 한 사람도 없었다.

시카는 웃었다.

"백작님의 친구들도, 백작님이 인생의 보물일 거예요."

느닷없는 말이었지만, 시그리드는 웃으며 넘겼다.

"그렇기를 바라고 있습니다."

"조금 쓸쓸하다고 하면 안 되겠죠. 그는 너무나도 나쁜 짓을 많이 했고, 악당이니까. 함께 비난을 하는 게 옳은 거겠죠. 그리고 솔직히 저도 용납하지 못하는 부분이 많고요."

시카의 대답에 시그리드가 갸웃하고는 말했다.

"전 제가 옳다고 생각하는 관념을 따라 살아왔어요. 하지만 그게 옳은 게 아니더군요. 제 자신이 원하는 게 뭔지를 아는 게 가장 중요했어요."

시그리드의 말에 시카가 빙긋 웃었다.

"진짜 원하는 게 무언지 아는 건 더 어려운 거죠. 그렇게 문제가 뭔지만 정확히 알아도, 답을 낼 수는 있을 테니까요."

하지만 대부분의 사람은 문제가 뭔지를 모른다. 자신의 삶에서 진짜 원하는 것이 무엇인지를 찾아내는 건 어려운 일이다. 문제가 뭔지 모르니 엉뚱한 해답을 선택하게 되고, 충족되지 못하는 굴레에 빠지게 되는 거다.

"그럼 시카 울프가 원하는 건 뭔가요?"

시그리드가 물었다.

시카는 찻잔을 내려다보았다. 금빛 찻물에 천장의 샹들리에가 비쳐서 흔들리고 있었다.

"로렌스에게 사과하고 화내고 싶어요."

시카가 모순된 발언을 하고는 시그리드를 올려다보고 활짝 웃었다.

"그리고 카서스에게 안겨서 펑펑 울 거예요."

"좋은 계획으로 들리는데요."

시그리드는 대꾸하고 시선을 돌렸다.

"이제 이야기도 다 끝난 것 같고 말입니다."

시카는 그 말에 얼른 카우치에서 일어났다. 회의가 다 끝나고도 베라무드, 아르카나, 카서스와 로렌스는 낮은 목소리로 이야기를 나누고 있었다. 하지만 그것도 이제 끝난 모양이다.

"끝났어?"

시카가 묻자 로렌스와 카서스, 아르카나가 그녀를 돌아보았다. 베라무드가 종결점을 찍어 주었다.

"끝났습니다. 이제 원하시는 녀석을 골라 가셔도 됩니다."

베라무드의 말에 시카는 저도 모르게 웃었다. 그녀가 로렌스를 보았다.

"잠깐 이야기 좀 해."

시카의 말에 로렌스가 고개를 끄덕이자 카서스가 끼어들었다.

"같이 갈 거야."

"마음대로 해."

로렌스는 대답하고 응접실에 딸린 테라스를 가리켰다.

"나가서 이야기할까?"

"응."

시카는 고개를 끄덕였다. 세 사람은 테라스로 나왔다. 응접실은 1층에 있었기 때문에 테라스에서 바로 장미 정원이 보였다. 로렌스는 뚜벅뚜벅 테라스 난간까지 다가가 기대섰다. 뒤에 펼쳐져 있는 흰색 장미의 물결처럼, 그의 머리카락 색도 흰색으로 변했다.

"그래서, 무슨 일이야?"

로렌스의 물음에 시카는 낮은 목소리로 대답했다.

"미안해."

"뭐가?"

"내가, 좀 더 생각이 있었으면……. 로렌스를 찾아가서 내가 살아 있다는 걸 알려 줬으면 좋았을 텐데."

그 말에 로렌스가 웃었다.

"그건 말도 안 되는 소리지. 시카도 힘들었잖아?"

"응. 그래서 미안하기도 하지만 화도 나."

시카는 숨을 들이마시고 말했다.

"어째서 이런 짓을 한 거야? 로렌스를 다시 만나서 기뻤어! 하나뿐인 남동생이 살아 있어서 엄청 기뻤는데, 이제는 마음대로 기뻐할 수도 없잖아!"

화를 내면서도 시카는 자신의 마음이 뒤죽박죽이라는 걸 알았다. 백 퍼센트의 미움도 아니고 백 퍼센트의 분노도 아니고 백 퍼센트의 미안함도 아니고 백 퍼센트의 슬픔도 아니다.

그냥 온갖 감정들이 섞여서 가슴을 치고 올라왔다.

"미안."

로렌스의 말에 시카는 흠칫 놀라 그를 바라보았다. 로렌스는 숨을 길게 내쉬었다.

"억지로 시카를 어떻게 하려고 한 것도, 상처 준 것도 미안해. 하지만 나도 어쩔 수 없었다고? 처음 눈을 떴을 때부터 시카에게 붙잡혀 있었으니까."

"그건—"

"아니, 그거에는 감사하고 있어. 아니었으면 내가 죽었을 테니까."

로렌스가 어깨를 으쓱했다. 시카는 자신이 그의 과거 이야기를 자세히 들어 본 적이 없다는 걸 깨달았다. 어렸던 자신이 쓸쓸해서 울면서 잠들 때에, 그는 부모가 자신을 죽일까 공포에 질려서 잠들었겠지.

"하지만 한 번 연결이 끊어지고 나니까. 시원하기도 해."

로렌스가 싱긋 웃었다. 시카가 머뭇거리며 물었다.

"지금은 괜찮은 거야?"

"아직까지는."

시카는 로렌스를 바라보았다. 자신이 그를 묶어 놓았다고 했다. 그렇다면 지금도 그렇게 할 수 있는 걸까?

그가 장막 너머로 가지 못하게—

"하지 마."

로렌스가 그녀의 눈을 피하며 단호하게 말했다. 시카는 흠칫하며 저도 모르게 시선을 내렸다. 로렌스가 한숨을 내쉬었다.

"그러지 마, 시카."

"미안. 그, 내가 또 그러려고 한 거야?"

"그래."

"로렌스."

"응?"

로렌스가 다시 그녀를 바라보았다.

"정말로 너머로 가고 싶은 거야? 진짜로?"

"그래."

로렌스의 말에 시카는 한숨을 내쉬고 고개를 끄덕였다.

"알았어."

"그리고 넘어가지 않으면 여기 황제 폐하가 날 사거리에서 찢어 버릴 계획인 것 같던데?"

로렌스가 히죽 웃으며 하는 말에 시카는 눈을 찌푸렸다가 입술을 깨물었다. 그녀가 이어 말했다.

"그리고 드래곤을 어떻게 조종하는 거야?"

"드래곤도 상당히 높은 등급의 마수니까, 하급 마수들처럼 마음대로 부릴 수는 없어. 그냥 설득하는 거지."

"설득? 넌 어떻게 한 건데?"

"난 설득은 아니고 도발을 좀 했지."

로렌스가 어깨를 으쓱했다. 시카는 기가 차서 로렌스를 바라보았다. 그는 장난꾸러기처럼 웃고 말했다.

"방금 시카가 나에게 한 것처럼 하면 돼. 드래곤을 향해서 마음속으로 영향력을 행사하는 거야."

"내가 방금 어떻게 했는지도 모르겠어."

"노력해야겠네."

남의 일처럼 말하는 게 얄미웠지만, 정말로 그에게는 남의 일일 것이다. 시카는 로렌스를 바라보았다.

그가 자신에게 한 일들을 생각하면 화가 났다. 용서할 수가 없는 일이고.

하지만 그가 영원히 사라진다거나 죽임을 당한다고 생각하면 또 힘들었다.

'형제란 어렵구나.'

시카는 그렇게 생각하며 한숨을 내쉬었다. 그때 카서스가 손을 뻗어 그녀의 허리를 감아 왔다. 단단한 그의 팔이 허리를 감자 시카는 마음이 놓이는 걸 느꼈다.

"길게 기다린 거에 비하면 짧은 만남이었고, 진짜 엉망인 만남이었지만."

시카는 작별 인사를 했다.

"잘 가, 로리."

그가 불행하고 비참하게 되기를 바라지 않았다. 로렌스는 그녀의 인사에 희미하게 웃었다.

"잘 있어. 시카."

로렌스는 인사하고는 테라스를 나섰다. 장미 정원 사이로 그의 모습이 사라지자 시카는 길게 숨을 내쉬고 카서스에게로 돌아서서 그를 안았다.

"카서스 화났지?"

그녀의 질문에 카서스는 "왜?" 하고 되물었다.

"내가 로렌스를 막, 미워하거나 그렇지 않아서……."

어린아이 같은 유치한 말이었지만, 시카는 진지했다. 카서스는 천천히 그녀의 머리를 쓰다듬기 시작했다.

"그게 좀 이상하다는 생각은 했어."

"뭐가?"

예상외의 말에 시카는 고개를 들어 카서스를 보았다. 그가 빙긋 웃고 말했다.

"내가 시카의 검사님이잖아? 그러려면 시카가 에테르의 폭풍이 일 때 순간 이동을 해야 했어. 거기서 시카가 이동을 해서 시간을 뛰어넘으려면 로렌스가 장막을 찢어야 했고."

미래가 과거에 결정되어 있었다니 이상한 일이다.

"난 그런 건 잘 모르지만. 시카와 이렇게 있기 위해서 일어난 일이라면 그러려니 할래."

카서스의 말에 시카가 그의 가슴에 머리를 밀어붙이듯이 파고들며 말했다.

"나도 그러면 그러려니 할래. 내가 이렇게 태어난 것도 그렇고—"

시카가 그의 품 안에서 웃으며 말했다.

"과거로 돌아갔을 때, 과거를 바꾸려면 바꿀 수도 있었잖아? 하지만 조금도 그럴 생각이 들지 않았어. 카서스와의 만남이 너무 소중해서. 과거의 일들을 하나도 바꾸고 싶지 않았어."

"나도 그래."

괴롭고 힘든 일들이 많았다.

하지만 그런 일들이 쌓여서 서로를 만나게 된 거라면, 그 힘든 일 하나라도 쉬운 일로 바꾸고 싶지 않았다.

시카가 그의 품에서 나와 그의 팔목의 팔찌를 어루만졌다.

"일이 끝나면, 찾아볼까?"

그 말에 카서스는 피식 웃으며 "됐어." 하고 말했다.

"정말?"

그녀의 질문에 카서스는 고개를 끄덕였다. 그녀는 팔찌를 바라보았다. 에메랄드를 인비저블 세팅으로 정교하게 이어서 그러데이션으로 만든 뱀 모양의 팔찌에서는 여전히 희미한 마력이 흘러나오고 있었다.

저런 걸 소유하려면 보통 재력을 가진 사람은 아닐 것이다.

'하지만 카서스가 원하지 않는다면.'

그럼 그걸로 된 거겠지.

"혈육을 찾아봐야 말썽만 계속 일어나는 것 같아."

그의 한숨 섞인, 장난스러운 발언에 시카는 "그러게." 하고 동감했다. 카서스가 허리를 숙여 그녀의 눈가에 키스해 주었다.

"그리고 카서스에게 안겨서 펑펑 울 거야 파트는?"

"듣고 있었어?!"

"마스터는 귀가 좋거든."

히죽 웃으며 하는 말에 시카는 "정말이지." 하고 투덜거리고는 그에게 몸을 기댔다.

"카서스가 옆에 있어 줘서 괜찮았어."

"그래? 울어도 되는데."

그 말에 시카는 낮게 웃었다. 분명히 울 줄 알았는데, 카서스의 온기를 느끼니까 괜찮았다.

시카가 길게 숨을 내쉬고 말했다.

"그럼 이제 가 봐도 돼."

"응?"

"카서스는 부대장이잖아. 이제 같이 행동할 수 없는 거 아냐? 난 아르카나와 함께 움직일 거고."

"그렇지."

카서스가 신음을 흘리며 이렇게 될 줄 알았으면 수락하지 말걸, 하고 중얼거렸다. 하지만 한 번 맡은 일은 끝을 봐야 한다.

"오늘은 가서 쉬어. 난 일 보러 다녀 올 테니까."

카서스의 말에 시카는 고개를 저었다.

"아냐, 나도 아르카나랑 가 봐야지. 마법사인걸."

그녀의 말에 카서스는 그런가, 하고 한숨을 내쉬었다. 그가 그녀의 뺨을 어루만졌다. 어떻게 베라무드는 시그리드를 전투 전면에 세울 수 있는 걸까?

할 수만 있다면 가장 깊고 안전한 장소에 가둬 두고 싶은 게 솔직한 그의 심정이었다. 하지만 시카가 그걸 원하지 않으니 어쩔 수 없는 거고.

카서스는 고개를 끄덕였다.

응접실로 돌아가니 베라무드와 아르카나가 기다리고 있었다. 시카가 아르카나에게 말했다.

"가자. 지금 마법사들 누구누구 와 있어?"

"너랑 나까지 해서 총 아홉 명이야."

"많이 왔네?"

시카가 눈을 크게 뜨자 "많은 거야?" 하고 카서스가 되물었다. 아르카나가 대신 답했다.

"전투를 한다, 라고 할 수 있을 만큼의 마법사가 탑에서는 서른 명이 채 되지 않으니까요."

"그렇군. 그러면 전력의 삼분의 일이니 많은 거네. 한마디로 마스터급만 보낸 건가?"

"준 마스터급에서 뽑은 거죠."

아르카나가 가볍게 한숨을 내쉬며 말했다.

"마법사는 나이가 들수록 마력 농도도 짙어지죠. 하지만 그런 사람들은 아직도 외부 활동을 터부시하고 있으니까요. 온 사람들은 젊은 축입니다."

"그렇군."

카서스는 고개를 흔들었다. 마법사 특유의 저 폐쇄성은 여전히 이해가 가지 않았다.

베라무드가 말했다.

"그럼 난 부단장을 끌고 가서 부려먹도록 하지."

"무서워라."

카서스가 어깨를 움츠리며 너스레를 떨었다. 시카가 싱긋 웃었다.

"실컷 부려먹으세요."

"와, 시카 너무해."

투덜거리며 카서스는 베라무드를 따라 나갔다. 시카가 아르카나를 돌아보자 아르카나가 "우리도 갈까?" 하고 물어 그녀는 고개를 끄덕였다.

그리고 두 사람은 옅은 빛무리만 남기고 그 자리에서 사라졌다.

4장

드래곤

레오는 베란다 난간에 기대어 서 있었다.

동트기 직전이라 하늘은 아직 희미한 푸른색을 띠고 있었다. 어두운 하늘에서 갈라진 흉터같이 장막이 찢어진 곳이 빛나고 있었다.

지금 그는 앙케르트나 백작가에 신세를 지고 있는 중이었다. 아르카나가 일단 그의 임시 보증인인 셈이었다.

가장 꼭대기 다락방을 골라 그는 날마다 이렇게 동이 트는 걸 바라보았다.

"안녕, 레오."

들려온 인사에 레오는 놀라지 않았다. 지붕에서부터 미끄러지듯 레아가 툭 떨어져서 베란다 안으로 안착했다.

"안녕, 레아."

레오는 평이하게 인사했다. 그녀가 허리를 펴자 단발머리가 찰랑거렸다.

"마지막으로 물어보러 온 거야. 정말로 같이 안 갈 거야?"

"안 가."

레오는 미소를 머금고, 단호하게 말했다. 그녀는 분한 듯 레오를 노려보았다.

"나빴어. 정말."

"나쁜 건 날 고문한 로렌스지."

"그런가."

레아는 그의 발언에도 화를 내지 않고 순순히 고개를 끄덕였다. 그녀도 레오도, 제대로 된 인생은 아니었다. 노예로 팔리는 인생이라는 게 다 그렇기는 하지만 말이다.

"하지만 난 살아남았고, 힘을 얻었으니까. 그럼 됐어."

레아는 결과론자였으므로 쉽게 말하며 어깨를 으쓱했다. 레오가 물었다.

"넌 속고 있다는 생각이 들지 않아?"

"지배와 연결에 대한 말이라면. 주인님은 이미 한 번 끊어 줬어."

그 말에 레오는 눈을 크게 떴다. 레아가 푸스스 웃으며 난간에 몸을 기댔다.

"하지만 너무 상실감이 커서 다시 연결해 달라고 했어. 레오는? 괴롭지 않아?"

"괴롭지만, 자유로워."

"그래. 그렇구나."

"그럼 온전히 네 선택이구나."

"응. 난 주인님과 갈 거야. 난 그분이 좋아."

"그것도 좋겠지."

레오는 순순히 고개를 끄덕였다.

둘은 남매 같은 사이였다. 같은 실험실에서 서로 살아남자고 격려하면서 여기까지 왔다. 비슷한 이름은 사실 로렌스가 지어 준 것이었다. 하지만 바꾸고 싶지는 않았다.

과거의 자신이 죽은 건 사실이니까. 앞으로는 이 이름으로 살아가야겠지.

레오는 망설임 없이 자신의 길을 결정한 레아를 바라보았다. 약간 쓸쓸한 기분마저 들었다.

'만약에 시카 님이 여기 계시지 않았다면.'

자신과 비슷한 부류가 아무도 없었다면, 어쩌면 레아와 로렌스를 따라갔을지도 모른다. 미지의 땅으로.

레아가 난간에서 몸을 일으켜 레오에게 다가섰다. 발꿈치를 가볍게 들고 레아는 그에게 키스했다. 깃털처럼 간지럽고 가벼운 키스였다.

"널 좋아해. 하지만 주인님이 더 좋아."

"알고 있어."

레오는 웃었다. 레아가 훌쩍 뛰어 난간 위로 올라서며 말했다.

"잘 있어. 레오. 행복해져."

"너도."

레오가 인사를 했다. 이게 마지막 인사가 되리라는 건 둘 다 알고 있었다. 레아는 싱긋 웃고 발을 굴려 다시 지붕 위로 훌쩍 올라갔다.

레오는 그녀의 기척이 완전히 사라진 걸 느끼고 깊게 숨을 들이마셨다. 차가운 새벽 공기가 정신을 맑게 해 주는 것 같았다.

이제 저 도시 끝에서부터 해가 떠오르는 것이 보였다.

결전의 날이었다.

모리스는 마지막으로 무장을 점검했다. 갑옷의 이음매를 살피고, 단단하게 잘 되었는지 몇 번 흔들어 보았다. 그리고 검을 꺼내 들어서 날을 살폈다.

이미 어제 몇 번 살펴보았지만, 그래도 마지막 점검을 빼먹을 수는 없었다.

"그 정도 살펴봤으면 됐다."

그런 그를 타박하는 것은 알케르토였다. 보통이라면 종기사가 갑옷 입는 걸 도와주겠지만 종기사가 없는 모리스는 알케르토가 도와주었다.

"그래도."

모리스는 마지막으로 망토를 고정한 브로치까지 살피고 한숨을 내쉬었다. 그의 어깨가 무거워 보여서 알케르토는 농담을 던졌다.

"마리쉐즈가 신혼인데 과부 만들지 말라더라."

"그거 힘내야겠네. 그러고 보니 수도에서 나가지 않았다면서?"

"고집쟁이라니까."

알케르토의 얼굴에 걱정이 스쳤다.

"어쩔 수 없지. 마리쉐즈인걸."

"진짜 말야. 이럴 때는 내 말을 좀 들어주면 좋겠는데. 같이 죽고 싶은 마음은 조금도 없다고."

자신이 죽어도 마리쉐즈는 행복하게 살기를 바랐다. 하지만 그런 말을 하면 그녀는 울고불고 화를 내며 자신을 때리겠지.

알케르토가 검 손잡이를 만지작거리며 진지하게 말했다.

"나 열심히 해보려고."

"그럼 열심히 안 하려고 했어?"

모리스가 어리둥절해져서 묻자 알케르토가 손사래를 쳤다.

"그게 아니라."

알케르토는 말하는 게 쑥스러워서 살짝 뺨을 붉적이고 느릿하게 말했다.

"작위 말이야. 여기서 열심히 하면 작위 하나는 받을 수 있지 않을까 하고."

지금 알케르토가 가지고 있는 것은 단승 작위였다. 하지만 백작가의 아가씨인 마리쉐즈와 결혼했으니 제대로 된 작위를 가지고 싶은 알케르토였다.

"……너무 무리는 하지 마라. 죽어 버리면 소용없으니까."

모리스는 걱정이 앞서서 무거운 목소리로 말했다. 공을 세우는 것은 좋지만, 그러려고 무리하게 노력하다가 친구가 죽는 걸 보고 싶지는 않았다.

그가 걱정하는 게 뭔지 알고 있어 알케르토도 고개를 끄덕였다.

"그렇지. 하지만 편한 곳에만 있으면 아무것도 안 되니까."

어깨를 으쓱하며 알케르토가 가볍게 웃었다. 모리스 역시 부드럽게 웃으며 말했다.

"잘될 거야."

"고맙다."

알케르토가 탁 하고 모리스의 어깨를 때렸다. 그가 시계를 힐끗 보았다.

"그럼 난 먼저 나갈게. 단장님은 천천히 나오서."

"그래. 도와줘서 고마워."

"별말씀을."

알케르토는 손을 흔들고 단장실에서 나갔다. 그가 나가고 나서 모리스는 자신의 손을 바라보았다. 은색 건틀릿 위로 희미하게 오러가 일렁거리다가 사라졌다.

'코어가 생길 때까지는 죽어라 해 둘걸.'

이제 와서 너무 페이스 조절을 했나, 생각이 드는 모리스였다.

하지만 시간을 돌릴 수도 없으니 과거를 후회해 봐야 소용없다. 후회를 한다면 그것은 미래를 바꿀 힘을 위해서일 테니까.

'살아남으면 열심히 하자.'

모리스는 그렇게 마음속으로 중얼거리고 문을 열고 단장실을 나섰다.

수도에서 두 번째로 높은 곳은 하늘 여신의 신전이다.

하늘 여신이니 가장 높은 곳에 있어야 하지만, 제국의 황권은 신권보다도 높다. 황궁보다 높은 곳에 세울 수 없었던 신전은 두 번째로 높게 세워졌다.

푸른빛의 커다란 돔은 하늘 신전이 자랑하는 것 중 하나였다. 그리고 그 돔 위에 카서스가 서 있었다.

"또 높은 곳에 올라와 있냐."

"잘 보여서 좋거든."

베라무드가 올라오며 타박하는 말에 카서스가 웃으며 대꾸했다. 베라무드가 그의 옆에 나란히 섰다. 확실히 높은 곳에 있으니 잘 보이기는 했다.

한눈에 내려다보이는 수도에는 곳곳의 부대마다 깃발이 서 있었다. 그 깃발을 보면 어느 부대가 어디에 정렬했는지 알 수 있다.

마치 작전판을 바라보는 것과 같은 꼴이었다.

푸른색의 돔은 떠오르는 태양빛을 받으며 반짝거렸다. 베라무드는 하늘을 바라보았다. 하늘에도 금색으로 반짝이는 원반이 있었다.

마법사들이 눈에 보이지 않던 봉인을 눈에 보이게 만들어 놓은 것이다. 가시적이어야 작업이 더 쉬울 테니 말이다.

여섯 개의 작은 원반들이 길쭉한 틈을 나란히 막고 있었다. 저렇게 막고 있었던 건가, 하는 신기한 생각이 들었다.

"드래곤이 안 나타나면 좋겠는데."

카서스의 말에 베라무드가 웃으며 말했다.

"그게 최고지만, 싸움에서 최고의 패가 나타나는 일은 거의 없더라."

"그건 그래."

"그보다는 시카가 빠르게 드래곤을 제압하는 쪽이 낫겠지."

"그러면 좋겠지만."

카서스가 중얼거리고 힐끗 베라무드를 보며 이어 말했다.

"아니면 시그리드가 드래곤을 잡거나."

"음, 제국 역사상 두 번째 드래곤 슬레이어가 내 아내가 된다면 영광이겠지만. 빠르게 움직이는 물체를 향해 쏴서 맞추는 건 쉽지 않을 거야."

"노리려면 날개 같은 곳을 노려야겠지. 일단 땅으로 떨어트려야 하니까."

"땅으로 떨어트려도 입에서 불을 뿜어내는 거대한 상대라니."

베라무드가 고개를 흔들었다. 카서스가 물었다.

"방패는 모두 몇 개나 완성됐어?"

"다섯 개."

"그런가."

불꽃을 막아 주는 마법이 걸린 방패를 마법사들이 이틀 동안 화급히 만들어 낸 것이었다. 그 방패로 막으면 불의 열기를 막아 준다고 하니 더없이 고마운 물건이었다.

하지만 그렇게 많은 양을 대량 생산할 수는 없었다.

"마스터들에게 하나씩 돌아갈 정도는 되겠네."

"다행이지."

베라무드의 말에 카서스는 고개를 끄덕였다. 카서스가 펄럭이는 깃발을 바라보다가 물었다.

"넌 안 무서워?"

베라무드는 그게 무슨 뜻인지 단번에 알아들었다. 전투에 나가는 것이 무섭지 않냐는 질문이 아니었다.

"무섭지."

베라무드의 대답에 카서스는 "그런데?" 하고 되물었고 베라무드가 웃으며 말했다.

"하지만 시리를 전투에 나가지 않게 했다가 미움 받는 게 더 무서워. 게다가 나도 싸우러 나가는데 그녀를 후방에 남겨 두는 건 모순이지."

절대로 그녀가 용납하지도 않을 일이고.

베라무드가 덧붙인 말에 카서스는 고개를 끄덕였다. 그의 말

이 옳다. 하지만 옳은 것과 마음이 가는 방향이 항상 같은 것은
아니다.

"그래도 힘들어."

"나도 그래. 그리고 아마 시리도 시카도 그렇겠지."

"그러네."

카서스가 웃었다. 바람이 불어 그의 긴 머리카락이 가볍게 휘
날렸다. 그 웃음을 보다가 베라무드가 재미있다는 얼굴을 했다.
그의 적청 이색안이 반짝 빛났다.

"신기하네. 너랑 이런 이야기를 하게 될 거라고는 꿈에도 생각
하지 못했는데."

"나도 마찬가지야."

"그래서, 이제 정착할 생각이야?"

베라무드의 물음에 카서스는 웃으며 고개를 저었다.

"아니. 이번 일이 끝나면 시카와 같이 용병 일을 하기로 했어."

"뭐?"

베라무드의 눈이 휘둥그레졌다.

용병이라고?

마스터와 마법사가?

베라무드는 곧 웃음을 터트렸다. 시원시원한 웃음이었다.

"전설의 조합이 되겠는데? 분명히 엄청 유명해지겠지."

"당연하지. 몸값도 엄청 올려 받을 예정이야."

카서스가 히죽 웃으며 대답했다.

"그러려면 일단 살아남아야겠지."

베라무드가 해를 바라보며 낮게 말했다.

"이게 마지막 해가 되지 않게 하자고."

카서스가 해를 등지고 웃으며 대꾸했다.

"당연하지."

자신만만한 그의 대답에 베라무드는 안심이 되었다. 그러고 보니 그와는 항상 사지로 들어갔었다.

"전 같으면 죽으면 죽는 거지 뭐, 하는 대답을 했었을 텐데."

'이야, 성장했네.' 하는 어조로 베라무드가 말하자 카서스가 "그러게." 하고 대꾸하고는 도시를 내려다보았다.

"그럼 갑시다. 대장."

카서스의 말에 베라무드가 고개를 끄덕였다.

"가자고."

시카는 눈을 크게 떴다.

아르카나가 갸웃하며 손을 내밀었고 시카는 떨리는 손으로 손바닥을 벌렸다. 툭 하는 가벼운 소리와 함께 그녀의 손에 보석이 떨어졌다.

"이, 이게 뭐야?"

"뭐긴. 다이아몬드지."

아르카나는 태연하게 대답했지만 시카는 태연할 수가 없었다.

"이렇게 큰 게?! 이렇게 큰 다이아몬드가 존재한단 말야?"

"그래. 너 마법 쓸 때 필요하잖아. 수정과는 비교도 되지 않으니까."

그거야 당연했다.

순도나 강도, 반사면에서 다이아몬드와 수정을 비교하는 건 다이아몬드에게 크나큰 실례다. 그녀의 손에 떨어진 다이아몬드는 상당한 무게감을 자랑하고 있었다. 안에는 내포물이나 불순물 하나 없이 깨끗했다.

'가격을 짐작할 수도 없어……'

세공을 한 면이 마치 스스로 빛을 뿜어내는 것처럼 반짝거렸다. 한 손에 쏙 들어오는 다이아몬드는 계란보다 조금 더 작은 정도의 크기였다.

"어디서 난 거야?"

"받았어."

"받아?!"

이걸 누가 그냥 줬단 말야? 그녀가 눈을 크게 뜨며 되묻자 아르카나는 피식 웃었다.

"원래는 500캐럿짜리였는데 세공하다 보니까 상당히 깎여서. 지금은 300캐럿 정도 되려나?"

"아까워!"

"이것도 적게 깎아 낸 편이야. 보통 더 세공하면 200캐럿 정도가 되니까."

"그렇구나……"

시카는 신기한 듯 다이아몬드를 이리저리 돌려 보았다. 아무 틀도 없이 딱 표면만 커팅한 다이아몬드였지만 그 자체로도 충분히 아름다웠다.

"이거 나에게 줘도 되는 거야?"

"빌려주는 거야."

아르카나의 말에 시카는 가볍게 웃었다.

"농담이야."

"정말?"

"음, 반쯤 진지했을지도."

시카의 말에 아르카나는 가볍게 웃었다.

"시카. 네가 드래곤을 얼마나 빨리 사로잡느냐에 따라서 피해가 결정될 거야."

시카는 숨을 삼키고 고개를 끄덕였다. 자신의 역할이 중요하다는 건 안다. 문제는 어떻게 그 역할을 완수하냐는 것이었다.

"로렌스가 말했듯이 드래곤만 나오리라는 법도 없어. 다른 마수들도 분명히 뒤이어 나오겠지. 그것들은 기사단이 상대하겠지만—"

"알아."

시카는 고개를 끄덕였다.

기사단이 상대한다고 해도 알아서 상대하라고 내버려 둘 수는 없었다.

"최선을 다할 거야. 그래도 만약에 안 된다면—"

시카는 다이아몬드를 비스듬히 비춰 보이며 말했다.

"드래곤을 땅으로 끌어내릴게."

"그래. 아마 마력으로 그걸 끌어내릴 수 있는 건 너뿐일 거야."

그녀의 마력량은 다른 사람과는 비교도 되지 않으니까 말이다. 수정 지팡이를 쓰고 있지만, 수정은 강도가 약해서 그녀의 힘을 완전히 끌어낼 수가 없다.

하지만 다이아몬드라면 될 것이다.

"부탁할게."

진심을 담아 아르카나는 말했다. 시카 역시 깊게 고개를 끄덕였다. 문득 그녀는 걱정스러워져서 물었다.

"그런데 정말로 문을 닫는 데 내가 돕지 않아도 될까?"

"너에게는 더 중요한 일이 있잖아. 네 도움은 없어도 돼."

"알았어."

시카는 양손으로 다이아몬드를 꽉 쥐었다.

아르카나는 그걸 보며 인연이란 정말로 신기하다고 생각했다.

저 다이아몬드를 선물한 사람은 알케르토였다. 알케르토가 구입한 땅에 다이아몬드 광산이 있었고 거기서 캐낸 가장 큰 다이아몬드인 것이다. 그 다이아몬드 광산의 위치를 가르쳐 주며 그 땅을 사라고 한 사람이 바로 카서스였다.

돌고 돌아 그 다이아몬드가 시카에게로 갔다는 것이 너무 당연하게 느껴졌다.

아르카나는 이 기분 좋은 우연이 이 전투의 끝까지 계속 이어지기를 바랐다. 우연이든 행운이든, 전쟁에서는 뭐든 필요한 법이니까.

똑똑.

가벼운 노크 소리와 함께 문이 열렸다.

"준비됐어?"

들어온 것은 로렌스와 레아였다. 로렌스는 언제나처럼 말쑥한 차림이었다.

"네가 노크를 하고 제대로 들어오니 이상해."

"난 신사거든."

로렌스는 피식 웃으며 대꾸했다. 아르카나가 말했다.

"이쪽의 준비는 다 끝났어. 그쪽은?"

로렌스가 그 말에 회중시계를 꺼내 보았다. 세공이 들어간 호사스러운 물건이었다. 로렌스가 시계를 탁 닫으며 말했다.

"두 시간 후면 에테르 폭풍이 불 거야. 그러면 봉인을 열어."

"그래."

아르카나는 고개를 끄덕였다. 시카는 긴장감이 마음속을 꽉 채우는 것이 느껴졌다. 희미하게 손끝이 떨려 왔다.

"가자."

시카의 말에 레아가 공손하게 문을 열었다. 나가니 마법사들이 대기하고 서 있었다. 모두 로브가 아니라 전투하기 적합한 차림이었다.

아르카나가 말했다.

"봉인을 유지하느라 지치기도 했겠지만, 마지막의 마지막에 와서 집중력을 떨어트리면 어떻게 되는지 모두 알죠."

그 말에 마법사들은 가볍게 웃었다. 실험이 일상인 그들에게 마지막 집중력의 부재는 최악의 사태를 불러오는 일이었다.

"이게 마지막이니 다들 힘냅시다."

아르카나의 말에 마법사들은 고개를 끄덕였다. 바싹 긴장한 시카에게 로레인이 다가가서 속삭였다.

"괜찮아?"

"응, 괜찮아."

그녀의 대답에 로레인이 피식 웃으며 말했다.

"사실 괜찮지 않더라도 어쩔 수 없기는 하지."

"맞아."

시카는 중얼거리고 절레절레 고개를 저었다. 로레인은 힐끗 로렌스를 보았다. 그녀가 그를 보는 건 처음이었다.

"너랑 닮기는 한 것 같아."

"그래?"

"응. 턱이랑 입매가 조금?"

"그런 말 처음 들어봐."

그 말에 로레인이 가볍게 웃었다.

"다들 눈이 안 좋은가 보네."

'하긴 남매니까 닮았겠지. 게다가 쌍둥이인데.'

평범한 남매처럼 그런 말을 듣다니 기분이 묘한 시카였다. 로렌스가 그런 그녀의 시선을 눈치채고 이쪽을 돌아보았다.

눈이 마주치자 그가 살짝 웃었다. 시카는 저도 모르게 마주 미소 지었다. 로렌스가 말했다.

"그럼 난 이만 가 볼게."

"벌써?"

시카의 말에 로렌스가 "그냥 알리러 온 것뿐이니까." 하고는 말했다.

"그럼 나는 나대로 작업을 해야 하니."

"허튼 짓은 하지 마라."

아르카나의 말에 로렌스는 "안 해." 하고 대답하고는 건물을 나섰다. 그가 나가자 아르카나가 말했다.

"우리도 가죠."

그 말에 마법사들은 고개를 끄덕였다.

마법사들이 향한 곳은 그렇게 멀지 않은 장소였다. 구멍의 바로 밑. 그중에서도 높은 건물의 옥상이었다.

봉인을 유지한다고 해서 항상 한 가지 자세를 유지하고 있는 건 아니었다. 마법을 걸어 두면, 그때부터 계속 마력이 빠져나갈 뿐 일상생활을 하는 데에는 지장 없다.

아니, 마력이 계속 빠져나가는 것 자체가 만성피로와 무기력 증에 걸린 것 같은 느낌이지만 말이다.

황실 기사단이 호위를 위해 건물 주변에 자리를 잡고 있었다. 옥상에도 몇몇 기사와 병사들이 함께 올라와 있었다. 시카는 주변을 둘러보았다.

그나마 높은 건물이라서 아래쪽에 자리 잡은 사람들이 보였다. 그녀가 두리번거리고 있자 모리스가 물었다.

"불안하신가요?"

"조금요."

시카가 긴장을 밀어내려는 듯 미소를 띠며 말했다. 그 말에 모리스가 "위로가 될지는 모르겠지만." 하고 멀지 않은 건너편 건물을 가리켰다.

"저기에 마스터들이 있습니다. 물론 카서스도 있고요."

"알고 있어요."

시카가 가볍게 웃으며 말했다. 모리스는 멋쩍어졌다.

"카서스가 말했나 보군요."

"아뇨. 하지만 알아요."

그녀의 대답에 모리스의 눈이 살짝 커졌다가 웃었다.

"그런가요?"

"네."

"부럽군요."

중얼거리고 그가 한 박자 쉬었다가 말을 이었다.

"좋아하는 사람과 맺어진다는 건 굉장한 일이죠."

"저도 그렇게 생각해요."

시카가 힘주어 말하자 모리스는 희미하게 미소 지었다. 어딘지 슬퍼 보이는 미소여서 시카는 '사랑에 실패라도 하신 걸까?'

하고 생각했다.

'실패.'

다시 머릿속으로 생각하고 시카는 몸을 떨었다.

그럴 수도 있었다. 성공하는 사람보다 실패하는 사람이 더 많겠지. 생각해 보면 아르카나도 맺어지지는 않았으니까.

'내가 사랑하는 사람이 날 사랑해 준다니. 정말로 굉장한 일이야.'

시카는 깊게 숨을 들이마셨다.

그때, 마치 그림자에서 솟아난 것처럼 레아가 불쑥 나타났다. 모리스가 검을 뽑아 들자 시카가 놀라 만류했다.

"우리 편이에요."

그 말에 모리스가 검 끝을 내리며 "기척은 내고 다니십시오." 하고 딱딱한 목소리로 말했다. 레아는 그걸 무시하며 시카에게 고개를 숙여 보였다.

"'이제 곧 폭풍이 온다.'라고 전하러 왔습니다."

"알았어. 고마워."

시카는 레아에게 말하고 머뭇거리다가 덧붙였다.

"그리고 이런 말도 좀 이상하고, 우습지만……."

서론이 길어졌지만 레아는 아무 말도 없이 다음 말을 기다렸다. 시카가 멋쩍고 어색해하며 말했다.

"로렌스를 부탁할게."

"말하지 않으셔도."

레아의 목소리는 날이 선 듯 날카롭고 차가웠지만, 그녀의 얼굴에는 처음으로 미소가 그려졌다. 그걸 보니 시카는 안도가 되었다.

레아는 왔을 때처럼, 기척도 없이 다시 사라졌다.

폭풍이 온다는 말에 아르카나는 품에서 나침반을 꺼내 들었다. 에테르 폭풍이 일어나는 장소를 알려 주는 나침반이었다.

나침반의 바늘이 미친 듯이 돌아가고 있었다. 그 속도가 점점 빨라지다가 한순간 딱 정지했다. 아르카나가 나침반을 움직여도 바늘은 움직이지 않았다.

"여기가 중심이군."

아르카나가 나침반을 탁 소리 나게 닫았다.

"봉인을 열겠습니다."

아르카나가 모리스를 향해 말하자 그가 고개를 끄덕이고 병사에게 신호했다. 병사가 들고 있던 붉은색 깃발로 커다랗게 원을 그려서 신호를 보냈다.

아르카나가 마법사들에게 말했다.

"시작합시다."

그 말에 모두가 손을 허공으로 뻗었다. 일직선으로 늘어서 있던 금색 원반이 천천히 뒤로 물러나며 좌우로 갈라지기 시작했다.

시카는 그걸 바라보며 다이아몬드를 꽉 쥐었다.

봉인이 좌우로 완전히 물러나자 천천히 하늘의 상처가 벌어지기 시작했다.

사방이 고요했다.

대낮의 수도가 이렇게나 조용한 적이 있었던가?

침묵이 살갗을 훑는 듯한, 묵직한 존재감을 가지고 사방을 내리눌렀다. 사열한 병사도 기사도 모두가 하늘을 바라보고 있었다.

그때 작은 점 두 개가 공중에 모습을 드러냈다.

'아.'

시카는 저도 모르게 소리를 낼 뻔했다. 로렌스와 레아였다. 작은 모습이었지만 그녀는 알아볼 수 있었다.

그 두 사람이 천천히 구멍 쪽으로 다가가고 있었다. 아니, 사실은 상당한 속도로 움직이는 것이겠지만 워낙 거리가 있다 보니 느리게 움직이는 것처럼 보였다.

그 두 사람이 빠르게 상승하고 있는데, 구멍에서 그림자가 아른거렸다. 시카가 위험해, 라고 생각함과 동시에 틈 사이로 마수가 튀어나왔다.

쾅—! 콰앙!

상당한 높이에서 바닥으로 떨어지는 것이어서 마치 땅이 울리는 듯한 소리가 났다. 실제로 건물들이 우르르 떨리기도 했다.

"시작이군."

아르카나는 숨을 삼켰다. 시카는 순간 마수들에게 시선을 빼앗겼다가 다시 하늘을 바라보았다.

'어?'

그사이에 어떻게 된 건지 로렌스와 레아가 보이지 않았다.

수도 곳곳이 마수와의 전투로 소란스러워지기 시작했다. 하지만 다행히도 아직까지 거대한 마수가 나오지는 않았다. 하급 마수라면 일반 기사와 병사들로도 충분했다.

"아르카나, 봤어?"

시카의 질문은 로렌스와 레아가 들어간 걸 봤느냐는 것이었고, 아르카나는 "아니." 하고 대답했다. 시카는 초조해졌다.

"들어간 걸까?"

"아마도. 떨어졌다면 알았을 거야."

아르카나의 대답에도 약간의 초조함이 묻어 나왔다. 그사이에 마수들의 수는 점점 더 늘기 시작했다. 그때 한눈에도 다른 마수와는 비교도 되지 않게 거대한 마수가 이쪽으로 떨어지기 시작했다.

"집중하세요!"

마법사들의 정신이 흐트러지는 걸 아르카나가 소리쳐 막았다. 그가 떨어지는 마수를 가리키면서 그대로 옆으로 손을 휙 밀자 마수가 그대로 밀려서 저쪽에 떨어져 처박히며 요란한 소리가 났다.

그래도 가까운 곳이어서 건물 조각들 몇몇이 근처까지 튀었다.

"카라라라—!"

날카롭게 울부짖는 소리가 울려 퍼졌다. 어지간한 건물들보다 훌쩍 큰 마수가 몸을 펴는 게 보였다. 시카가 힐끗 보니 맞은

편 건물에서 누군가가 뛰어내렸다. 마스터가 가야 한다고 판단
한 모양이었다.

'금발이니까, 오루트인가.'

무사하기를 빌고 시선을 돌린 그 순간, 시카는 전율했다.

'이게 뭐야.'

부름(calling).

콜링이라고, 그렇게 이름을 붙였다. 강대한 마수가 자신보다
약한 마수를 부르는 걸 그렇게 부른다.

시카는 입을 벌렸다.

저 틈새로, 찢어진 장막의 너머로 누군가가 자신을 부르고 있
었다. 세상에서 가장 유혹적이고, 달콤하고, 매혹적인 부름이었
다.

'아—'

이대로 당장 넘어가지 않으면 평생 후회할 것 같은, 그런 유혹
의 부름.

로렌스가 들은 것이 이거구나.

시카는 그가 넘어가기로 결정한 게 당연하다고 생각했다. 이
런 유혹을 누가 이길 수 있겠는가?

눈에서 저도 모르게 눈물이 흘러넘쳤다. 흐느끼는 잇소리가
나오는 걸 참으며 시카는 다이아몬드를 꽉 쥐었다.

그녀의 몸이 빳빳하게 굳었다. 한 발이라도 움직이면, 모든 걸
다 버리고 저 너머로 가게 될 것 같았다.

"시카?"

그녀의 이상함을 눈치챈 아르카나가 그녀를 불렀다. 시카는 홀린 듯 시선을 하늘에 고정한 채로 간신히 대답했다.

"부르고 있어."

그 외의 다른 말은 할 수가 없었다.

저 너머에서, 자신과 같은 힘을 가진 거대한 흐름이 그녀를 부르고 있었다.

"시카 울프."

아르카나가 다시 그녀를 부르며 팔을 붙잡았다.

저건 세상에서 가장 다정한 목소리였다. 천천히 저녁노을이 져 가는 가운데, 친구들과 헤어질 때 어머니가 부르는 목소리. 길을 잃어 울고 있을 때 애타게 자신의 이름을 부르는 부모님의 목소리.

그런, 뿌리칠 수 없는 애정과 다정함과 상냥함을 가지고 그것이 자신을 부르고 있었다.

"시카 울프! 정신 차려."

아르카나가 그녀의 팔을 잡은 손에 힘을 주었다. 아플 정도로 강하게 쥐었지만 시카는 그것도 느끼지 못하고 계속 눈물을 흘리며 하늘만 바라보았다.

"카서스가 여기에 있잖아."

아르카나가 낮은 목소리로 말했다. 시카가 흠칫했다. 그녀는 전신을 떨며, 천천히 하늘에서 시선을 돌렸다. 시카가 헐떡이며 말했다.

"닫아. 지금이야."

아르카나는 고개를 끄덕이고 마법사들에게 신호했다. 그의 신호에 마법사들이 다시 봉인을 위한 원반을 밀어붙이기 시작했다.

좌우로 물러났던 원반들이 다시 중앙으로 몰리며 입구를 좁히기 시작했다. 천천히 찢어진 곳이 닫히는 것이 보였다.

마법사들은 식은땀을 흘렸다. 몇몇의 얼굴은 창백해졌고, 몇몇은 시뻘게졌다. 손끝이 파들파들 떨리는 사람도 있었다.

'드래곤은 나오지 않는 건가.'

아르카나는 진심으로 다행이라고 생각했다.

이미 떨어진 마수의 수도 상당했기에, 그걸 상대하는 것만으로도 이미 손이 모자랄 지경이었다. 그때 멀리서 피리 소리가 들려왔다.

아니, 피리 소리가 아니라 공기를 찢는 것 같은—

"—!"

뭐지? 하고 생각도 하기 전에 그 가는 틈 사이로 거대한 무엇인가가 무시무시한 속도로 틈을 스치듯 빠져나왔다.

'드래곤!'

생각과 동시에 아르카나는 외쳤다.

"시카!"

그녀의 이름을 부르는 것과 시카의 마법이 펼쳐진 것은 거의 동시였다. 그녀의 손안에서 다이아몬드가 빛났다. 금색의 마법진이 여러 겹 그려지고 하늘에서 거대한 빛의 철장이 내려왔다.

무시무시한 속도로 수도를 벗어나려고 하던 드래곤은 철장을 보고는 속도를 거의 줄이지 않은 채로 직각으로 꺾어지듯 선회했다.

카서스가 휘익, 휘파람을 불었다.

수도 전체를 감싸며 금색 빛의 철장이 내려와 있었다. 나갈 수 없다는 걸 깨달은 드래곤이 분노하며 꼬리로 철장을 후려치고 울부짖었다.

고막이 찢어질 만큼 커다란 소리였다.

시그리드가 어처구니없다는 목소리로 말했다.

"저런 거대한 몸체로, 저런 속도로 움직인다고?"

"맞출 수 있겠어?"

베라무드의 물음에 시그리드는 기가 차서 말했다.

"오러가 날아가는 걸 보면서 피할걸."

아까 철장이 내려오는 속도를 보고 드래곤이 거기에 부딪칠 거라고 생각했다. 하지만 아슬아슬하게 꺾는 그 순발력과 속력.

"내가 봐도 그럴 것 같아."

베라무드의 얼굴이 살짝 굳었다. 카서스가 가벼운 어조로 싱긋 웃으며 말했다.

"그래도 일단 시선은 끌어야지. 가볍게 몇 방 날려. 공원으로 유인하자고."

시그리드는 고개를 끄덕였다.

그녀가 검 손잡이를 잡고 천천히 오러를 밀어 넣기 시작했다. 호응하듯 그녀의 검이 떨린다. 카서스도 그녀의 기술을 보는 건 처음이었다. 여러 겹 층층이 쌓인 오러를 시그리드는 발검과 함께 뿜어냈다.

주홍빛 초승달 모양의 오러가 드래곤을 향해 날아갔다. 그걸 본 드래곤은 빙글 한 바퀴를 돌아 그걸 피해냈다.

시그리드는 혀를 찼다.

"하지만 시선은 끌었네."

카서스는 웃었다. 드래곤이 이쪽을 주목하고는 다시 선회해 날아오기 시작했다.

"달려!"

베라무드의 외침과 동시에 셋은 튀어 나갔다.

마스터인 셋은 말이 전력 질주를 하는 것 같은 속도와 비슷하게 달렸지만, 그보다 드래곤이 더 빨랐다. 그들의 머리 위에 거대한 그림자를 드리우며 따라온 드래곤이 크게 숨을 들이마셨다.

쩍 벌어진 입 안쪽으로 시뻘건 화염이 이글거렸다.

"방패!"

카서스의 외침에 셋은 돌아서며 방패를 앞으로 내밀었다.

쿠오오오오ー!

거대한 외침에 몸이 저릿저릿해졌다. 앞쪽에서부터 골목을 채우며 불길이 밀려들어 왔다. 세 사람을 휩쓸고 지나간 화염은

길과 건물을 새까맣게 태우고는 멀어졌다.

드래곤을 유인하기 위한 루트 역시 미리 정해 둔 터라, 비워진 골목에 사람은 없었다. 화염이 자신을 지나가자마자 카서스는 돌아섰다. 드래곤의 배가 그의 머리 위를 지나가고 있었다. 그가 검을 뽑아 들었다. 채찍처럼 길게 늘어난 금빛 오러가 드래곤의 꼬리를 베어 냈다.

드래곤은 소리를 지르며 화염을 삼키고 순식간에 공중으로 상승했다.

"시카가 언제쯤 저걸 잡는 거야?"

베라무드의 물음에 카서스는 "내가 알겠냐?" 하고 대답했다. 시그리드가 뒤이어 말했다.

"잡을 수 있기를 바라자고요."

높이 올라간 드래곤이 이번에는 화염이 아니라 아주 낮고 빠르게 바닥을 스치듯이 날며 꼬리로 사방을 후려쳤다.

명백한 화풀이였다.

순식간에 건물들이 부서지고 작은 공터가 하나 생겨났다.

시그리드는 몇 번 더 오러를 날려 드래곤의 주의를 끌었고, 셋이 공원에 도착하자마자 드래곤이 따라왔다.

쿵—!

묵직한, 땅에 내려앉는 소리가 다른 사람들에게는 공포의 소리였겠지만, 마스터인 세 사람은 만세라도 부르고 싶어졌다.

드래곤은 위협적인 소리를 내뱉고 앞다리로 땅을 긁었다. 갈

고리 같은 거대한 발톱에 땅이 깊게 파였다. 꼬리를 좌우로 흔들어 드래곤은 인간이 숨을 만한 곳을 날려 버렸다. 거대한 철침 같은 가시들이 박힌 꼬리 끝에 맞은 나무들은 뿌리째 뽑히거나 부러져 날아갔다.

베라무드는 손을 들어 수신호를 보냈다.

그 신호를 본 시그리드와 카서스는 서로를 힐끗 바라보고는 베라무드를 중심에 두고 좌우로 튀어 나갔다. 그들이 움직이는 걸 본 드래곤은 다시 화염을 뿜어냈다.

카서스는 방패로 화염을 막으며 천천히 전진했다. 그의 시선에 방패의 가장자리가 붉게 달아오르는 게 보였다.

'그러고 보니 이거 몇 번이나 화염을 막아 준다고 했더라?'

영구적인 건 분명히 아니었는데.

생각하며 카서스는 화염이 멈추자마자 앞으로 튀어 나갔다. 작전은 간단했다. 셋이서 드래곤을 둘러싸듯이 자리를 잡고, 한 명이 시선을 끌면 다른 두 사람이 공격한다.

하지만 몸체가 거대하니 공격하는 것도 쉽지 않았다.

다리를 공격하려면 상당히 안쪽으로 붙어야 했고, 다리는 주요한 공격 대상이 아니었다. 세 사람이 드래곤에게서 떼어 내고 싶은 부분은 날개였다.

날아다니는 게 가장 곤란하니 말이다.

그걸 눈치챘는지 드래곤은 세 사람이 가까이 다가오자 날개를 펼쳐서 위아래로 펄럭였다.

"우왓."

카서스는 몸이 날아가려는 걸 땅에 시미터를 박아 넣어 막았다. 그 거대한 몸채를 띄우는 날갯짓이다. 가벼운 인간은 종이처럼 휩쓸려서 날아가 버린다.

실제로도 그 바람에 뽑힌 나무들이 폭풍에 휩쓸린 것처럼 사방으로 날아가 버렸다. 거대한 돌이 날아오는 걸 카서스는 방패에 오러를 둘러 쳐냈다.

"시리!"

베라무드가 소리를 질러 카서스가 돌아보니 시그리드가 방패를 이용해 가볍게 날아오르고 있었다. 강하게 바람이 불어올 때 비스듬히 방패를 날개처럼 바람에 가져다 대면 방패가 공중으로 떠오른다. 바람이 강했기 때문에 시그리드의 몸을 가볍게 띄울 정도는 되었다.

'어마어마한 균형 감각이군.'

카서스가 감탄하는데 날아오른 시그리드가 오러를 쏘아냈다. 날개를 펼치고 있을 때를 놓치지 않은 것이다.

오러가 드래곤의 날개를 찢고 지나갔다.

'좋았어!'

허공에서 균형을 잃은 시그리드는 땅에 떨어져 데굴데굴 굴렀지만 자세를 잡는 걸 보니 다친 곳은 없어 보였다. 베라무드는 안도의 한숨을 내쉬고 드래곤에게로 시선을 돌렸다.

카서스는 드래곤의 날개를 보았다. 그리고 자신이 분명 베었었던 그 꼬리도 살펴보았다.

"하, 젠장."

그는 웃음인지 한숨인지 모를 짧은 숨을 토해 내며 욕을 내뱉었다.

꼬리는 완전히 나았고, 날개의 상처는 빠른 속도로 아물어 가고 있었다.

"초재생."

베라무드가 나지막한 목소리로 중얼거렸다.

셋이 그렇게 고생하는 동안, 우툴루와 오루트 역시 고군분투하고 있었다.

오루트가 숨을 헐떡이지 않기 위해 노력했다.

어깨까지 호흡이 올라오면 끝장이다. 게다가 마스터는 절대로 지치거나 힘든 모습을 병사들에게 보이면 안 된다. 그러면 사기가 수직 하강할 테니까.

언제나 자신 있는 모습으로 선봉에 서는 게 마스터의 임무인 것이다.

"초재생이군."

우툴루가 낮게 말했다. 오루트가 허탈한 웃음을 누르며 말했다.

"전 처음 봐요."

큰 상처를 내도 그때뿐이고, 천천히 상처가 아물었다. 심지어 잘린 손가락이 자라나는 걸 보는 건 징그러울 지경이었다.

"난 두 번째다."

"그때는 어떻게 이겼죠?"

"시그리드가 허공에서 오러를 날려 한 번에 목을 날려 버렸지."

오루트가 한숨을 내쉬려다가 황급히 삼키며 말했다.

"그걸 지금 기대할 수는 없겠군요."

"그러면 올라타야겠군."

우툴루의 말에 오루트가 고개를 꺾어 마수를 올려다보며 중얼거렸다.

"카서스에게 배워 뒀으면 좋을 뻔했네요. 오러를 이용해서 달리는 법."

분명히 마수를 타고 오르는 데에도 도움이 됐을 텐데.

키가 5m쯤 되는 마수는 팔이 4개였다. 눈이 하나고 목이 짧아서 거의 몸통에 바로 머리가 올라와 있는 것처럼 보였다. 머리 꼭대기에는 뿔이 하나 솟아 있었다. 문제는 저 팔들로 사방의 건물을 부수고, 그 조각들을 집어 던지면서 병사들을 공격하는 거였다.

이미 우툴루가 신호로 병사들을 전부 물린 시점이었다.

저런 마수를 상대하는 데 일반 병사들은 그저 희생양이 될 뿐이다. 상대할 수 있는 것은 기사나 마스터뿐.

초재생이면 S급 마수고, 그렇다면 기사보다는 마스터가 상대해야 한다.

'살아서 S급 마수를 두 번이나 보다니.'

우툴루는 문득 화염이 번쩍하는 골목 끝을 바라보았다가 픽 웃었다.

'하긴, 재앙급인 드래곤도 있는데.'

"그럼 어떻게 올라가야 할까요?"

오루트가 모로 고개를 갸웃하며 묻는데 뒤에서 목소리가 들렸다.

"제가 도와드리겠습니다."

돌아보니 황실 기사단 옷을 입은 알케르토였다. 오루트가 "준 마스터급인가요?" 하고 물었고 알케르토는 고개를 저었다. 대신 그가 앞쪽의 높은 건물을 가리키며 말했다.

"제가 저기로 올라가서 밧줄을 던지겠습니다."

"밧줄?"

"저 머리에 뿔에 걸고 늘어트리면, 밧줄을 잡고 올라갈 수 있지 않을까요?"

"걸 수 있겠습니까?"

움직이는 마수를 상대로 밧줄을 건다는 것은 결코 쉬운 일이 아니다. 우툴루의 물음에 알케르토는 "걸 수 있습니다." 하고 말했다.

"그럼 올라가세요."

오루트가 고개를 끄덕였다. 밧줄 던지는 일을 자신이 할 수 있다면 좋겠지만, 그런 건 단순히 신체적 능력이 좋다고 되는 게 아니다. 숙달된 기술인 것이다.

알케르토가 주먹을 쥐고 가슴에 대어 인사를 한 후 앞쪽으로 달려갔다. 그가 마수를 피해 건물로 올라갈 수 있도록 오루트와 우툴루가 마수를 유인했다.

알케르토는 밧줄을 어깨에 메고 옥상까지 올라갔다.

옥상에 올라와 보니 거리가 생각보다도 훨씬 멀었다.

'하지만 해내야지.'

알케르토는 재빠르게 밧줄로 고리를 만들었다. 그것을 머리 위로 휘휘 돌리며 그는 기회를 엿봤다. 다른 기사 단원들도 보고 있다. 마스터 둘 역시 자신이 성공하기를 바라고 있다.

알케르토는 깊게 숨을 들이마셨다가 흡 하고 숨을 멈추며 밧줄을 던졌다.

"됐다!"

거짓말처럼 밧줄이 허공을 날아 뿔에 쏙 걸쳐졌다. 알케르토는 밧줄을 잡아당겨 뿔에 꽉 조여지도록 했다. 그 순간 뭔가 이상함을 눈치챈 마수가 고개를 흔들었고 그 힘에 알케르토는 쑥 끌려갔다. 건물에 몸이 걸쳐진 순간 밧줄을 놓았지만, 몸은 이미 건물 밖으로 떨어지고 있었다.

"윽―!"

간신히 손끝이 난간에 걸려 알케르토는 난간을 붙잡았다. 미끄러지는 그의 손목을 아슬아슬하게 도착한 모리스가 잡아 끌어올렸다.

"괜찮아?"

모리스의 물음에 알케르토는 헐떡이며 고개를 끄덕였다. 그가 고개를 돌려 마수를 확인했다. 오루트와 우툴루가 내려온 밧줄을 붙잡고 마수의 등을 오르고 있었다. 마수가 4개의 팔로 그들을 붙잡으려고 하는 아슬아슬한 상황이 연출되었지만, 둘은 마치 짜 맞춘 듯이 곡예를 부리며 그 손을 피했다.

알케르토가 웃었다.

"멍청한 놈이라 다행이야."

밧줄을 잡아당겨 끊어 버리면 어쩌나 했더니, 밧줄보다 두 사람이 더 신경 쓰이는 모양이었다. 그때 사방이 어두워졌다.

"아."

모리스는 어째서 그런지 깨달았다.

수도를 감싸고 있던 빛의 철장이 사라졌다.

그는 저도 모르게 고개를 돌려 마법사들이 있는 방향을 바라보았다.

눈에 보이는 가시적인 효과가 사라졌으니, 시전자에게 무슨 일이 있는 게 틀림없었다. 그걸 깨달은 것은 카서스 역시 마찬가지였다.

"집중해, 멍청아!"

베라무드가 소리쳐서 카서스는 아슬아슬하게 드래곤의 꼬리를 피했다. 셋이 도발한 보람이 있는지, 철장이 없어졌는데도 드래곤이 이 자리를 떠날 기미는 보이지 않았다.

하지만 오러도, 체력도 무한하지 않다.

'그리고 마력도.'

카서스는 초조함을 눌러 삼켰다.

수도를 덮을 만한 마력은 어마어마한 양일 것이다. 그런 마법을 펼칠 수 있는 사람은 시카뿐이다. 그런데 갑자기 마법이 사라졌다?

'마력이 다 떨어졌다거나.'

마력을 잃은 시카가 어떻게 되는지 본 적 있다. 차갑고, 창백하고, 정신을 잃고…….

자꾸 분산되는 정신을 카서스는 다잡았다. 당장이라도 이 일을 내팽개치고 그녀에게 무슨 일이 생겼는지 보러 가고 싶었다.

카서스는 방패를 고쳐 잡았다.

"그런데 너 때문에 안 되잖아!"

그는 짜증 섞인 고함을 지르며 드래곤에게 달려 나갔다.

"카서스!"

베라무드는 그의 돌발 행동에 놀라 소리를 질렀다가 혀를 찼다.

"시그리드!"

베라무드의 외침을 시그리드는 단번에 알아들었다. 그녀는 베라무드 쪽으로 다가와 적극적으로 드래곤의 시선을 끌기 시작했다.

둘의 합은 단순히 무투를 뛰어넘어 하나의 예술로 보일 정도였다. 뒤쪽으로 다가오는 카서스가 신경 쓰이기는 하지만 눈앞에서 깔짝거리는 두 사람이 더 신경 쓰여 드래곤은 두 사람 쪽으로 머리를 돌렸다.

카서스가 가볍게 드래곤의 꼬리에 올라탔다. 오러로 흡착한 것이다. 붕붕 휘두르는 꼬리에서도 떨어지지 않고 카서스는 가볍게 드래곤의 몸뚱이로 올라갔다.

드래곤은 등에 뭔가 올라탔다는 걸 깨닫자마자 날개를 펼치고 하늘로 날아올랐다. 카서스는 이를 악물고 등에 시미터를 박아 넣었다. 거대한 몸뚱이에 이쑤시개를 박은 것과 마찬가지지만, 이쑤시개라도 박히면 아픈 거다.

"쿠오오ー!"

드래곤이 소리를 지르며 엄청난 속도로 하늘로 상승해서는, 허공을 빙글빙글 360도 회전하기 시작했다. 원심력에 딸려 나갈 듯한 불안감과 가속도로 인해 피가 쏠려 기절할 것 같은 감각이 동시에 덮쳐 왔다.

드래곤이 하늘에서 하는 양—솔직히 말하자면 지랄발광이라 할 만한 모습—을 보고 사람들을 입을 헤 벌렸다. 아르카나가 시카를 부축한 팔에 힘을 주며 물었다.

"시카. 괜찮아?"

시카는 창백한 얼굴로 고개를 끄덕였다. 그녀가 옷소매로 대충 입가의 피를 닦아 냈다. 수도 전체에 마법을 쓰는 건 그녀에게도 힘겨운 일이었다.

아마 다이아몬드가 증폭기 역할을 해 주지 않았다면 이미 마력이 다 떨어져 서클이 깨지고, 그 충격으로 심장이 멈췄을 거다.

시카는 다이아몬드를 꽉 쥐었다. 하늘에서 온갖 몸부림을 하는 드래곤을 바라보며 시카는 어떻게든 드래곤에게 영향력을 행사하려 애썼다.

'하지만 잘 안……. 어?'

그녀의 시야에 뭔가 푸르스름한 게 잡혔다. 붉은색 드래곤의 등 위에, 이질적인 푸른색.

"카서스?!"

그녀는 비명처럼 소리를 질렀다. 휘청이던 다리에 저절로 힘이 들어갔다.

"대체 왜 저기에? 뭘 하는?"

시카는 말이 나오지 않았다.

저기서 떨어지기라도 하면 어떻게 되는 거지? 구해야 하는 거 아닌가? 하지만 어떻게 구하지? 텔레포트를 해서? 안 돼, 바로 드래곤과 부딪쳐서 파리채에 맞은 파리처럼 될걸.

'방법이 없어.'

자신이 저 드래곤을 어떻게 하는 것 외에는 다른 방법이 없다.

시카는 이를 악물었다.

'덩치만 크고 멍청하고 포악스러운 드래곤 새끼야! 얌전해져!'

필사적으로 시카는 마음속으로 고함을 질렀다. 마음속의 고함은 자신도 모르게 입에서 튀어나왔다.

"내 말을 좀 들어!"

악을 쓰듯 고함을 질러 목소리는 갈라져 나왔다.

—왜?

다음 순간, 둔중한 뭔가가 정신에 부딪쳐 왔다. 시카는 숨을 삼켰다. 눈앞이 순간 깜깜해졌다.

'어?'

마치 혼자서 암흑 속에 빠진 것 같았다.

분노, 짜증, 아픔, 괴로움.

—왜?

가슴속에 파도가 치듯이 여러 가지 감정이 밀려들었다. 시카는 숨을 헐떡였다.

"돌려보내 줄게."

시카가 중얼거렸다.

아르카나는 시카를 바라보았다. 그녀는 멍한 얼굴로 혼자서 뭔가를 계속 중얼거리고 있었다.

"알아, 아프지. 미안, 아냐. 미안. 하지만 돌아가."

천천히 시카는 그 감정의 파도 쪽으로 다가갔다. 그녀의 온몸을 감쌀 듯이 밀려왔던 파도는 서서히 가라앉기 시작했다.

시카는 자신의 가슴 안쪽의 심지가 스르르 풀려서 드래곤에게 다가가는 듯한 감각을 느꼈다. 그건 그동안 한 번도 써 본 적이 없었던 육감, 아니 그것과는 전혀 다른 일곱 번째 감각이 눈을 뜨는 듯한 기분이었다.

갑자기 시야가 탁 트였다.

시카는 숨을 삼켰다. 자신이 허공을 날고 있었다. 아니, 자신이 나는 것이 아니다.

'드래곤의 시야구나.'

내려다본 수도는 엉망이었다. 하지만 신경 쓰이는 건 그게 아니라 자신의 몸에 올라탄 무언가였다.

그걸 떨치려는지 이리저리 몸이 흔들려 시카는 당황했다.

'안 돼. 움직이지 마.'

—왜?

다시 묵직한 물음이 돌아왔다.

'카서스가 떨어진단 말야. 움직이지 않으면 장막 너머로 널 돌려보내 줄게.'

그녀는 필사적으로 호소했다. 드래곤은 생각하는 듯 침묵했다.

—너는 왜 여기에 있지?

동족을 향한 걱정스러운 물음이라 시카는 저도 모르게 웃었다.

'내게 소중한 건 다 이쪽에 있어.'

그녀의 말에 드래곤은 그녀의 내면으로 들어왔다. 로렌스가 자신의 생각을 뒤질 때와 비슷한 감각이라 시카는 거절하고 싶은 걸 눌러 참았다.

그녀는 적의가 없음을 보이기 위해 마음을 활짝 열었다.

책을 빠르게 파르륵 넘기는 것처럼 드래곤은 그녀의 생각들을 빠르게 읽어 나갔다.

'널 해치려는 게 아냐.'

시카는 다시 호소했다.

그녀의 기억을 읽은 드래곤이 말했다.

─그렇군. 그렇다면.

그의 말에서는 연민이 느껴졌다. 불완전한 자신의 동족을 향한 연민.

드래곤은 시카가 자신의 안으로 들어올 수 있게 허락해 주었다. 남이 자신 안에 들어오는 것과 자신이 남의 안에 들어가는 것은 전혀 다른 경험이었다.

우르르 쏟아지는 기억의 파도 속에서 시카는 간신히 자아를 놓치지 않고 균형을 잡았다.

시카는 자신과 드래곤이 연결되었다는 걸 깨달았다.

다음 순간, 시카는 시야가 뒤집히는 걸 느꼈다. 드래곤이 자신을 밀어낸 것이다.

시카는 숨을 헐떡이며 자신의 발을 내려다보았다. 제대로 옥상에 발을 딛고 서 있었다. 그리고 여전히 드래곤과 연결되어 있음을 느낄 수 있었다.

"괜찮아?"

아르카나의 물음에 시카는 고개를 끄덕이고 고개를 들어 하늘을 바라보았다.

날뛰던 드래곤이 움직임을 멈췄다. 대신 크게 하늘을 한 바퀴 돌아 이쪽으로 날아왔다. 건물 옥상의 사람들이 비명을 지르며 물러서는데 시카만은 웃으며 다가섰다.

그녀가 양팔을 뻗었다.

아르카나는 뒤로 물러섰다.

날개를 접고 땅에 내려앉은 드래곤이 천천히 고개를 숙였다. 단단한 코끝에 시카의 손이 닿았다. 마치 거대한 개가 머리를 주인에게 비비듯 그것은 몸을 더 숙여 왔고 시카는 웃음을 터트리며 드래곤의 머리를 끌어안았다.

카서스가 칼을 뽑고 가볍게 드래곤의 목을 타고 옥상으로 뛰어내렸다.

"토할 것 같아."

카서스가 중얼거렸다. 드래곤의 노란색 눈동자가 카서스를 보았고 그는 양손을 들며 시미터를 검집에 꽂아 넣었다. 공격하지 않겠다는 표시였다.

"괜찮아, 괜찮아."

시카가 웃으며 뺨을 드래곤에게 비비자 드래곤은 카서스를 일별하고 고개를 들었다. 시카는 아쉬움을 느끼며 드래곤을 놓아주었다.

'이런 거였구나.'

마수로서 다른 마수를 지배한다는 것은 단순한 힘의 논리만은 아니었다.

시카의 검은색 머리카락이 미풍에 부드럽게 흩날렸다.

드래곤과 미소녀의 투샷인지라, 아르카나는 저도 모르게 '이건 호사가들에게 상당히 회자되겠군.' 하는 생각을 했다.

─같이 가지 않을 텐가?

드래곤은 권유했다. 시카는 묘한 기분을 느꼈다. 그는 자신의 기억을 읽었다. 그랬는데도 다시 권유하고 있다.

내 마음 어딘가에 미련이 있는 걸까?

'가지 않아.'

시카의 대답에 드래곤은 엉망이 된 수도를 바라보았다.

다른 세계 따위야 상관없지만, 동족인 그녀가 곤란한 것은 원하지 않았다. 게다가 자신을 도발한 애송이에게 넘어가서 피해를 끼친 것이 미안하기도 하고.

게다가 그녀 안에서 느껴지는 힘은…….

　─건물이라면 내가 되돌려줄 수 있다.

드래곤의 말에 시카는 깜짝 놀랐다.

　─하지만 내 힘만으로는 안 되고, 그대를 통해서 가능하다.

'나를?'

　─그래, 그대를 내 힘의 통로로 써서.

드래곤의 말에 "그거라면 상관없어─"라고 대답한 시카는 이어진 말에 입을 살짝 벌렸다.

　─단, 그러고 나면 넌 그 힘을 완전히 잃어버리게 될 것이다.

마수의 힘.

그걸 완전히 잃어버리게 될 거라고, 드래곤은 말하고 있었다.

'하지만 다시 차오르지 않아?'

시카의 궁금증에 드래곤은 고개를 흔들었다. 작게 흔드는 것인데도 워낙 덩치가 크다 보니 움직임이 거대해서 근처 사람들에게는 위협적으로 보였다.

하지만 시카는 꿈쩍도 하지 않았다.

—내 힘은 인간의 피가 섞인 그대의 몸이 견디기에는 너무 강하니까. 회로가 다 타 버리면, 다시는 그 힘을 얻을 수 없을 것이다.

그래도 그러기를 원하는가?

드래곤은 그렇게 묻고 있었다. 시카는 자신 안에 남아 있는 마수의 힘을 느꼈다. 이 힘 때문에 그동안 겪어온 괴로움들이 떠올랐다.

이 힘이 없어진다면 좋을 것 같았는데, 정말로 사라질 거라고 말하니 뭔가가 아쉬운 기분이 들었다. 시카는 깊게 숨을 삼켰다.

하지만 무엇을 선택해야 하는가는 자명했다.

"좋아."

—그렇다면.

드래곤은 그렇게 말하고 고개를 들었다.

시카는 뒤로 물러섰다. 그녀가 일행에게 말했다.

"이제 돌려놓을 거야."

"돌려놔?"

아르카나가 의아해져서 묻자 시카는 고개를 끄덕였다.

"생물은 못 돌려놓는다고 하지만."

드래곤이 천천히 날개를 펴고 날아올랐다. 바람을 탄 앨버트

로스처럼 드래곤은 날개를 펄럭이지도 않고 크게 수도 위를 선회하기 시작했다.

시카는 그에게 동조했다. 마수의 힘이 어마어마한 속도로 흘러들어 오는 것이 느껴졌다.

다이아몬드가 검은색으로 물들었다.

검은빛의 거대한 마법진이 수도 바닥을 가로질렀다. 거기에 호응하며 드래곤은 길게 울부짖었다. 지금까지의 위협적인 목소리가 아니라, 커다란 종이 울리는 것 같은 울음이었다.

두두둑.

후드득.

여기저기서 요란한 소리가 났다. 아르카나는 건물 아래를 내려다보고 "맙소사." 하고는 짧게 신음했다.

무너진 모든 것들이 다시 세워지기 시작했다. 마치 시간을 거꾸로 돌린 것처럼 망가졌던 것들이 제자리로 돌아간다.

얼마만큼의 마력과 힘을 가지고 있어야 이게 가능한 건지 짐작도 되지 않았다. 보통 사람들도 입을 헤 벌렸지만, 마법사들은 그 거대한 힘에 공포를 뛰어넘어 외경마저 느꼈다.

"웃—"

시카는 입술을 깨물었다.

너무 어마어마한 힘이 밀려들어 와서 처음에는 서클이 터질 듯 부풀어 올랐다. 그것은 통증과 마찬가지라서 시카는 고통을 느꼈다.

자신도 모르게 입술을 깨물어서 피가 났지만, 그게 느껴지지 않을 정도의 고통이었다. 그리고 과부하로 인해서 검은색 마력의 통로가 지져지는 듯한 느낌이 났다.

시카는 가슴을 쥐어뜯으며 털썩 무릎을 꿇었다.

"시카!"

카서스가 그녀의 어깨를 붙들었다. 시카의 입에서 피가 뚝뚝 떨어지고 있었다.

뚝.

어느 순간 검은색 마력 통로가 완전히 끊어졌다. 그녀의 머리카락이 순식간에 다시 분홍색으로 돌아왔다.

시카는 헐떡이며 고개를 들었다. 눈의 혈관도 터져 벌겋게 충혈되어 있었다.

'이렇게 아플 거라고는 말 안 했잖아.'

그녀가 투덜거렸다. 드래곤이 약간 심술궂게 웃는 듯한 느낌이 들었다. 힘은 사라졌지만 동조는 아직 남아 있는 모양이었다.

할 일을 끝낸 드래곤은 수도 위를 선회하던 것을 멈추고 날아가 버렸다. 드래곤의 모습이 점점 작아지자 아르카나가 놀라 외쳤다.

"시카?!"

"괜찮아."

시카가 쉰 목소리로 대답했다. 완전히 창백해진 시카는 카서스에게 반쯤 기대어 있었다.

"온다."

시카가 손을 들어 드래곤이 사라진 쪽을 가리키며 말했다. 처음 드래곤이 등장했을 때처럼 멀리서 피리 소리가 들리는 것 같았다.

시카가 중얼거리듯 설명했다.

"아직 에테르 폭풍이 끝나지 않았을 때, 약해진 장막을 뚫고 지나가려는 거야."

이미 문은 닫혀 있었지만, 저 강한 생물에게는 그게 별문제가 아닌 것이다.

작은 점이었던 드래곤이 순식간에 다가왔다. 눈에 거의 보이지도 않을 만큼 빠른 속도로 날아 수직으로 꺾어지며 하늘로 솟구쳤다. 마치 하늘이라는 물속에 뛰어드는 것 같았다.

드래곤이 사라지고, 하늘이 호수 표면처럼 일렁거리고 나서야 파공성이 찢이어 뒤이어 들려왔다.

그걸 바라보던 시카가 끈이 떨어진 인형처럼 풀썩 쓰러졌고, 그런 그녀를 카서스가 받쳐 들었다. 창백한 그녀의 얼굴을 보며 카서스는 걱정스러움을 눌러 삼켰다. 심장도 제대로 뛰고 있었고, 피곤해서 지친 모습이기는 했지만 그래도 쌕쌕 건강한 숨소리가 났다. 카서스는 조심스럽게 그녀를 안아 들고 이마에 키스했다.

"수고했어. 늑대 아가씨. 저쪽도 끝나가네."

카서스의 마지막 말에 고개를 돌린 아르카나는 거대한 마수가 쓰러지는 것을 보았다.

시그리드와 베라무드가 싸움에 합류하자 무서운 속도로 마수는 정리되기 시작했다. 다친 사람들도 있지만, 예상보다 피해가 적었다.

　'아니, 수도가 멀쩡한 게 가장 큰 소득이지.'

　이걸 대체 어떻게 얼음탑에, 그리고 사람들에게 설명해야 할지조차 알 수 없었다. 눈으로 봤지만, 보지 않았다면 절대로 믿지 못했을 광경이었다.

　"뭐, 하여간 전부 끝났군요."

　아르카나는 일단 일이 끝났다는 것에 의의를 두기로 했다. 잠시 후, 시그리드가 옥상 위로 올라왔다. 그녀가 소매로 얼굴에 묻은 피를 슥 닦으며 물었다.

　"어떻게 된 거야? 도시는 아르카나가 고친 거야?"

　"아냐. 시카가 한 거야."

　아르카나의 설명에 시그리드는 눈을 동그랗게 뜨고 하늘을 한 번 보았다가 다시 도시를 바라보았다.

　"사람들이 돌아올 곳이 있어서 다행이네."

　"그러네."

　아르카나가 그녀의 말에 빙긋 웃었다. 이어 올라온 베라무드는 카서스를 노려보았다.

　"어떻게 거기서 꼼짝을 안 하나!"

　"팔이 없는 걸 어떻게 해?"

　카서스는 억울하다는 어조로 항의했다. 베라무드는 그의 팔에 안겨 있는 시카를 한 번 보고 짜증 난다는 표정으로 카서스를 보았다. 베라무드가 말했다.

"넌 부대장 자격도 없어. 해고야."

"고마워."

카서스가 활짝 웃으며 말하고는 시카를 안은 채로 총총 걸어가 버렸다. 베라무드는 혀를 찼다. 시그리드가 "그래도 돼?" 하고 베라무드에게 묻자 그는 고개를 끄덕였다.

"어차피 서류일을 맡길 것도 아니었으니까. 이제는 정리만 남았으니 됐어. 나스가 그런 일은 훨씬 잘하니까."

그 말에 시그리드는 성실한 나스를 떠올리며 작게 애도를 빌어주었다.

*　　*　　*

하늘을 날고 있다.

새빨간 하늘에 뜬 노란빛 태양. 가르는 바람에서는 달콤한 꽃 냄새가 난다. 아래쪽에 펼쳐진 짙푸른 숲과 황토빛 땅이 빠른 속도로 지나간다.

자신을 도발한 애송이를 혼내 줄 요량이었다.

목적지에 도달해 아래를 살피자 그 높은 곳에서도 아래에 있는 사람의 얼굴이 뚜렷하게 인식 가능했다.

자신을 도발한 애송이다.

—**로렌스다.**

깨닫고 시카는 뭔가 이상하다는 걸 알았다.

새하얀 머리카락이 착륙하는 바람에 가볍게 날리고, 루비색 눈동자는 하늘색과 똑같다. 아름답다.

마주 본 그가 뭔가 말하려다가 놀란 얼굴을 했다.

"시카?"

'로렌스? 어떻게.'

시카는 당황했다.

—**이런, 아직 연결되어 있었나.**

드래곤의 목소리에 시카는 '어어?' 하며 당황했다. 로렌스가 웃고 말했다.

"그녀는 나보다 더 격이 높으니까."

—**흥, 그것도 이제는 끝이지.**

드래곤은 코웃음을 쳤고, 시카는 뭐라고 해야 할지 알 수가 없었다.

"끝?"

로렌스는 놀란듯 했다가, "그런가." 하고 미소 지었다. 로렌스가 다정하게 말했다.

"아마 저쪽에서 자고 있는 게 아닐까? 일어나, 시카. 깰 시간이야."

—**돌아가라.**

충격과 함께 뭔가에서 튕겨져 나오는 느낌이었다.

헉.

시카는 숨을 들이켜며 눈을 떴다. 그림이 화려하게 그려진 천장이 눈에 들어왔다. 익숙하지 않은 천장을 한참 바라보며 그녀는 숨을 골랐다.

'방금 그거—?'

드래곤이 되어 하늘을 날고 있었다.

아니, 드래곤에게 동조되어 있었다고 하는 게 옳겠지.

시카는 이마를 문질렀다.

'단순한 꿈은 아닌 것 같지.'

드래곤과의 연결이 약간 남아 있었던 모양이다. 시카는 신기한 기분이었다.

'그게 장막 너머였구나.'

이곳과는 완전히 다른 곳이었다. 하지만 기억하려고 할수록 희미해졌다. 막 꿈에서 깨어났을 때 잠시 딴생각을 하면 순식간에 꿈이 희미해지는 것처럼 말이다.

'로렌스 잘 지내고 있구나.'

시카는 안도했다. 설마 이런 식으로 그의 소식을 알게 될 줄은 몰랐는데.

시카는 가슴께를 꾹 눌렀다. 타고 남은 검은색 서클의 흔적만 남아 있을 뿐, 그 힘이 다시 차오르는 기미는 조금도 없었다.

'정말로 없어진 거야……'

텅 비어 버린 공간은 허전하게 느껴졌다.

그 충격 때문에 원래 마력 서클도 흔들리기는 했지만, 지금은 안정을 되찾은 모양이었다.

'요즘 진짜 너무 잘 쓰러지는데.'

평생 쓰러질 걸 요 일 년 사이에 모아서 쓰러지는 게 아닌가 하며 시카는 몸을 일으켰다. 쓰러졌다가 일어나면 여기가 어디인가, 하는 것도 항상 같다.

'이제 이런 일도 익숙하다.'

시카는 그렇게 생각하며 침대에서 내려왔다. 침대에서 내려와 자신의 옷차림을 내려다보고 자신의 가방을 소환했다. 근처 파티션 뒤에서 옷을 갈아입고 있는데 "시카?" 하고 부르는 목소리가 들렸다.

"옷 갈아입고 있어."

그녀는 최대한 빨리 옷을 갈아입고 파티션 밖으로 나갔다. 시카는 카서스의 얼굴을 보고 눈을 동그랗게 뜬 다음 진지한 얼굴로 물었다.

"설마 내가 기절한 다음 한 달이 지났다던가, 그런 건 아니겠지."

"그렇게 오래는 안 됐어. 나흘째입니다."

카서스의 말에 시카는 안도의 한숨을 내쉬고는 후다닥 달려가서 카서스에게 푹 안겼다.

"그런데 왜 내가 한 달은 안 깨어난 얼굴이야?"

"그러게, 이 빈도로 시카가 계속 기절한다면 나도 좀 익숙해져야 하는데 말야."

농담인 듯 진담인 듯 말하고 카서스가 그녀를 꽉 안았다가 놓아주었다. 이어 설명을 시작했다.

"뭐, 연일 파티가 열리고 있고, 네 노래도 음유시인이 만들었으니까 꼭 한 번 들어 봐. 폐하께서 직접 훈장을 수여하겠다고 하셨는데 어쩔 거야? 참고로 여기는 앙케르트나 후작가 저택이야. 이번 일로 앙케르트나는 백작에서 후작으로 업그레이드됐어. 나에게도 작위 받으라고 말이 들어왔는데 거절했고— 아마 시카에게도 문의는 갈걸."

노래? 하고 시카는 순간 당황했으나 곧 다른 걸 물었다.

"다친 사람이나, 다른 사람들은?"

"부상자들 치료해 주려고?"

"나흘이면 시간이 좀 지나기는 했지만, 그래도 내가 도울 수 있는 한은 도울래."

카서스는 잠시 생각하듯 하다가 고개를 끄덕였다.

이미 그녀에게 모두가 호의적이니, 치료를 한다고 해도 그게 큰 문제로 이어질 것 같지는 않았다.

"알았어. 그러면, 부상자들이 모여 있는 숲의 신전으로 가면 될 것 같네. 이번 일의 부상자들은 다 거기에서 케어 받고 있거든. 아, 귀족들만 빼고. 그 사람들은 저택이지."

대답하고 카서스가 그녀의 뺨을 가볍게 잡아당기며 이어 말했다.

"일단 그 전에 넌 식사부터 해야겠지만."

"응."

대답하고 시카가 슬그머니 물었다.

"그래서 노래라니 대체 무슨 말이야?"

*　　*　　*

시카는 한숨을 내쉬며 장갑을 벗었다.

마지막 환자를 막 본 참이었다. 마법으로 뿅뿅 고칠 수 있으면 좋겠지만, 이미 상처가 상당히 진행된 경우는 그럴 수가 없었다.

상처가 덧나거나 썩은 경우는 그 부분을 제거해야 하고, 이미 붙어 버린 경우는 다시 부러트리거나 찢을 수가 없으니 그대로 놔두고 다른 방식을 써야 했다.

더러워진 앞치마를 휙 벗어던지고 시카는 쭈욱 기지개를 폈다. 몇몇 소동을 부리는 환자들도 있었고, 그녀가 치료를 한다는 것이 알려지자 그녀를 초빙하려는 귀족도 있었다.

하지만 시카는 신전에서만 치료를 했고, 그걸 불쾌하게 생각하거나 직접 찾아오는 귀족 중에 평민 환자를 밀어내는 자들 덕분에 소란도 있었다. 게다가 이 사건의 부상자뿐 아니라 단순히 병에 걸린 사람들도 신전으로 밀려와서 시카는 한참 고생을 해야 했다.

하지만 황제가 병사를 보내줘서 다행히도 몰려든 사람들은 정리가 되었고, 시카는 병을 보지 않고 외상만—이번 사건으로 부상을 입은 사람들만— 본다는 걸 확실하게 내걸었다.

그래서 간신히 한 달 동안의 소동 끝에 일도 오늘로 마지막이었다.

카서스가 진료소 안으로 들어오며 말했다.

"끝났네?"

"응, 드디어."

"고생 많았어."

"카서스도."

"내가 뭐 한 게 있다고."

"아냐, 카서스 덕분에 소동 부리던 사람들도 싹 조용해지고."

고함을 지르던 사람이나 귀족들도, 카서스가 오러 한 번 보여주자 모두가 순한 양이 되어 고분고분해졌다.

시카는 새삼 제국에서 마스터의 위상에 대해 실감했다.

'마법사도 그렇게 될 수 있기를.'

시카는 소박한 소망을 빌었다. 그때 문이 열리고 지친 얼굴로 아르카나가 들어왔다. 그 특유의 빨간 머리도 오늘은 더 지쳐 보이는 느낌에 한몫하고 있었다.

"꼰대들 다 죽어 버렸으면 좋겠다고 진심으로 생각했어."

그답지 않게 비꼬는 게 아니라 직선적인 말에 시카는 "지금 그

거 진심이지." 하고 눈을 가늘게 뜨며 물었다. 그 말에 아르카나가 눈을 동그랗게 떴다가 부드럽게 웃으며 말했다.

"당연하지."

그럴 줄 알았다, 하고 시카는 생각하며 고개를 절레절레 흔들었다.

"고생했어. 내가 상대해야 하는 건데, 아르카나에게 다 넘겨 버렸네."

"넌 치료하느라 바빴잖아. 어차피 이런 전문적인 치료는 내 영역도 아니고. 교섭은 내 영역이니까."

아르카나가 어깨를 으쓱했다.

아르카나의 치유 마법이 즉각적으로 세포를 활성화시켜서 사람을 고치는 거라면, 시카는 그보다 더 높은 수준의 치유 마법을 구사했다. 아르카나도 할 수만 있다면 옆에서 보고 배우고 싶었지만, 얼음탑의 원로들이 난리를 치는 바람에 그쪽을 상대하기에 바빴다.

"그래도. 고마워, 아르카나."

시카의 말에 아르카나는 피식 웃었다.

"저야말로 감사하죠, 드래곤 레이디. 수도를 화염에서 구하신 분."

아르카나의 말에 시카는 "으아아아~" 하는 이상한 소리를 내며 몸을 꼬았다.

"그만해. 그 호칭! 진짜 무슨 호칭이 그래? 내가 드래곤인 것 같잖아?"

"이미 노래로까지 회자되고 있으면서 무슨. 참 이번에 네 그림도 그려서 전시한다면서?"

"제발 그만둬 줘."

시카는 진심으로 호소했다.

"내가 하는 게 아닌걸."

아르카나는 태연하게 대답했고 시카는 한숨을 푹푹 내쉬었다. 그녀는 자신에 대한 칭송을 질색하지만 아름다운 소녀와 그녀에게 복종하는 드래곤이라는, 세기에 남을 만한 명장면을 놓칠 예술가는 없었다.

그녀의 머리 색과 눈 색이 변하는 것까지 알음알음 소문이 퍼져서, 그것마저도 신비한 힘으로 회자되고 있었다.

그녀가 더 이상 자신은 그 힘을 쓸 수 없다, 라고 말하자 그것마저도 애처로운 비극으로 재탄생되고 있는 모양이라 시카는 변명 자체를 그만뒀다. 한마디 할 때마다 그게 몇 배씩 부풀어 가는 기분이었다.

"그래서, 황실의 초대는 어쩔 거야?"

아르카나의 물음에 시카는 천장을 노려보았다.

이미 한 번 무도회에 참여한 적이 있었지만, 딱히 좋은 기억은 없었다. 아니, 예쁜 옷도 좋고 카서스와 춤을 춘 것도 즐거웠다. 하지만 밀려드는 사람들을 상대하는 것은 너무 벅찼다.

'게다가 거기서 로렌스에게 납치까지 당했었잖아?'

그녀의 반응에 카서스가 웃으며 말했다.

"가기 싫으면 가지 마."

"그래도 괜찮아?!"

놀란 시카가 묻자 카서스가 고개를 끄덕였다.

"당연하지. 나도 걷어차는 초대장인걸."

"으으~ 그래도 마스터랑 비교하면 안 되지 않을까?"

시카는 고민하다가 아르카나에게 물었다.

"가는 편이 마법사에게 도움이 될까?"

"딱히 그럴 것 같지는 않은데."

아르카나의 대답은 더없이 냉정했다. 시카가 흠칫하며 "그래? 가는 편이 낫지 않아?" 하고 묻자 아르카나가 고개를 모로 꼬며 말했다.

"물론 네가 사교계에서 귀족다운 처신을 할 수 있다면야."

"아."

시카는 짧게 말했다.

"아."

다시 한 번 말하고 시카는 고개를 흔들었다.

"무슨 말인지 알았어."

저번 무도회에서 귀족적인 처신을 하기 위해 필사의 노력을 했던 걸 생각하니 식은땀이 흘렀다. 두 번은 못 한다.

그녀는 어깨를 으쓱하며 "그렇다면 정중하게 거절할래." 하고 대답했다.

"생각해 보니 너무 제국과 밀착되는 모습을 보여도 좋지 않은 것 같아. 이미 네가 제국 후작가와 연관이 있는데."

시카의 말에 아르카나는 고개를 끄덕였다.

"그것도 그렇지."

시카는 "좋아, 그럼." 하고는 어깨를 쭉 폈다.

"거절?"

아르카나의 물음에 시카는 "거절." 하고 대답했고 그는 고개를 끄덕였다.

"알았어. 그러면 내가 적당히 정중하게 거절 편지를 보낼게. 괜찮지?"

시카는 그 '적당한 정중'이라는 게 뭘까 궁금했지만 그냥 고개를 끄덕였다. 격식에 맞춰서 편지를 쓰는 건 그녀에게는 어려운 일이었다.

더더군다나 황실을 상대로 편지를 보내야 한다면 더욱더.

'드레스는 좀 아쉬운걸.'

하지만 그것만 빼면 아쉬운 것은 없었다.

"그러면 이제 시카는 내가 독차지해도 돼?"

카서스가 물어와서 아르카나는 어깨를 으쓱하고 말했다.

"아마, 직접 원로원에게 보고를 하기는 해야겠지만, 그때까지는요."

"아— 역시 직접 가야 하는 건가."

시카의 말에 아르카나는 고개를 끄덕이며 "뼈는 주워 줄게."

하고 말해서 시카는 어깨를 축 늘어트렸다. 하지만 여기까지 사태를 번지게 해 두고 서류와 대리인에게 맡기는 것만으로 쏙 빠질 수는 없었다.

"알았어. 내가 직접 그쪽이랑 얘기할게."

"그래."

"그럼 이제 아르카나는?"

"난 영지로 돌아가 볼 거야."

"그렇구나. 그래."

아르카나가 "그럼." 하고 손을 내밀었다. 시카는 "에에이이, 까먹은 줄 알았더니." 하면서도 웃으면서 주머니를 꺼내어 건네주었다.

안에 들어 있는 것은 잠시 빌린 다이아몬드였다.

치료 마법을 위해서도 빌려서 썼던 것이다. 덕분에 훨씬 더 세심한 마법 작업이 가능했다. 아르카나가 받아 든 주머니를 카서스에게 내밀었다.

"나?"

카서스가 의아해져서 묻자 아르카나가 고개를 끄덕였다.

"시리가 그쪽에게 주라고 하더군요."

카서스는 주머니를 바라보았다.

평소라면 절대로 받지 않았을 것이다. 받을 이유도 없고.

그렇지만―

"거절입니까?"

아르카나의 말에 카서스는 한숨을 내쉬며 주머니를 받아 들었다.

"고맙게 받을게."

"다이아몬드 광산에 비하면 별거 아니죠."

아르카나가 피식 웃으며 대꾸했다. 카서스가 다시 그 주머니를 시카에게 건넸다.

"자. 시카 꺼."

"어? 어어??"

눈앞에서 다이아몬드가 한 바퀴 돌더니 다시 자신의 손으로 돌아와 시카는 당황했다. 그녀가 아르카나에게 물었다.

"내가 가져도 괜찮은 거야? 이거 비싸잖아?"

아르카나가 가볍게 웃고 말했다.

"괜찮아. 또 받은 거 있으니까."

"또?"

"음, 그러니까 대넘 경이 원래 카서스에게 주기로 한 다이아몬드가 나에게 오고, 나는 내가 세공한 다이아몬드를 카서스에게 주게 된 거지."

"왜 대넘 경이……?"

"그건 카서스에게 직접 들어."

"본인 앞에서 본인이 없는 것처럼 부르지 말아 줄래."

카서스가 투덜거리자 아르카나는 "딱히 있으나 없으나 상관없는 것 같아서 말이죠." 하고 대꾸하고는 시카에게 빙긋 웃어 보였다.

"그럼 나중에 보자."

"응, 잘 가."

시카의 배웅을 받으며 아르카나는 그대로 순간 이동으로 사라졌다.

카서스는 '저 마법사를 진짜, 그냥.' 하는 생각을 하며 시카를 돌아보았다. 그가 히죽 웃었다.

"그렇게 좋아?"

"어어?"

"다이아몬드. 입이 아주 찢어지겠네."

"아, 아니거든?"

"아니기는 맞는데."

"그야, 이렇게 큰 다이아몬드를 구하는 건 불가능한 일이잖아. 그런데 준다니까."

"음, 시카 몫의 다이아 광산도 하나 마련해 줘야 하는 건가."

카서스가 팔짱을 끼며 하는 말에 시카의 눈이 휘둥그레졌다.

"또 있어?"

그 질문에 카서스는 소리 내어 웃었다.

"진짜 원하는 거야?"

"그, 그런 건 아니지만―!"

"에메랄드랑 루비 광산으로 합의 보는 건 어때?"

카서스가 작게 소곤거렸다.

"─진짜?!"

저도 모르게 숨이 막힌 듯한 목소리가 나왔다. 카서스는 그냥 대답 없이 웃기만 했다. 시카는 자신이 너무 흥분한 것 같아 헛기침을 하고 자신의 가방에 다이아몬드 주머니를 넣으며 말했다.

"그럼 이제 우리도 갈까?"

"그 전에 잠깐 길드 좀 들를까?"

"길드?"

"용병 길드. 시카 등록해야 하잖아."

그 말에 시카의 눈이 동그랗게 되었다가 순식간에 즐거움으로 환해졌다.

"정말?"

"정말. 정말."

"하지만 등록해도 되는 거야? 전에 그 의무 복무에 대해서……."

"아, 그거 없앤 마법사용 계약서 만들었어. 조율하느라 시간이 좀 걸렸지만 마무리했으니까."

그것 때문에 요즘 좀 바빴지, 하고 카서스가 빙긋 웃었다.

"와!"

시카는 환호성을 지르며 덥석 카서스를 끌어안았다. 카서스는 "목숨을 걸고 돈 받는 직업이니까 그렇게 좋아할 만한 일은 아닌데." 하면서도 웃으며 그녀의 포옹을 받았다.

"그래도. 내 힘으로 돈을 번다니, 엄청 좋아."

돈이든 뭐든 내가 얼마든지 줄 수 있는데, 하고 카서스는 생각했지만 시카가 원하는 게 그게 아니라는 건 그도 잘 알았다.

"그럼 이런 차림으로 가면 안 되지. 마법사답게 입을래."

시카가 그의 품에서 떨어져서 카서스는 허전함을 느끼며 말했다.

"이대로도 상관없잖아?"

"아냐. 이미지는 중요하다고."

마리쉐즈가 그랬어, 하고는 시카는 기다려, 하며 안쪽으로 총총 들어갔다. 잠시 후 로브에 지팡이까지 마법사답게 모든 걸 차려입은 시카가 나왔다.

"이제 이 지팡이 말고 새 지팡이를 만들어야겠네."

시카는 그동안 그래도 잘 썼는데, 하고 황수정 지팡이를 바라보았다.

"다이아가 박힌 걸로 말이지."

카서스의 말에 시카가 싱긋 웃으며 "박힌 걸로 말야." 하고 대꾸했다.

둘은 숲의 신전의 뒷문으로 나왔다. 정문에는 시카를 붙잡기 위해 기다리는 사람이 종종 있어서 두 사람은 본의 아니게 신전의 뒷길을 꿰게 되었다.

카서스가 먼저 주변을 살피고 나서 안전하다고 생각되면 시카도 나오게 했다. 식재료가 들어가는 부엌에 딸린 작은 쪽문으로 나와 둘은 나란히 걷기 시작했다.

수도 용병 길드의 사무장인 젠은 정중했다.

시카는 이런 생각은 실례겠지만, 그의 한쪽 다리가 의족인 것까지도 매력적이라고 생각했다.

"제니가 중간에서 많이 수고해 줬어."

카서스의 말에 젠은 "젠이다." 하고 낮게 으르렁거리며 대꾸했다. 젠이 내민 서류를 시카는 꼼꼼히 읽어 보고 서명을 했다.

"마법사는 처음이니 바로 S급 용병으로 올라가실 겁니다."

"S급은 몇 명이나 있나요?"

"제 눈앞에 계신 두 분이 전부입니다."

젠의 말에 시카는 눈을 동그랗게 뜨고 카서스를 바라보았고 카서스는 "마스터니까." 하고는 웃었다.

"저는 몇 명 더 있을 줄 알았어요."

시카의 말에 젠이 고개를 흔들며 설명했다.

"음, 마스터와 동급이 되려면 마스터가 아니면 안 되니까요. 원래는 A급까지밖에 없었는데, 카서스 때문에 예외적으로 만든 등급이 S입니다."

"그랬군요."

"용병 일을 하는 마스터란 없으니까요."

젠의 말에 카서스는 가볍게 웃었다.

"이런 성격인지라."

그의 말에 젠은 "넌 용병 일 없었으면 뭐했을까?" 하고 되물었고 카서스는 "글쎄다." 하고 고개를 갸웃했다.

"해적질?"

"네가 픽이나."

젠은 코웃음을 쳤다. 아무리 멋대로 구는 카서스 리안이지만 그래도 그가 넘지 않는 선은 분명 존재했다. 해적은 그 선을 넘는 일이고.

젠의 반응에 카서스가 히죽 웃으며 말했다.

"해적 터는 해적 말야."

"아."

그거라면 너라면 하고도 남지, 하고 젠은 고개를 끄덕였다. 해적들을 털고 다니면서, 해군이 다가오면 유유히 도망가며 약 올리는 모습이 눈에 선하다.

"너 진짜 그거 했을 것 같다."

"그지?"

나는 나 자신을 잘 아는 남자라고, 하며 카서스는 고개를 끄덕였다. 시카가 픽 웃고 말했다.

"그러니까 의적 타입이라는 거지?"

"아니, 의적은 아니지. 의적은 '의'를 위해서잖아. 난 그냥 룰이 싫어서?"

카서스는 고개를 흔들었다. 젠은 "어련하겠냐." 하고는 시카가 서명한 종이를 챙기며 말했다.

"용병패가 나오기까지 일주일 정도 걸릴 겁니다. 뭔가 새기고 싶으신 이명이라도 있을까요?"

"드래곤 레이디라고 새겨 줘."

"카서스!"

시카의 얼굴이 붉어졌다. 젠이 "유명한 이명인데 왜 그러십니까?" 하고 물었고 시카는 더듬더듬 말했다.

"하지만, 그건 너무 창피하잖아요?"

"우와, 나도 방랑자로 불리는 게 처음부터 편하지는 않았거든? 하지만 익숙해지는 거라고? 그리고 임팩트 있잖아? 용병은 세일즈를 해야지, 세일즈."

카서스의 유창한 말에 시카는 '그, 그런가.' 하고 입을 다물었다. 생각해 보니 용병으로 유명해지려면 세일즈 포인트가 있어야 좋을 것 같긴 하다.

그러다 그녀는 핫 하고 정신을 차리고 말했다.

"아냐, 마법사인 걸로도 충분해. 마법사로도."

어차피 마법사도 자신 한 명뿐이니까. 세일즈라면 그걸로도 충분하잖아?

그녀의 말에 카서스는 "에이." 하고 웃었지만 젠은 고개를 끄덕였다.

"알겠습니다."

시카는 가슴을 쓸어내렸다.

이어 젠은 "내가 말해 줘도 되는데—" 하는 카서스의 말을 무시하며 시카에게 용병 길드와 용병의 관계, 일을 수주 받는 법과 수수료 같은 내용에 대해서 간략하게 설명했다. 시카는 열심히 귀

담아들으며 궁금한 것을 바로바로 질문하는 충실한 학생이었다.

용병 상담을 받으러 온 사람들 중에서 그녀만큼 착실한 사람은 손에 꼽을 만큼 드물어서 젠은 즐거운 마음으로 그녀에게 자세한 설명을 해 주며 팁도 몇 개 알려 주었다.

그렇게 설명이 끝나고 나서 시카는 자리에서 일어섰다.

젠의 배웅을 받으며 용병 길드를 나와 시카는 웃으며 임시 용병증을 바라보았다.

"그렇게 좋아?"

"응. 당연히 좋지."

헤실헤실 웃는 그녀를 보니 카서스도 덩달아 기분이 좋아졌다.

"좋아. 그만큼 다음 선물도 마음에 들면 좋겠네."

"선물?"

시카는 의아한 얼굴을 했고 카서스는 웃으며 "일단 와 봐." 하고 그녀를 부드럽게 잡아끌었다.

늦여름의 밤거리는 아직 뜨거운 기운이 남아 있었다. 잡은 손에 살짝 땀이 찰 정도였지만 놓고 싶지는 않았다. 둘은 상업 지구로 들어섰다.

가로등으로 불을 환하게 밝힌 거리 양쪽으로, 커다란 전면 유리창을 과시하며 상가들이 도열해 있었다. 그것만으로도 굉장한 볼거리라 밤이 되면 관광객으로 사람들이 북적였다. 요즘은, 사건의 여파로 사람이 꽉 줄어들었지만 말이다.

평소라면 시카의 옷차림이 사람들의 시선을 확 끌었겠지만,

사람이 적은 오늘은 아니었다. 그래서 시카는 좀 더 여유롭게 상가들을 훑어보며 걸을 수 있었다. 카서스가 웃으며 말했다.

"보고 갈까?"

"응? 아냐. 그냥 훑어보는 거야."

시카는 고개를 흔들며 느려진 걸음을 빨리해서 그의 옆에 붙어 섰다.

"어디로 가는 거야?"

그녀의 질문에 "도착할 때까진 비밀." 하고 카서스는 손가락을 입에 가져다 댔다. 시카는 대체 뭐기에? 하면서 기대에 가득 찬 마음으로 그를 따라갔다.

상업 지구를 지나 주택 지구로 들어서자 사람들이 확 줄었다. 대부분이 마차를 타고 다녔기에 두 사람은 길 가장자리로 걸었다. 카서스가 한탄했다.

"마차를 가져올 걸 그랬네."

"아냐, 걷는 쪽이 더 좋아."

카서스랑 함께 오래 있을 수 있으니까 이편이 더 좋다. 한참 가다가 카서스가 한 집 앞에서 멈춰 섰다.

예전에 앙케르트나 후작이 마법사에게 빌려줬던 것과 비슷한 크기의 저택이었다.

"자."

카서스가 주먹을 내밀어서 시카는 의아해하면서 양손을 내밀었다. 카서스가 손을 펴자 툭 하고 가벼운 소리를 내며 열쇠가 떨어졌다.

"어―?"

시카의 입에서 저도 모르게 얼빠진 소리가 나왔다. 카서스가 대문의 열쇠 구멍을 가리키며 말했다.

"그럼 개봉해 보지 않으시겠습니까?"

"카서스?"

"응?"

"이게? 그 열쇠야?"

시카는 손의 열쇠와 저택 대문을 번갈아 보았다. 카서스가 갸웃하며 물었다.

"마음에 안 들어?"

"아니, 이건 마음에 들고 안 들고의 문제가 아니라…….."

시카가 조심스럽게 확인했다.

"설마 집이 선물인 거 아니지?"

"맞는데……?"

카서스도 조심스럽게 대답했다. 시카는 열쇠를 보았다가 카서스를 보았다가 말했다.

"나 방금 다이아몬드 받았던 것 같은데?"

"음, 그건 그거고 이건 이거고?"

"하지만, 하지만―"

어쩔 줄 몰라 하는 시카의 등을 떠밀며 카서스가 말했다.

"정 그러면 시카를 나에게 팔면 되잖아?"

"노예 증서라도 작성할까."

마법사의 몸값은 어느 정도로 쳐주는 거지?

진지한 얼굴로 시카가 말해서 카서스는 "아니, 그건 아니고." 하고 대답하며 그녀의 손을 잡아끌어 열쇠를 대문의 열쇠 구멍에 밀어 넣었다.

달칵, 자물쇠 열리는 소리와 함께 기름칠 잘 된 문이 소리 없이 열렸다.

시카는 카서스를 한 번 보았다가 안으로 들어갔다. 앞쪽 정원은 손질이 되어 있었지만, 힘써서 가꾼 정원은 아니었다.

"시카가 좋아하는 거 심는 게 좋을 것 같아서."

카서스는 그렇게 설명하고 저택 쪽으로 걸어갔다. 시카는 그 뒤를 쫓아가며 정원을 둘러보았다. 카서스가 현관문을 밀어 열며 "먼저 들어가시죠." 하고 말해서 시카는 안으로 들어섰다.

"아."

시카는 작게 탄성을 내질렀다.

실바에서 가졌던, 그 작은 집과 거의 흡사하게 인테리어가 되어 있었다. 카서스가 웃으며 말했다.

"기억이 안 나는 부분은 적당히 대체했는데, 마음에 들어?"

"엄청, 엄청 마음에 들어……! 아, 정원에 나무 의자도 있네?"

거실과 통하는 뒤쪽 테라스에는 나무 그네 의자가 놓여 있었다. 앞마당보다 프라이버시가 보장되는 뒤쪽 정원이 훨씬 더 넓었고, 조경 역시 잘 되어 있었다. 여름인지라 수국이 정원 한쪽에 가득 피어 있는 게 보였다.

시카는 여기저기 둘러보았다가 부엌으로 돌아와 갸웃하며 말했다.

"여기는 좀 다른 것 같은데?"

"음, 오븐 겸 화덕을 더 큰 걸로 했거든. 아무래도 요리는 내가 더 하게 될 것 같아서?"

내 취향대로 했지, 라고 말하며 카서스가 조심스럽게 덧붙였다.

"물론 시카가 날 시카 집에 묵게 해 줬을 때의 말이지만."

"그야, 당연하지?! 카서스가 산 거잖아— 카서스가 원하는 만큼 와서 묵어도 상관없어."

시카가 펄쩍 뛰며 대답했다.

"내가 산 거랑은 상관없어. 시카 거니까."

"상관없는 게 어디 있어?"

시카는 카서스의 옆구리를 가볍게 쳤다.

"이 집은 카서스 거나 마찬가지야. 선물이지만, 공동 소유라고 할까."

시카의 말에 카서스는 "공동 소유라⋯⋯." 하고는 "진짜 공동 소유하는 방법도 있는데⋯⋯." 하고 작게 중얼거렸다.

"무슨 방법?"

시카는 갸웃하며 질문했고 카서스는 뭐라고 하려다가 입을 다물었다. 이어 그가 한숨을 내쉬며 말했다.

"아니, 아무것도 아냐."

그가 손을 뻗어 그녀의 머리카락을 흐트러트리듯 쓰다듬었다. 카서스가 아니라 다른 사람이 그랬다면 용서하지 않았겠지만, 그이기에 시카는 눈을 가늘게 뜨고 그 손길을 즐겼다.

카서스는 그녀의 표정에 웃어 버렸다.

"시카 꼭 강아지 같아."

그 말에 시카는 고개를 끄덕였다.

"늑대는 갯과지."

"그런가."

카서스는 깨달은 표정을 지었고 시카는 씩 웃으며 그의 손을 가볍게 깨물었다. 손을 물린 카서스는 "아얏." 하고 아픈 척을 하며 그녀의 턱을 살짝 붙잡았다.

"버릇없는 강아지는 혼내 줘야지."

시카가 살짝 혀를 내밀어 그의 손을 핥고 물었다.

"어떻게 혼내 줄 거야?"

"어떻게 혼낼까?"

카서스의 손이 아래로 미끄러져 내려갔다. 그가 로브 리본을 잡아 풀어 내리자 시카는 웃으며 폴짝 뛰어 그에게 안겼다. 시카가 그의 입술에 키스하고 속삭였다.

"그럼 마음껏 혼내 주세요, 주인님."

챕터가 끝나면 새로운 챕터가

시카는 대넘 가의 티타임에 초대를 받았다.

초대장은 대부분 거절하지만, 개인적인 인연은 소중하게 생각해서 시카는 기꺼이 그 초대를 받아들였다.

'드래곤 사태' 때 공을 세운 알케르토가 남작위를 받는다고 정해져서, 저택의 분위기는 활기가 넘치고 있었다.

싹싹한 얼굴의 고용인이 시카를 안쪽으로 안내했다. 집 안의 가구나 물품들은 전부 다 마리쉐즈가 고른 것이었다.

시카는 천천히 집 안 인테리어를 살폈다. 마리쉐즈의 센스가 좋았고, 몇몇 개는 그대로 자신의 집에 가져가도 어울릴 것 같았다.

시카는 테라스까지 안내를 받았다.

한낮은 지났지만, 그래도 날은 더워서 길게 차양을 친 테라스에서 여자들은 가벼운 옷차림으로 차가운 차를 마시고 있었다.

"어서 와요."

시카가 온 것을 본 세 여자가 손을 들어 그녀를 환영했다. 굳이 마리쉐즈가 호스티스 노릇을 하지 않는, 친구들끼리의 차 모임이었다.

마리쉐즈, 로웬그린, 시그리드는 서로에 대해서 잘 알고 있는 친구였기 때문에, 호기심은 신참인 시카에게 집중되었다.

한참 이야기를 하다가 카서스가 선물한 집 이야기까지 튀어나왔다.

"공동 소유의 집?"

"집 선물이라."

시그리드와 마리쉐즈가 그녀의 이야기를 들으며 고개를 갸우뚱했다. 시카가 손을 저었다.

"저도 과한 선물이라고 생각하고 있어요. 그래서 공동 소유로 하자고 한 거고요."

"그거 청혼 아닌가?"

마리쉐즈의 말에 로웬그린이 웃으며 말했다.

"그런 것 같기는 한데……. 진짜로 청혼한 건 아니잖아?"

"청혼이요?"

저도 모르게 발음이 새어 나올 만큼 시카는 놀랐다.

청혼? 카서스가?

"하려는 마음은 있는 것 같은데요. 그러니까 그런 말로 슬그머니 시카를 찔러 본 거라던가, 아닐까요?"

마리쉐즈가 싱글싱글 웃으며 말했다. 그녀의 군청색 눈이 반짝반짝 빛났다.

남의 연애사는 항상 즐거운 이야깃거리다.

"하지만 결혼이라니. 카서스는 그런 거 싫어—"

할 거라고 말하려다가 시카는 입을 다물었다. 함부로 이렇게 판단하지 않기로 카서스와 약속했었다. 게다가 이렇게 판단했던 일들은 전부 다 틀렸었잖은가?

시그리드가 의아해하며 물었다.

"결혼하기 싫다고 카서스가 그랬었나요?"

"아뇨. 그런 건 아니지만. 그런 얘기를 꺼낸 적도 없는걸요."

"그러면 가능성이 있네요."

시그리드가 고개를 끄덕이자 로웬그린이 "어머나." 하며 웃었다.

"시리가 남의 연애사에 가능성을 점칠 만큼 성장하다니."

"그래도 요즘은 많이 늘었잖아?"

마리쉐즈가 동감했고 시그리드는 눈을 내리깔며 "배우는 건 빠르니까." 하고 겸손한 어투로 말했다.

"그래서 결혼할 생각은 있어요?"

마리쉐즈가 물어서 시카는 "으음—" 하고 말꼬리를 끌었다.

'결혼, 결혼이라.'

그녀의 고민에 시그리드는 고개를 끄덕였다.

"저는 결혼 생활이 행복하기 때문에 권하지만 그렇지 않은 사람도 있으니까요. 게다가 저 역시 결혼할 생각이 없었고요. 아르카나가 아니었다면 결혼하지 않았을 겁니다."

"정말요? 왜요?"

시카가 눈을 동그랗게 뜨고 물었다. 지금 앙케르트나 후작 부부의 모습을 보면, 결혼할 생각이 없었다는 게 상상도 되지 않았다.

"아이를 낳을 생각이 없었거든요. 저는 기사 생활을 계속 지속할 작정이고, 출산은 몸에 지나친 부담을 주니까요."

"그랬었군요."

시카는 고개를 깊이 끄덕였다.

'아이.'

갑자기 그 생각이 슥 하고 들이밀어져서 시카는 무서운 기분이 되었다.

자신의 아이는 멀쩡하게 인간으로 태어날까? 아니, 그전에 태어나기는 하는 걸까?

검은 마력은 인간에게 독이다. 즉, 자신은 몸에 독을 담고 있는 것과 마찬가지인데, 아이가 생길까?

예전에는 한 번도 하지 않은 생각이었다.

시카의 얼굴이 어두워지자 마리쉐즈가 얼른 농담조로 말했다.

"뭐, 굳이 결혼할 필요는 없잖아요? 나도 알케가 몇 번째더라……?"

"셀 수는 있어?"

로웬그린이 놀리듯 말해서 마리쉐즈는 눈을 찡그렸다가 한숨을 내쉬고 "아니, 못 셀 것 같아." 하고 대답했다.

그 주제는 부드럽게 넘어가서 이제 여자들은 다른 수다를 떨기 시작했다. 시카도 셋의 이야기를 정신없이 들었다.

주로 이야기를 하는 것은 마리쉐즈였고, 간혹 로웬그린이 거들었으며, 시그리드는 시카와 비슷한 경청자였다.

마리쉐즈가 문득 물었다.

"그러고 보니 무도회 나오지 않는다면서요?"

"한 번으로도 충분해요."

시카가 고개를 설레설레 저었다. 시그리드가 고개를 깊이 끄덕이며 "그 마음 이해해요." 하고 대답했고 마리쉐즈는 "어째서 무도회의 즐거움을 모르는 거야?" 하고 한탄했다.

"춤추는 건 재미있어요, 화려한 곳도 좋고. 사람 구경하는 재미도 있고요. 하지만 그 많은 사람들이 몰려와서 말을 거는 건……."

시카가 한숨을 내쉬며 어깨를 으쓱했다.

"아하……."

마리쉐즈가 납득했다는 듯 고개를 끄덕였다. 사람과, 특히 모르는 사람과 대화하는 일이란 사교계 대화에 익숙한 마리쉐즈에게도 약간의 피로를 동반하는 일이다. 마리쉐즈는 그런 관심을 즐기기 때문에, 약간의 피로감을 날려 버릴 즐거움을 얻지만 그렇지 못한 사람은 상당히 피곤하겠지.

그 외에도 다이아몬드 광산에 얽힌 자세한 이야기라던가, 시카가 가지고 있는 다이아몬드 실물을 돌려 보았다던가 하는 일이 있었다.

노을이 질 때가 되어서야 일행은 자리에서 일어났다.

마리쉐즈는 저녁을 먹고 가라고 붙잡았지만, 모두가 남편과 저녁을 먹기로 했다며 거절했다. 마리쉐즈가 한숨을 내쉬며 말했다.

"다음에는 미리 부부 동반 저녁 식사로 초대장을 돌릴 테야."

"그리고 티타임은 우리끼리만 가지고?"

로웬그린의 말에 마리쉐즈가 "그거지." 하고 씩 웃었다.

로웬그린은 마차를 타고 왔고, 시그리드는 말을 타고 와서 로웬그린이 시카에게 "타세요. 데려다 드릴게요." 하고 권유했다.

순간 이동으로 얼마든지 이동할 수 있었지만, 시카는 굳이 호의를 거절하고 싶지 않아서 마차에 올라탔다. 마차 안은 마치 거대한 소파로 되어 있는 듯 안락했다. 공용 마차와는 차원이 다른 호화로움이라 시카는 마차를 타기 잘했다고 생각했다.

언제 또 이런 마차를 타 보겠는가?

보도를 달리는 말의 발굽 소리는 경쾌했고, 절제된 마차의 흔들림은 딱 기분 좋을 정도였다.

"그러면 정말로 용병으로 생활하는 거예요?"

로웬그린의 물음에 시카는 씩 웃으며 고개를 끄덕였다.

"맞아요. 이제는 마법사이자 용병이죠."

"의뢰가 많이 들어가겠는데요."

"그런 것 같더라고요. 하지만 마법을 오해하고 있는 분도 많이 계시고, 아무래도 조금씩 알려 가야겠죠."

"다른 사람들이 반대하지 않았어요?"

"그야, 원로원을 설득하느라 진짜 답답해서 혼났어요. 슬슬 여기 원탁에다가 불을 지를까? 하는 생각을 하는데 간신히 허락이 떨어졌죠."

시카가 질렸다는 듯 고개를 흔들며 하는 말에 로웬그린은 가볍게 웃었다.

마법사의 보수성이야 이미 귀족들 사이에도 널리 알려진 사실이었다. 그렇기에 바깥에서 활동을 하는 아르카나나 시카가 귀한 인재고 말이다.

로웬그린이 잠시 생각을 하다가 말했다.

"시카는 결론을 내는 것보다 먼저 카서스와 의논하는 게 좋겠어요."

"역시 그런가요?"

로웬그린이 가볍게 웃었다. 그녀가 마차 팔걸이에 새겨진 사자 머리 장식을 손끝으로 어루만지며 말했다.

"저도 생각이 좀 많은 타입이거든요. 물론 학자인 시카도 마찬가지겠죠. 그리고 저희처럼 잘 안다고 생각하는 사람들은, 특유의 오만함이 있기 마련이에요."

시카는 한숨을 내쉬며 말했다.

"판단을 내리고 나서, 오류를 수정하는 일을 하지 않는 거 말이죠."

로웬그린이 그 말에 어머, 하고 웃었다.

"그렇게 말하니 간결한데요. 저희도 그렇지만, 대부분의 사람들은 일반화를 하고 그걸 대부분의 일에 적용하죠."

"그편이 정보를 처리하는 데 편리하니까요. 하나하나 일일이 새로운 정보로 처리하려면 머리가 과부하 될걸요."

"하지만 모든 것에 그 일반화가 맞는 건 아니잖아요?"

"그렇죠."

"저는 사람에게도 그 일반화가 맞을 줄 알았는데, 시리를 보고 그 생각을 바꿨어요. 그리고 제 생각에는 카서스 리안도 일반화에 들어맞는 사람은 아닐 것 같고요. 그리고, 그리고 어쩌면 모든 사람들에게 일반화가 되지 않는 면이 있는 게 아닌가 하는 생각을 하고요."

"그럴지도 모르겠어요."

시카는 잭슨과 로렌스를 떠올렸다. 둘 다 어떤 의미로든 자신의 예상을 뛰어넘는 일을 했고, 그래서 고스란히 당한 것 아닌가?

그리고 로렌스가 장막 너머로 떠난 것 역시 의외의 일이었다.

시카는 고개를 끄덕이며 이어 말했다.

"저도 변했으니까요."

얼마 전까지만 해도 자신의 인생은 얼음탑 안에서 연구만 하면서 살다가 죽을 거라고 굳게 믿고 있었다. 그런데 모든 것이 변했다.

그 모든 일을 겪으면서 자신이 변하지 않았다고 할 수 있을까?

아니라고, 시카는 생각했다.

"그리고 카서스도 말이죠."

로웬그린의 말에 시카는 "그러네요." 하고 웃었다.

로웬그린이 흥미로움을 담고 말했다.

"그래서, 아까 그 일반화 이론이요. 머리의 과부하에 대해서 말이에요."

"아, 그거 말이에요? 사람들이 흔히들 익숙함이라고 말하는 거예요. 예를 들어서 매일 보던 그림에 뭔가가 빠져 있으면 위화감을 느낄 것 같지만 그렇지 않잖아요? 뇌에서 이미 가지고 있는 정보로 대체를 해 버리니까요."

"아아, 확실히 그렇죠. 집 안에서 길이 익숙해지는 것도 비슷한 거겠죠?"

"네. 그리고 글씨를 읽을 때에도, 중간 글씨를 바꿔도 사람들은 그냥 술술 읽거든요."

"보정이군요."

"네, 그러니까— 사람들은 눈이 정보의 대부분을 차지한다고 믿지만 사실 시각으로 얻는 정보는 크지 않거든요. 그보다 저장된 데이터베이스 쪽이 현재의 정보에도 영향을 미친다고 보는 게—"

둘의 이야기는 학술적인 토론으로 넘어갔고, 시카의 저택 앞에 마차가 멈췄을 때 둘은 아쉬움을 달래며 다음을 기약했다.

시카는 주머니에서 열쇠를 꺼냈다. 열쇠 위쪽에는 꽃이 새겨져 있었다.

'무슨 꽃인지는 모르겠지만.'

시카는 열쇠를 밀어 넣었다. 문이 열리는 경쾌한 소리는 언제 들어도 신선했다. 시카는 문을 닫고 잠시 서서 집을 바라보았다.

내 집.

나와 카서스의 집.

용병 일을 하면서 막연하게 카서스와 함께할 거라고 생각했다. 얼음탑도 왔다 갔다 하면서, 연구도 마저 하고…….

'결혼.'

두 글자를 떠올렸다가,

'아이.'

다시 또 다른 두 글자를 떠올린다.

솔직히 아이에 대해서는 한 번도 생각해 본 적이 없었다. 당연한 일이었다. 지금도 가질 생각이 없으니까.

하지만 가질 생각이 없는 것과 가지지 못한다는 것은 완전히 달라서…….

시카는 한숨을 삼켰다.

'역시 너무 혼자서 나가는 게 아닐까.'

카서스가 결혼을 원하지 않는다는 것을 일반화라고 하면 결혼을 원한다는 것도 일반화가 아닌가.

"거기 서서 안 들어올 거야?"

현관문이 열리고 고개를 내민 카서스가 물었다. 시카는 놀라 총총 달려갔다.

"카서스? 와 있었어?"

"와 있었지. 거기 서서 무슨 생각을 그렇게 했어?"

"음, 그냥—"

중얼거리다가 시카가 피식 웃고 말했다.

"카서스 생각?"

"아하— 내 생각이라. 그러면 봐줄까? 그래서 어디서부터 생각했어? 상상 속의 나는 벗고 있었어?"

"카서스!"

시카는 웃으며 카서스의 등을 짝 때렸다. 카서스는 "아야야." 하고 어깨를 움츠리며 안으로 들어갔다.

시카는 그의 살랑살랑 좌우로 흔들리는 청색 포니테일을 잡아당기고 싶다는 충동을 꾹 눌러 참으며 집으로 들어갔다.

'음, 머리카락만 아니라 엉덩이도 보기 좋지.'

엉덩이를 만지면 성희롱일까?

아니, 카서스는 나 만지고 싶은 데 다 만지잖아!

갑자기 그 생각이 들어 시카는 덥석 카서스의 엉덩이를 쥐었다. 놀란 카서스가 뒤를 돌아보았다가 시카의 만지작거림이 계속되자 웃으며 "어머, 이러지 마시와요." 하며 몸을 돌렸고 시카는 킥킥거리며 "어허, 어서 이쪽으로 돌아서지 못할까?" 하며 짐짓 호통을 쳤다.

"음, 탄탄하고 좋은 엉덩이로다."

시카가 찰싹 그의 엉덩이를 때리며 마무리하고는 웃자 카서스가 흑흑거리며 말했다.

"다 가지고 놀더니, 이제 흥미 없어져서 버리는 것이옵니까?"

카서스의 말에 시카가 피식 웃으며 그의 허리를 양팔로 감쌌다.

음, 카서스는 허리도 가늘구나.

그녀가 있는 힘껏 까치발을 해서 그의 턱에 가볍게 키스하며 말했다.

"아니, 엉덩이 좀 만졌다고 동하다니, 참으로 음탕한 몸이로군."

카서스가 고개를 숙여 그녀의 입술에 가볍게 키스하며 "그렇게 만들어 놓으시고는." 하며 웃었다. 둘은 몇 번 가볍게 키스를 거듭하다가 시카의 배에서 꼬르륵 소리가 나면서 끝났다.

"음, 식욕이 성욕을 앞서나 봐."

시카의 말에 카서스가 픽 웃으며 그녀의 이마에 키스해 주고 허리를 폈다.

"그럼 얼른 저녁 먹고 마저 하자."

"응."

어차피 보조일 뿐이지만, 그래도 시카는 카서스와 같은 무늬의 앞치마를 얼른 걸쳤다. 시카는 재료를 썰고 있는 카서스를 힐끗 바라보았다.

'결혼하고 싶어? 하고 물어보는 건 아니지. 그러면— 음—'

"카서스."

"응?"

"아이 좋아해?"

"음?"

카서스는 무슨 뜻이 있는 건가?! 아니면 그냥 묻는 건가?! 하며 시카를 힐끗 바라보았다. 그가 느릿하게 대답했다.

"싫어하지는 않지."

"그게 뭐야."

"시카는?"

카서스의 질문에 시카는 고민하다가 말했다.

"사실 잘 모르겠어. 어린아이를 만나 본 적이 없어서."

카서스는 "그렇구나." 하고 대답한 뒤 슬그머니 물었다.

"그래서, 아이는 갑자기 왜?"

"으응? 아니, 그냥. 오늘 로웬그린이랑, 마리쉐즈랑 시그리드랑 이야기했었잖아."

"그랬지. 여자들의 수다. 음, 내가 거기서 가루가 되는 데는 삼 초도 걸리지 않았을 거야."

"안 그랬어."

시카가 웃으며 말하고 가볍게 덧붙였다.

"시그리드가 그러더라고, 자기는 아이를 안 가질 생각이라 결혼할 생각이 없었다고."

"그랬대?"

카서스는 처음 듣는 이야기라 갸웃했다. 시카가 고개를 끄덕였다.

"응, 그런데 아르카나가 원래대로 몸을 회복시켜 줄 수 있다고 해서, 생각을 바꿨다고 하더라고."

"그런 일이 있었구나. 음, 베라무드는 아르카나에게 감사해야겠는걸. 아니, 생각해 보면 이미 아르카나가 곁에 있는 것만으로도 상당히……."

뒷말을 중얼거리며 카서스는 도마를 들어 썬 재료들을 유리 볼에 가볍게 쓸어 넣었다.

후추와 허브, 소금을 가볍게 뿌려 두고 카서스는 팬을 올려 버터를 둘렀다. 치이익— 하는 소리가 맛있게 들렸다.

카서스는 먼저 썰어 둔 고기의 사면을 차례로 굽고, 야채를 넣어 소스와 함께 볶으며 말했다.

"하지만 그건 좀 이상한데."

"이상해?"

이제 시식 담당으로 변한 시카가 시식용 접시를 들고 옆에 서서 물었다. 카서스가 웃으며 말했다.

"아이를 가지려고 결혼하는 게 아니잖아?"

시카는 살짝 입을 벌렸다. 카서스가 "아니야?" 하고 그녀를 힐끗 본 다음 손목에 스냅을 줘서 웍을 몇 번 퉁겨 올려 내용물이 골고루 섞이게 한 다음 말했다.

"서로 사랑하고, 평생 함께하고 싶으니까 하는 거지. 상대와 인생의 기쁨도 슬픔도 괴로움도 함께 나누고 싶으니까."

그가 주걱으로 찹스테이크를 살짝 덜어 시카의 시식용 그릇에 올려 주었다.

"뜨거워."

시카는 멍하니 카서스를 바라보다가 그 말에 정신을 차렸다.

"아, 응."

"포크."

카서스가 포크를 건네주자 시카는 후후 불어서 식히고 얼른 입에 넣었다. 야채의 아삭아삭함이 고스란히 살아 있었다. 그녀가 우물거리다가 활짝 웃었다.

"맛있어!"

"다행이네. 저기 큰 접시 줄래?"

"응."

시카가 얼른 접시를 가져와 내려놓자 카서스가 웍을 기울여 찹스테이크를 부으며 말했다.

"아이는 그 부산물이지, 그게 목적인 건 아니잖아."

"하지만, 귀족들은 대부분 좋은 혈통의 후계자가 목적이고—"

"그런 사람들이랑 우리는 다르잖아."

카서스의 말에 시카는 "맞아." 하고 고개를 끄덕였다.

"그리고 뭐, 사실 결혼의 장점은 평생 독점권이지."

카서스가 농담인 듯 진담인 듯 알 수 없는 어조로 가볍게 한 말에 시카는 "평생 독점권." 하고 한 번 더 그 말을 되뇌었다.

"그렇지 않아?"

카서스가 마지막으로 후추 그라인더를 돌려서 스테이크 위에 후추를 뿌리고 "가지고 가." 하고 말했다.

"아니, 맞는 것 같아."

대답하며 시카가 얼른 접시를 들어 식탁에 올리다가 고개를 저으며 "아니, 맞아." 하고 정정했다. 그동안 카서스는 만들어 놓은 가니쉬(garnish)를 접시에 담아 옮겼다.

포도주까지 한 잔 곁들이며 카서스는 시카를 바라보았다.

그런데 왜 그런 건 물어? 결혼하고 싶어?

그 질문이 혀끝까지 나왔다가 다시 내려갔다. 잠시 고민하던 카서스가 말했다.

"그러고 보니 모레가 무도회지?"

"응."

"그렇구나. 준비해 둬."

"어? 하지만 초대장 거절했잖아."

"응. 그랬지만, 준비는 해 둬."

싱글싱글 고양이 같이 웃음을 짓는 카서스를 보고 시카는 "또 뭘 꾸미는 거야?" 하고 물었지만 카서스는 "비밀이야." 하고 대답했을 뿐이었다.

시카는 연녹색 드레스를 입고 빙그르르 돌아보았다. 가벼운 모슬린 드레스가 잠자리 날개처럼 파르르 떨리며 사락사락 가벼운 소리를 냈다. 여름이라 드레스는 얇고 가벼웠다. 거울을 한 번 보았다가 시카는 털썩 소파에 앉았다.

'이렇게 입고 어떻게 하려는 걸까?'

성안에서 무도회가 열리고, 거리에서도 축제가 열렸다. 이 차림으로 거리에 나가는 건 불가능했다. 아무리 봐도 이건 성의 무도회에 어울리는 드레스다. 거리에 이걸 입고 나갔다가는 소동이 벌어질 것이다.

"준비 다 됐어?"

카서스가 노크와 함께 물어서 시카는 "응." 하고 대답하고는 자리에서 일어났다. 카서스가 문을 열고 들어오자 시카는 입을 헤 벌렸다.

카서스는 새하얀 의장용 제복을 입고 있었다.

"새삼 반했어?"

카서스가 씩 웃으며 묻자 시카는 정신을 차리려고 노력하며 물었다.

"전에 봤던 제복과 다르네?"

"아, 그때 입었던 건 근위대 일반 제복. 이건 의장용 제복."

"그렇구나."

눈부셔.

흰옷을 입어서 그런가? 아니면 금색 단추 때문에? 하고 시카는 눈을 가늘게 떴다. 옷이 하얀색이라서 그런가, 평소보다 카서스의 연녹색 눈동자도 더 반짝이는 것처럼 보였다. 평소보다 좀더 금색이 짙어져서 아름답게 반짝거리는 토파즈처럼.

카서스가 싱긋 웃으며 시카에게 손을 내밀었고 시카는 그 손을 잡았다. 카서스가 한숨을 내쉬며 말했다.

"다행이야."

"어?"

"이런 모습의 시카를 다른 놈에게 보이지 않아도 돼서."

"어?"

"난 분명히 시카를 보고 힐끔거리며 음흉한 웃음을 짓는 새끼들을 보면 눈알을 뽑아 버렸을걸."

다행이야, 다행이야.

몇 번이나 고개를 끄덕이는 카서스를 보고 시카는 웃어 버렸다.

"카서스 리안."

농담하지 마, 하는 어조에 카서스는 "농담 아닌데." 하며 그녀의 드러난 어깨와 팔을 손등으로 가볍게 훑었다.

솜털이 곤두서는 것 같았다. 시카가 그의 손을 꽉 잡으며 말했다.

"그래서, 이제 어디로 갈 거야?"

"음, 시카가 날 데려다줘야지?"

카서스의 말에 시카가 무슨 소리야? 하며 눈을 찡그리자 그가 "잠깐만." 하고는 종잇조각을 하나 내밀었다. 숫자 세 개가 나란히 쓰여 있었다.

텔레포트 좌표였다.

"이게 어딘데?"

"가 보면 알아."

"막 무도회장의 한가운데에 짠 이런 거 아냐?"

미심쩍은 눈으로 묻자 카서스가 웃으며 고개를 저었다.

"아냐, 아냐."

"좋아, 그렇다면. 꼭 붙잡으세요, 손님."

시카의 말에 카서스가 그녀의 손을 깍지 끼듯 붙잡았다.

"네, 잡았습니다."

카서스의 말이 끝나자 시카는 좌표를 설정하고, 이동했다. 시야가 일그러지는 듯한 기분이 들었다가 모든 것이 뚜렷하게 변하자 시카는 사방을 둘러보았다.

어딘가의 건물 옥상이었다.

바닥에는 빛나는 돌이 여기저기 흩뿌려져서 빛나고 있었고 대리석 바닥과 난간을 가진 넓은 옥상은 비어 있었다. 여기저기 높은 첨탑이 눈에 들어왔다.

시카는 멍하니 사방을 바라보다가 작게 와자한 소리에 슬그머니 난간 쪽으로 다가가서 아래를 내려다보았다. 이곳이 삼 층 정도로 높았기에 소리는 잘 들리지 않았지만 뭘 하는지는 알 수 있었다.

아래쪽에는 정원에서 야회 무도회가 한창이었다.

시카는 여기가 어딘지 깨달았다.

"설마 황궁 옥상이야?!"

"그렇습니다."

"어, 어떻게?"

"특별히 빌렸지."

인맥이란 소중한 거예요, 하는 카서스의 말에 시카는 그를 멍하니 보았다. 카서스가 씩 웃으며 물었다.

"마음에 들어?"

"엄청, 마음에 들어."

시카는 환하게 웃었다. 카서스는 그 웃음에 가슴 안쪽이 꽉 조이는 걸 느꼈다. 그녀가 웃고 기뻐하는 것만 봐도 이렇게나 심장이 조이듯 뛴다. 베라무드에게 '옥상 좀 빌려 달라고 부탁해 주세요!' 하고 빌었던 굴욕(?) 따위는 아무것도 아닌 것처럼 느껴졌다. 카서스가 손을 내밀며 말했다.

"그럼 한 곡 추실까요?"

시카가 얼른 다가와 그 손을 잡으며 말했다.

"하지만 오케스트라가 없는걸."

카서스가 그 말에 "내가 하지 뭐." 하고 대꾸해서 시카는 설마? 하고 눈을 동그랗게 떴다.

"크흠, 큼큼."

카서스는 몇 번 목을 가다듬더니,

"랄랄라~"

노래를 시작했다. 익숙한 왈츠곡이었다. 그의 리드가 시작돼서 시카는 웃음을 터트리며 그를 따라 스텝을 밟기 시작했다.

"카서스, 정말—"

시카는 킥킥거리며 그를 올려다보았다. 카서스는 왜? 어때서? 하는 얼굴로 "라— 라라—" 하며 노래를 계속했다. 그의 목소리는 기분 좋게 한여름 밤하늘에 울렸고, 시카는 키득키득거리면서도 빙글빙글 돌며 춤을 췄다.

하늘에는 초승달이 뚜렷하게 떠서 첨탑에 비스듬히 걸려 있었다. 바닥에는 빛나는 요정의 돌이 반짝이고, 카서스는 노래하고, 자신은 춤을 춘다.

아니, 같이 추지만.

시카는 웃고 있지만, 어쩐지 울 것도 같았다.

"흠— 흐흠~"

마지막으로 오케스트라의 여운까지 허밍으로 마무리하고 카서스는 씩 웃었다. 시카는 카서스를 보고 숨을 깊게 삼켰다.

아, 이 사람이 정말 좋아. 이 사람을 정말로 사랑해.

"카서스."

"응?"

"결혼해 주세요."

카서스는 눈을 휘둥그레 떴다.

침묵이 두 사람 사이를 지나갔다. 시카는 약간의 불안함을 느끼며 "카서스?" 하고 되물었고 카서스는 한숨과 함께 말했다.

"말도 안 돼."

"어?"

거절인가?

시카는 당황해서 저도 모르게 되물었고 카서스가 그런 시카를 보고 투덜거리듯, 하지만 웃음을 머금고 말했다.

"프로포즈를 위해서 이 장소를 섭외하고, 분위기도 만들고, 내가 다 했는데! 정작 청혼은 시카가 해 버리다니. 이건 너무 치사하잖아?"

좋은 파트만 가져가는 거야?

"어? 어어—?"

시카는 더더욱 당황해서 어쩔 줄 몰라 했고, 카서스는 가볍게 웃으며 그녀의 앞에 한쪽 무릎을 꿇었다.

"네, 결혼할래요. 하게 해 주세요."

자신을 올려다보며 하는 말에 시카는 그를 꽉 끌어안았다. 카서스가 그녀의 품 안에서 웃으며 말했다.

"그런데 시카, 반지는 준비했어?"

"어?"

물기 젖은 목소리로 시카가 되묻자 카서스는 "역시." 하고 중얼거렸고, 시카는 '그러고 보니 프로포즈 링이 필요한가?' 하고 고민하는데 카서스가 주머니에서 반지를 꺼냈다.

"부디 받아 주시죠."

시카는 카서스를 놓고 그가 내민 반지를 바라보았다. 사각 컷의 에메랄드가 어둠 속에서도 아름답게 반짝였다. 시카가 머뭇거리자 그가 그녀의 손을 잡아당겨 반지를 끼웠다. 왼손 네 번째 손가락에, 반지는 한 치의 오차도 없이 딱 맞아 들어갔다.

시카는 반지를 보다가 말했다.

"나, 카서스에게 너무 받기만 하는 것 같아."

"시카가 나에게 주는 게 더 많은데?"

"뭘 주는데?"

내가 카서스에게 준 게 뭐가 있지? 하며 시카가 갸웃하자 카서스가 자리에서 일어나며 말했다.

"전부."

그의 손이 그녀의 허리를 바싹 잡아당겨 시카는 눈을 내리깔았다. 카서스의 손가락이 부드럽게 머리카락 안으로 파고들어온다. 그는 살며시 그녀의 입술에 키스했다.

거듭 얕게 시작된 키스는 점점 더 깊어지기 시작했다. 시카는 숨을 몰아쉬었다. 살짝 뜬 시야에 카서스의 긴 속눈썹이 들어오고, 그 너머 첨탑에 걸린 백금색으로 반짝이는 초승달이 들어왔다. 시카는 다시 눈을 감았다.

키스가 끝났을 때는 어느새 초승달이 첨탑을 벗어나 있었다. 시카는 우리가 이렇게나 오래 키스했단 말인가? 하고 신기해했다.

'진짜 잘한단 말야.'

카서스의 키스는 깊어졌다가 얕아졌다가, 입술만 맞대었다 가—

그것만으로도 즐거워져서 웃으면서, 헐떡이면서, 시카는 그를 따르기만 하면 될 뿐이었다.

"저기 카서스."

"응?"

그녀를 꼭 끌어안은 채로 카서스가 대답했다. 시카가 말했다.

"나 부탁이 있는데."

"뭔데?"

"결혼식은 내가 열면 안 돼?"

카서스가 "시카가?" 하고 갸웃했고 시카는 고개를 끄덕였다.

"반지도, 집도 전부 카서스가 선물해 줬잖아. 결혼식 정도는 내가 열게 해 줘."

으음, 여기서 거절했다가는 시카의 자존심에 상처를 입히는 일이 될지도 모른다. 사실 카서스는 그녀가 선물에 부담을 느끼는 게 싫었다.

자신은 그런 선물을 할 만큼의 능력이 있고, 그 능력이 있다는 게 과거에는 그렇게 와 닿지 않았었다. 하지만 지금은 그런 능력이 있는 게 기쁘다. 선물해서 시카가 놀라거나 즐거워하는 얼굴을 보는 것만으로도 그 이상의 보상을 받는 기분이었다.

하지만, 그래도 시카가 원한다면—

"알았어."

"정말이지?"

"응."

두말하지 않아, 하고 카서스가 고개를 끄덕이자 시카가 "그래서 말인데." 하고 약간 무거운 목소리로 말해서 카서스는 그녀를 내려다보았다.

시카가 진지한 얼굴로 카서스를 올려다보며 말했다.

"결혼식 할 돈을 모으려면 시간이 좀 걸릴 것 같아. 그 사이는 약혼 기간으로 해야 할 것 같은데."

"뭐—"

"하지만, 난 돈이 없는걸. 용병 일로 돈을 모아야 하는데 S급이니까 금방 모이지 않을까?"

시카는 갸웃하며 말했고 카서스는 방금 자신의 발언을 취소하고 싶은 강렬한 기분을 느꼈지만 이미 허락한 일이다.

그는 한숨을 삼키며 무릎을 굽히고 허리를 숙여 그녀의 이마에 키스했다.

"시카가 만족하는 만큼 해."

"고마워."

시카는 활짝 웃으며 대답했다.

*　　*　　*

남자들은 두근두근한 마음으로 기다리고 있었다.

카서스가 방문을 열고 들어오자 모두가 그의 얼굴을 살폈다. 카서스의 표정을 보고 베라무드가 조심스럽게 물었다.

"거절당한 거야?"

"아니, 그건 아닌데……."

"그럼 받아들여진 겁니까?"

아르카나의 물음에 카서스가 "응." 하고 고개를 끄덕였다. 알케르토가 이상하다는 어조로 물었다.

"그런데 왜 표정이 그 모양이야?"

"그게―"

한숨을 푹푹 내쉬며 카서스가 사정을 설명하자 모두가 그와 비슷한 얼굴을 했다. 그러나 곧 베라무드가 히죽 웃으며 말했다.

"약혼 기간이 길어진다고 얼굴이 그 모양이란 말이지?"

카서스가 베라무드를 바라보자 베라무드가 카서스의 목소리를 흉내 내며 말했다.

"나는 그런 거 잘 모르겠지만 깊은 관계는 싫으니까."

"으아아아아~"

카서스는 양손으로 얼굴을 가리며 소파 위로 쓰러져 뒹굴었다. 베라무드가 히죽거리며 "'목줄 잡히는 건 싫어.' 같은 소리를 내뱉더니만―" 하고 놀렸고 카서스는 소파 위에 축 늘어졌다.

"너무해."

"너무하기는, 그동안 네가 나에게 한 짓을 생각해 볼래?"

"우리의 깊은 애정은 어떻게 하고—"

흑흑거리는 카서스의 뒤통수에 대고 베라무드가 차갑게 대꾸했다.

"그딴 거 없다."

아르카나가 길게 냉랭하고 경멸이 담긴 한숨을 내쉬었다. 한숨에 찔릴 수 있다면 이 한숨일 거라고 생각하며 카서스가 몸을 일으켰다.

알케르토가 웃으며 말했다.

"하여간 결혼은 하는 거잖아? 축하해."

"그렇지."

반짝 기운을 차려 카서스가 몸을 일으켰다. 베라무드가 피식 웃으며 말했다.

"뭐, 하여간 축하한다."

"하여간이 뭐야. 진심으로 축하해 줘."

"그래, 진심의 축하빵을—"

"윽, 아악, 악, 억, 야, 진짜 때리—"

몇 대 얻어맞고 카서스는 테이블 위로 상체를 쭉 뻗었다. 그래도 아까보다는 살아난 모양새다.

아르카나가 말했다.

"마법사가 용병으로 활동하는 것도 처음이니, 시카에게도 주의를 줬지만 특별히 주의해 주시길 바랍니다."

"알고 있어."

손해 보게는 안 해, 하고 카서스가 씩 웃었다. 날이 선 웃음이
라 아르카나는 안심했다. 이 남자라면, 시카가 엉뚱하게 당하게
두지는 않겠지.

"약혼식 할 거야?"

알케르토의 물음에 카서스가 고개만 치켜들며 "아, 그러네?"
하고 중얼거렸고 베라무드가 피식 웃었다.

"잘도 네 돈으로 약혼식하게 해 주겠다."

"으, 그렇지만."

그래도 설득이라도 해 볼까, 하고 카서스는 몸을 일으켰다.
베라무드가 말했다.

"뭐, 우리도 이제 슬슬 영지로 내려가 볼까 하니까, 약혼식하
게 되면 미리 이야기해. 그래야 머물러 있지."

"벌써 내려가?"

"시리 엉덩이가 들썩들썩이야."

베라무드가 웃으며 하는 말에 카서스는 "하긴." 하고 고개를
끄덕였다. 아르카나가 말했다.

"더 있어 봐야 좋은 것도 없으니까요."

아부하러 오는 놈들 상대하는 것도 귀찮다, 엉덩이가 닳아 없
어질 듯하니까, 하고 아르카나가 냉소적으로 말했다.

알케르토가 그 말에 가볍게 웃었다.

카서스가 자리에서 벌떡 일어났다.

"그러면 설득하러 가 볼까?"

"아, 축하주 겸 위로주를 가지고 왔는데. 미뤄 둘까?"

베라무드의 말에 카서스의 눈이 반짝였다.

"뭐 가져왔어?"

"220년 산, 불의 강."

베라무드가 씩 웃으며 하는 말에 카서스가 빠르게 자리에 앉았다.

"아니, 일단 축하받고 갈래."

알케르토가 웃었고 아르카나 역시 피식 웃음을 흘렸다.

시카는 오븐 안을 노려보다가 한숨을 내쉬었다.

'어째서지?'

레시피대로 제대로 했는데도, 파이는 노릇노릇하지가 않다. 로웬그린이 '정확하게 계량을 하는 거라 베이킹은 실험이랑 비슷하대. 난 해 본 적 없지만.' 하는 말을 해서, 그렇다면 베이킹이라면! 하고 도전을 해 봤는데 영 제대로 되지가 않는다.

시카는 옆의 레시피 북을 다시 바라보았다.

'분명히 모든 걸 순서대로 했는데. 역시 화력의 문제인가. 하지만 이 중불이라는 게 진짜 애매하잖아? 어느 정도 불이어야 중불인거람.'

시카는 좀 더 화력을 높여 볼까, 하고 오븐 아래 화덕을 열고 나무를 더 던져 넣었다.

'아, 나무를 넣으니까 갑자기 불이 죽네.'

시카는 당황해서 에잇 하고 마법으로 화력을 높였다. 순식간에 불이 치솟아 화덕 입구까지 혀를 날름거렸고 시카는 놀라 얼른 불을 껐다.

'으, 역시 이런 작은 마법은 아직도 조절이 안 되네.'

그냥 다이아몬드를 꺼내서 할걸, 하고 시카는 재만 남은 화덕을 바라보며 슬퍼했다.

"뭐, 실패는 중요한 경험 자산이니까! 몇 번 더 경험을 쌓으면 성공할 거야!"

"뭘?"

귓가에서 갑자기 소리가 들려와 시카는 펄쩍 뛰었다. 카서스가 "아하하하." 소리 내어 웃고는 "놀랐어? 놀랐어?" 하며 그녀의 양손을 잡고 빙글빙글 돌았다.

졸지에 부엌에서 빙글빙글 돌게 된 시카는 카서스를 보고 "술 마셨어?" 하고 물었고 카서스는 "응." 하고 고개를 끄덕였다.

"놀랐잖아."

시카가 타박하자 카서스가 "미안합니다." 하고 고개를 숙였다. 시카가 "취했구나?" 하고 눈을 찡그리자 카서스가 도는 걸 멈추고 웃음을 머금은 채로 "아니, 안 취했어." 하고 대답했다.

시카의 눈이 의심으로 차자 카서스가 "약간 기분 좋아진 것뿐이야." 하고 정정했다.

그걸 보며 시카는 고개를 갸웃했다.

"그러고 보니 나는 술을 많이 마셔 본 적이 없어."

"그래?"

"응. 같이 한잔할까?"

"그럴까?"

카서스는 그렇게 말하고 시카의 손을 놓고 찬장으로 향했다. 그가 술병을 한 병, 두 병, 세 병, 네 병, 각각 다른 와인을 꺼내어 식탁에 나란히 늘어놓았다.

"자리에 앉아."

카서스가 식탁 의자를 빼 주며 말해서 시카는 얼른 자리에 앉았다. 카서스가 앞치마를 휙 두르며 말했다.

"그러면 카서스 특제 안주 나가고요."

"와, 와!"

시카가 환호성을 지르며 손뼉을 쳤다. 카서스는 그녀를 돌아보며 씩 웃었다.

차례로 그의 요리가 나왔다. 총 네 접시가 나온 요리는 각각의 술에 맞춘 것이었고, 시카는 너무 맛있어서 순식간에 네 접시의 요리와 네 병의 술을 비웠다.

카서스는 그냥 맛만 본 정도였다.

"카서스."

"응?"

"나도 기분 좋아."

에헤헤 하고 벙싯 웃으며 시카가 말하자 카서스는 "취했어?" 하고 물었고 시카는 어지러운 머리를 흔들며 "아니, 모르겠어." 하고 말하다가 의자에서 떨어질 뻔했다. 그걸 카서스가 붙잡았다.

"어어? 왜 머리를 흔들었는데, 몸이—"

중얼거리며 팔다리를 허우적거리는 시카를 단단히 붙잡아 카서스가 자신의 다리 위에 앉혔다.

"너무 마셨나 보다. 맛있다고 계속 마시더니."

"하! 지만! 맛있었! 다!"

"왜 이상한 곳에서 강세가 들어가는 걸까."

카서스가 키득거리며 그녀의 이마에 키스하자 시카가 눈을 찌푸리고 찰싹 소리 나게 그의 얼굴을 밀어냈다.

"술 냄새."

"아니, 너도 나거든?"

카서스가 투덜거리자 시카가 킥킥 웃고는 "그래에?" 하더니 쪽쪽쪽 그의 뺨을 붙잡고 뽀뽀를 퍼부었다.

"술주정뱅이 뽀뽀."

카서스는 그렇게 말하면서도 그녀의 간질간질한 가벼운 키스를 밀어내지는 않았다. 시카는 배부르고 기분이 좋았다. 그게 겉으로도 보여서 카서스는 슬그머니 자신의 목적을 꺼냈다.

이게 끝까지 그녀가 술 마시는 걸 말리지 않은 이유였다.

"시카."

"으응?"

"내가 부탁 하나만 해도 돼?"

"응응."

시카가 고개를 끄덕끄덕했다.

"우리 약혼 말야."

"응."

"약혼식하지 않을래?"

"약혼식?"

게슴츠레한 눈을 깜박이며 시카가 되물었고 카서스가 고개를 끄덕이며 말했다.

"그냥, 너무 크지는 않게. 그냥~"

"에헤이."

시카가 고개를 흔들다가 어지러워져 카서스의 앞섶을 잡아 균형을 잡고 말했다.

"안 돼. 카서스가 돈 내려고 그러지!"

"돈 내는 건 문제가 아냐. 나 돈 많거든?"

"그래도! 카서스가 힘들게 번 돈인데!"

"어. 시카? 뭔가, 음, 나 용병 일만 해서 돈 버는 건 아닌데."

그 말에 시카는 눈을 동그랗게 떴고 카서스가 헛기침을 하고 말했다.

"말했잖아, 전에. 루비랑 에메랄드 광산이랑."

"카서스는, 어떻게 그렇게 하는 거야?"

시카의 물음에 카서스가 "시카가 답을 알려 준 것 같아." 하고 말해서 시카는 고개를 갸웃했다.

내가 답을 했었나?

"기억이 안 나……."

"그, 에테르 폭풍 말야. 자연력이 집결된 곳에서 잘 일어나고. 그게 일어나면 장막에서 마수가 넘어온다고."

"응응응."

"나는 남들이 해결하지 못하는 많은 양의 마수나, 강한 마수를 상대하거든. 그런 마수가 나오는 곳이 에테르 폭풍이 강하게 일어나는 지점이라는 거잖아? 아마 광산이 그런 지점인 게 아닐까?"

그래서 강한 마수를 해치우면, 덤으로 광산이 따라오는 거지.

카서스의 말에 시카는 입을 벌렸다.

잠시 생각하던 그녀가 고개를 끄덕이며 말했다.

"그, 그렇지 광물이라는 건 굉장한 압력과 열로 눌려진 돌이 변해서, 그러면 확실히 자연력이 고인 지점이 될 수도 있겠어. 일종의 폭풍 스팟, 그렇구나. 그래서—"

시카는 혼자 중얼중얼거리며 납득해서 고개를 끄덕였다.

"그리고 어, 이건 시카가 좀 화낼지도 모르는데."

카서스의 중얼거림에 시카가 "뭔데?" 하고 물어왔다. 카서스가 머뭇거리다가 말했다.

"그, 우리가 10년 전으로 돌아갔을 때 말야."

"응."

"과거를 바꾸면 안 된다고 그랬잖아?"

"응."

"그런데 그때는 괜찮은 땅이랑 집이 많이 저렴해서……."

"카서스…… 설마……?"

"샀습니다. 그때, 그, 넘어오기 전에 내가 좀 바빴잖아. 그래서—"

"카서스 리안!"

"아니, 하지만 내가 대리인을 세워서 10년간 연락하지 말라고 해서 얼마 전에 나에게 연락이 왔거든. 거기 나도 알고 있는 상회인데. 상회 주인이 미스터리에 잠긴, 울프 상회라고—"

카서스가 변명을 늘어놓았다.

"게다가 실바에 있을 때에 울프 상회에서 보낸 쪽지도 받았다고. '십 년'이라고 쓰여 있었으니까. 그 주인이 나라는 게 자명하잖아? 그래서 납득하고 구매한 거야. 10년 동안 나도 내가 주인인 걸 몰랐던 거지. 음, 무섭네. 그래서 지금 부동산 자산도 꽤 돼서, 약혼식 하나 열거나 하는 거 문제없단 말야."

시카는 기가 차서 늘어졌다가 단호하게 말했다.

"안 돼. 안 돼. 안 할 거야. 약혼식 안 해. 반지로도 충분해. 이 반지도—"

시카가 손을 들어 보였다. 2캐럿짜리 에메랄드 반지가 촛불에 반짝였다.

"이것도 품질이 좋아서 마법 도구로 써도 될 정도란 말야……. 이 반지면 약혼식 두 번은 열겠어."

중얼거리고 시카가 "아." 하고 말했다.

"그러면 반지 대신에 약혼식을—"

"기각."

카서스는 괜히 본전도 찾지 못하게 될까 봐 단호하게 말했다. 시카의 왼손에 껴 있는 반지만 봐도 기분이 좋아지는데 반지 대신 약혼식이라고?

그건 아니다.

'그러고 보니 반지나 목걸이, 팔찌 같은 건 구속을 의미하는 거라지.'

카서스는 문득 전해 들은 이야기를 떠올렸다. 그래, 그래서 그녀가 반지 낀 모습에 이렇게 기분이 좋은 건지도 모른다.

그때 시카의 손이 그의 목덜미에서 미끄러져 옷 안으로 밀고 들어왔다. 등줄기를 타고 솜털이 곤두서는 걸 느끼며 카서스가 시카에게로 시선을 내렸다.

연보라색 눈이 살그머니 웃고 있었다. 시카가 양손으로 그의 목을 끌어안으며 몸을 일으켰다. 앉은 자세이니 이제 시카가 내려다보고 있는 상황이었다.

"카서스."

"응."

그녀의 물결치는 머리카락에 시선을 주었다가 카서스는 다시 시카를 바라보았다. 그녀가 혀로 입술을 훑으며 말했다.

"나 배가 불러."

"많이 먹기는 했지."

"그러면 다른 곳도 채워 줄 거야?"

그녀의 말에 카서스는 시카의 술버릇에 감사해야 하는 건지 아니면 어디 가서 술을 못 마시게 해야 하는 건지 고민하며 그녀에게 키스했다.

"원하는 만큼 가득 채워 줄게."

*　　　*　　　*

시카는 주먹으로 마구 베개를 때렸다. 깃털 베개는 그녀가 때릴 때마다 부풀어 올랐다.

'으아아아—!'

다시는 술을 먹지 않겠다고 그녀가 결심하는 것과 달리, 그녀의 움직임에 잠에서 깬 카서스는 히죽 웃으며 말했다.

"어젯밤 좋았는데, 왜?"

"잊어. 잊어버려. 나도 잊을 거야."

"싫은데?"

카서스가 고개를 저으며 "시카의 그런 대사를 언제 들어 보겠어. 음, 그러니까 내가 올라타—" 하고 말을 끝내기도 전에 시카가 손을 뻗어 그의 입을 막았다.

"읍 읍읍읍읍— 읍읍읍."

입이 막혔는데도 말하고 있어서 시카는 그가 무슨 말을 하는지 다 알아들을 수가 있었다. 시카는 귀까지 빨개졌다.

"카서스!"

시카의 손에 힘이 들어가자 카서스는 얌전히 입을 다물며 양손을 들었다. 시카는 그가 말을 멈췄다는 걸 확신하고 나서야 손을 뗐다.

카서스는 하고 싶은 말이 많다는 얼굴을 했지만, 얌전히 입을 다물었다. 시카는 도망치는 심정으로 침대에서 느릿하게 일어났다.

'그런 술버릇은 필요 없어.'

시카는 양손으로 얼굴을 가렸다.

어제는 술 때문에 이성을 잃은 덕분에 시카는 평소라면 절대 하지 않을 온갖 말을 내뱉었고, 그 말을 생각하면 얼굴이 뜨끈뜨끈해지는 기분이었다.

'다시, 다시는 술을 많이 마시지 않을 거야.'

그녀는 굳게 결심했다.

카서스는 옷을 챙겨 입는 시카의 뒷모습을 바라보며 베라무드에게 약혼식은 안 하게 됐다고 전해야지, 하는 생각을 했다.

시카가 욕실로 총총 들어갔다가 문을 열고 고개만 내밀어 그를 바라보며 물었다.

"내가 머리 해 줘도 돼?"

"내 머리?"

"응."

"당연하지."

카서스가 싱긋 웃으며 대답했고 시카는 좋아, 하고 고개를 끄덕였다. 시카가 혼자 욕실에서 씻을 때는 뭔가 참방참방 물소리가 많이 나서 카서스는 대체 그녀가 어떻게 씻는지 궁금해지고는 했다. 새처럼 날개라도 꺼내놓고 씻는 건지.

새, 하니 생각이 나서 카서스는 슬그머니 자리에서 일어나 바지를 챙겨 입고 서랍장을 열었다. 서랍장 안에 옷을 들추니 거기에는 팔찌가 놓여 있었다.

마법 구속구.

카서스는 잊지 않고 그걸 잘 챙겨 뒀던 것이다.

만일의 만일을 위한 대비책이었다. 마법사가 탈출을 시도하면 그건 골치 아픈 일이니까.

카서스는 옷으로 다시 팔찌를 덮고 서랍장을 탁 밀어 닫았다.

시카가 이걸 알면 어떻게 생각할까?

하지만 반응이 어떻게 돌아올지 알 수가 없어서 카서스는 생각을 그만뒀다. 그녀가 조금이라도 뒤져 보면 찾을 수 있는 장소에 팔찌를 둔 것은 일종의 고백 같은 것인지도 모른다.

곧, 욕실 안에서 뜨거운 물 덕분에 양 뺨이 발그레해진 시카가 뽀송뽀송한 모습으로 나타났다.

"카서스도 씻어."

"응."

카서스는 순식간에 씻고 나왔다. 문 앞에서 기다리던 시카가 "카서스, 제대로 씻는 거야?" 하고 물어와서 카서스는 "귀 뒤까지 깨끗하게 씻었습니다." 하고 대답했다.

시카는 피식 웃고 마법으로 그의 머리카락을 말려 준 뒤 달려가 침대 위에 팡 앉고는 자신의 앞자리에 가져다 놓은 스툴을 가리켰다.

"앉아, 앉아."

"어떻게 묶어 줄 거야?"

"트윈테일?"

"음, 나는 그것도 잘 어울릴 테지."

카서스가 앉으며 하는 말에 시카는 웃음을 터트렸다.

"아냐! 안 해. 오늘 어디 나간다며? 예쁘게 땋아 줄게."

"네, 네."

카서스의 대답에 시카는 그의 머리를 똑바로 들게 한 다음 빗으로 빗기 시작했다.

"카서스 머릿결 진짜 좋다……. 그런데 너무 긴가? 끝에 좀 잘라도 돼?"

"그래. 전에 시카가 잘라 준 것도 좋았으니까."

"응."

시카는 얼른 자리에서 일어나 큰 수건을 가져와서 그의 목에 둘러 준 다음 머리카락을 적당히 잘라 냈다. 그리고 나서 수건을 치우고 머리를 가닥가닥 나눠서 땋아 내리기 시작했다.

콧노래까지 흥얼거리며 시카는 머리를 땋았다. 자신의 웨이브인 머리와 다르게 이런 매끄러운 직모는 손끝에서 미끄러지는 듯해서 비단실을 만지는 기분이었다. 흥이 잔뜩 고조되었다.

시카는 완전히 집중해서 머리를 땋다가 핫 하고 정신을 차렸다. 흥분해서, 너무 화려하게 머리를 땋아 버렸다. 그녀는 한숨을 내쉬고 다시 머리를 풀어 준 다음 단순하게 머리를 땋아 주었다.

"끝났어."

시카가 손을 떼자 카서스는 "수고했어." 하고 말하고는 땋은 머리를 오른쪽 어깨 앞으로 잡아당겼다.

"잘 땋았네."

"손재주는 있다니까."

시카의 말에 카서스가 그러게, 하고 자리에서 일어났다.

"그럼 아침 먹을까?"

"응."

부엌으로 내려가 화덕에 딸린 오븐을 연 카서스는 "이게 뭐야?" 하고 화덕 안에서 구워지지 않은 사과파이를 꺼냈고 시카는 펄쩍 뛰었다.

"아아아아, 보지 마. 실패작이야."

"흠?"

"불 조절이 잘 안 돼서 그래. 다음에는 성공할 거야!"

"아, 어제 오븐 보면서 중얼중얼하더니 이것 때문이었구나."

키득거리며 카서스가 파이를 틀째로 꺼내더니 냉정하게 쓰레기통에 버렸다.

"여름이라 상했어."

그의 말에 시카는 얌전히 "어쩔 수 없지." 하고 고개를 숙였다.

요리 앞에서는 작아지는 시카였다. 간단히 아침을 먹고 나서 시카가 말했다.

"그럼 오늘 일 언제 끝나?"

"금방? 점심때는 돌아올 거야. 시카는?"

"음, 난 좀 늦을 것 같은데. 저녁이나 되어야 할 거야. 얼음탑에서 마무리 지어야 할 일이 있어서."

"그 원로원이랑? 아직도?"

"하하."

시카는 딱딱하게 웃었고 카서스는 한숨을 내쉬며 위로하듯 그녀의 등을 두들겨 주었다. 시카는 곧 순간 이동으로 떠나 버려서, 그녀를 배웅하고 카서스는 바로 앙케르트나 저택으로 향했다.

피곤한 얼굴의 나스와 그가 건네준 서류를 살피던 베라무드가 카서스의 말에 고개를 들었다.

"아, 그래? 안 한다고?"

"본전도 못 찾게 생겨서."

카서스의 말에 베라무드는 웃고 서류에 사인을 했다. 결혼한 자의 여유가 느껴지는 것 같은 웃음이라 카서스는 괜히 입을 비죽거렸다. 베라무드가 한숨을 내쉬고 다른 서류를 살펴보며 말했다.

"그러면 오늘 저녁에 내려가 보겠군."

"어딜?"

"영지."

"벌써 가십니까?"

놀란 나스가 묻자 베라무드가 고개를 끄덕였다.

"내가 왜 열심히 일했다고 생각하는 거야?"

"정신을 차리셨나 했지요."

나스의 말에 베라무드는 "그럴 리가. 이게 오늘 내 마지막 일이야." 하며 다시 사인을 했다.

나스는 신음을 내뱉었다. 카서스는 그에게 동정의 어조로 말했다.

"그래도 베라무드가 대충은 해 놨을 거예요."

"중요한 건 다 했습니다만, 정말로 중요한 것뿐이지요."

나스가 이를 갈며 말했고 베라무드가 히죽 웃으며 말했다.

"중요한 것만 다 했으면 됐잖아? 나머지 자질구레한 행정적인 일이야 나보다 얼 경이 더 잘하니까."

나스 얼은 한숨을 푹푹 내쉬었다.

"폐하께 월급을 올려 달라고 할 겁니다."

"보너스 정도는 나올 거야. 훈장도."

베라무드가 덧붙인 말에 나스는 "금관 훈장 정도는 주신 답니까?" 하고는 베라무드에게서 서명된 서류를 받아 들었다. 나스가 찌릿 카서스를 노려보며 말했다.

"그리고 사태가 끝나자마자 사퇴하신 그쪽도 말이죠."

"사퇴가 아니라 잘린 거라고?"

카서스는 나 죄 없어, 하는 뜻으로 양손을 들어 보였다. 나스는 더 뭐라고 하려다가 그냥 삼키고 경례를 붙인 뒤 집무실을 나갔다.

"나는 영지로 내려가고, 넌? 어쩔 거야?"

베라무드의 말에 카서스가 피식 웃으며 의자에 앉았다. 나스가 있기에 의자에 앉지는 않았던 것이다.

"뭐하긴, 다시 용병 일 해야지."

"하긴, 요즘 마수 때문에 골치더군. 아무래도 장막이 크게 찢어졌던 만큼, 그 파장이 여기저기 미친 모양이야."

베라무드의 말에 카서스는 고개를 끄덕였다.

"S급 용병을 지목하는 의뢰도 있으니까, 상황이 좀 심각한 곳도 있겠지."

"안정되려면 얼마나 걸린대?"

베라무드의 물음에 카서스는 고개를 흔들었다.

"아직 정확하게 모른다고 하던대."

"우리 쪽도 똑같은 말을 하더라."

"굳이 더블 체크한 거야?"

"혹시 모르잖아. 시카는 독특하니까."

시카의 다른 모습에 대해서, 베라무드는 '독특'이라는 단어를 써서 돌려 말했고 카서스는 "하긴." 하고 고개를 끄덕였다.

베라무드가 깍지를 껴서 뒤통수에 대고 쭉 몸을 폈다.

"끝나니까 시원하다. 세리오스는 영 편할 날이 없네."

"그러게. 생각해 보니 황위에 오르기도 전부터, 오르고 직후까지 바쁘네."

"바쁘지. 그래도 어찌어찌 수습은 됐으니까— 이제부터 좋은 일만 있기를 바라야지."

"맞아. 제국이 편해야 나도 수월하게 돈 벌지."

카서스가 맞장구를 쳐서 베라무드가 "용병은 혼란스러워야 돈 버는 거 아닌가?" 했고 카서스는 고개를 저었다.

"귀족 호위도, 전쟁 대타도 취향이 아니니까."

"까다롭기는."

"난 은거미줄처럼 섬세하거든."

카서스의 말에 베라무드는 "어련하겠냐." 하고 대꾸했다. 카서스가 히죽 웃고 물었다.

"그럼 정말로 오늘 저녁에 내려가는 거야?"

"응. 슬슬 짐도 정리해야겠고."

"그거 축객령?"

"어, 비슷해."

"너무해, 너무해."

양손으로 얼굴을 가리며 훅훅거리는데 가련해 보이기에는 어깨가 너무 넓고 튼실하다. 베라무드는 약간의 짜증이 밀려오는 걸 느끼며 말했다.

"더 할 말 없으면 나가."

자리에서 일어나며 카서스가 물었다.

"그런데, 트라벨 남작가는?"

베라무드의 이색안이 날카롭게 변했다. 그 눈을 카서스의 연녹색 눈동자가 아무렇지도 않게 마주 보았다.

"상속자가 나타난다면, 별로 좋은 꼴은 못 볼걸."

베라무드가 느릿하게 말해서 카서스는 "그런가." 하고 고개를 끄덕였다. 베라무드가 어깨를 으쓱하고 말했다.

"그래서 아무도 그쪽 상속권을 주장 안 하고 있어. 아마 이대로 황가에 흡수되어서 누군가가 다시 작위로 상속받겠지. 알케르토라든가."

"뭐, 그게 맞는 거겠지."

카서스의 말에 베라무드가 은근히 물었다.

"혹시 아는 상속자라도?"

둘 다 뻔히 아는 사실이지만, 카서스도 돌려서 대답했다.

"아니, 그렇게까지 발이 넓지는 않아서."

"네가 발이 넓은 게 아니면 대체 뭐야? 대륙 끝에서 끝까지 어디든 아는 사람이 한둘씩은 있는 놈이."

"그렇게까지는 아니다."

에이, 하고 손을 팔랑거리고 카서스가 말했다.

"그럼 가 볼게."

"그래."

베라무드가 얼른 나가라는 듯 손으로 쫓는 동작을 해 보였고, 카서스는 히죽 웃고는 저택을 나왔다. 저택을 나와 카서스는 용병 길드에 들러서 의뢰를 조회하고, 그중에 몇 개를 받아들였다. 그리고 나서 자신의 부동산 대리인을 찾아갔다.

10년 후에 연락하세요, 하는 말을 착실하게 지켜 준 고마운 사람이다.

이제는 가격이 훌쩍 오른 토지와 건물 중 대부분을 매각하고, 그 금액으로 다른 곳에 집을 마련할 예정이었다.

'그리고 광산.'

카서스는 광산이 있는 땅만 사 두고 그대로 방치한 것을 떠올렸다. 사실 제대로 광산권을 신청하고 해야겠지만, 하기 너무 귀찮아서 방치해 두었던 것이다.

'하지만 시카를 생각하면 하는 게 좋겠지?'

이 일은 이미 하고 있는 사람에게 문의를 해 보는 게 좋겠지, 하고 카서스는 알케르토네 집을 방문했다. 다이아몬드 광산을 운영하고 있는 사람이 있으니, 그 사람에게 광산에 대해 직접 물어보는 게 좋지 않겠는가?

그렇게 이야기를 다 끝나고 돌아왔을 때는 이미 저녁이었다.

'시카가 와 있으려나?'

서둘러서 돌아와 보니 집은 텅 비어 있었다.

'아직 안 왔구나.'

실망감을 느끼며 카서스는 소파에 털썩 앉았다. 누군가를 기대감을 가지고 기다리고, 얼른 다시 오기를 바라는 감각은 참으로 생소한 것이었다.

그때 로레인이 거실 한가운데 나타났다. 카서스는 검 손잡이를 잡고 움찔했다가 상대를 확인하고 한숨을 내쉬었다. 로레인이 싱글 웃으며 공손히 인사했다.

"갑작스럽게 죄송해요."

"적어도 문 밖에서 노크를 해 주면 좋겠어요."

카서스의 말에 로레인이 "시카가 알려 준 좌표가 이거라서." 하며 미안함을 표시했다. 그녀가 이어 말했다.

"시카는 오늘 늦을, 아니 안 들어올 거라고 얘기하려고요."

"무슨 일이라도 생겼습니까?"

카서스가 눈을 찡그리며 묻자 로레인은 고개를 저었다.

"그게 아니라, 지금 마법 실험에 푹 빠졌거든요. 말을 걸어도 못 들을 정도로 집중하는 상태라서…… 저 상태가 얼마나 계속 갈지 모르거든요."

그래서 일부러 알리러 왔다, 하고 로레인이 멋쩍은 얼굴로 말했다.

"그렇군요. 알려 주셔서 감사합니다."

"아니에요, 저도 덕분에 텔레포트 해 보는걸요."

로레인이 손사래를 치며 말해 카서스가 의아한 표정을 했고, 로레인이 그의 표정에 아, 하고 허리에 걸린 주머니를 열어 보였다.

못 알아볼 수가 없는 거대한 다이아몬드가 들어 있었다.

"전 마력량이 적어서 이렇게 먼 거리 텔레포트는 무리거든요. 그런데 시카에게 이걸 빌렸죠. 아니, 사실 빌렸다기보다는 슬쩍 가지고 나왔다고 해야겠지만요."

카서스가 한쪽 눈썹을 치켜 올리자 로레인이 키득거리며 말했다.

"'오늘 저녁까지는 끝낼 거야!' 하더니 지금까지 연구실에 틀어박혀서 집중하고 있고. 제가 이걸 가져가도 눈치채지 못하더군요. 그래서 적어도 내일까지는 연구하겠구나, 싶어서 기다리실까 봐 알리러 온 거거든요."

시카의 부탁이 아니라, 자신의 판단으로 알리러 왔다는 말이다. 카서스는 고개를 끄덕였다.

"그럼 더더욱 감사하네요."

"시카를 많이 좋아하세요?"

로레인의 느닷없는 질문에 카서스는 눈을 크게 떴다가 웃었다.

"돌려 말하지 않는 건 마법사들의 특징인가 보죠? 좋아하지 않는 사람에게 청혼하지도 않죠. 보통."

"마법사라서 그럴 수도 있잖아요?"

그렇게 말하며 로레인이 날카롭게 카서스를 살피다가 갸웃하고 말했다.

"하긴, 그랬다면 아르카나가 말렸겠죠."

"셋이 상당히 친한가 보네요."

"아웃사이더 삼인방이랄까요."

냉소적으로 말하고 로레인이 이어 부드럽게 말했다.

"만약에 시카를 괴롭히거나 하면 절대로 용서하지 않을 거예요. 마법사의 원한이라는 게 얼마나 무서운 건지 맛보게 해 드릴 마음이 가득 있어요."

"그럴 일은 없을 겁니다."

카서스의 말에 로레인은 홀가분한 마음이 되어 고개를 끄덕였다. 아무래도 항상 시카의 곁에 있을 수 있는 게 아니니 신경 쓰였던 것이다. 마스터라고 해도 방랑자라고 불리는 남자에 대한 불안감도 있었고. 순진한 시카가 외부에 나가서 괜히 엄한 놈에게 넘어간 것이 아닐까 하는 걱정도 있었다.

연애야 그렇다고 해도, 결혼은 전혀 다른 문제니까.

"그럼 전 이만 가 볼게요."

로레인은 말을 끝낸 뒤 주머니를 움켜쥐고 주문을 외우고는 사라져 버렸다. 그 모습을 보며 카서스는 정말로 '순간 이동은 이쪽으로만 하세요.' 같은 푯말을 세워 놔야겠다고 생각했다.

＊　　＊　　＊

카서스는 달콤한 냄새에 눈을 떴다. 무의식적으로 더듬은 침대의 옆은 비어 있어서 그는 후다닥 옷을 입고 아래층으로 내려갔다.

부엌에서 엄청 진지한 얼굴로 오븐을 들여다보고 있는 시카가 보였다.

"언제 온 거야?"

카서스의 물음에 시카가 그를 돌아보고 방긋 웃었다.

"좋은 아침."

카서스는 그녀에게 손을 흔들고 말했다.

"음. 아침부터 맛있는 냄새 나니까 좋다. 커피? 차?"

"커피로."

시카는 잠시라도 눈을 뗄 수 없다는 듯 얼른 다시 오븐으로 시선을 돌렸다. 뭔지는 모르겠지만 달달한 냄새와 함께 시나몬 향기가 나고 있었다.

"밤새 시카가 옆에 없어서 쓸쓸했어."

카서스가 주전자에 물을 담아 화덕 위에 올리며 이어 말했다.

"약혼까지 했는데, 독수공방은 사양이야."

그 말에야 시카는 오븐에서 슬쩍 눈을 돌려 카서스를 보고 말했다.

"미안. 꼭 끝낼 일이 있어서……. 그리고 항상 붙어 있을 수는 없잖아?"

"어, 시카. 지금 그 말을 할 타이밍은 아니거든."

카서스의 지적에 시카가 갸웃하고는 다시 말했다.

"미안, 꼭 끝낼 일이 있어서. 다음에는 이런 일이 없을 거야……?"

마지막은 살짝 올리며 묻는 듯한 어조였다. 카서스가 손가락으로 오케이 사인을 보냈다. 시카는 한숨과 함께 다시 "미안." 하고 말한 뒤 곧바로 "고마워." 하고 말했다.

화낼 수도 있는 걸 지적해 주는 것도 고맙고, 그 자리에서 고치면 별말 없이 넘어가는 것도 고맙다.

사회성을 좀 더 키워야겠다고 다짐하고 시카는 오븐의 문을 열었다. 그녀가 조심스럽게 장갑을 끼고 오븐 안에서 접시를 꺼냈다.

접시 안에는 위쪽이 먹음직스럽게 익은 브레드푸딩(식빵이나 바게트 등의 빵에 계란, 우유, 설탕을 넣어 구운 것)이 들어 있었다.

"오."

카서스가 손뼉을 쳤고 시카는 만족스럽게 접시를 식탁에 내려놓았다. 주전자가 끓기 시작해서 카서스가 커피를 내리는 동안 시카는 슈거 파우더를 살살 푸딩 위에 뿌렸다.

베이킹이라고 하기도 뭣한 레시피지만, 그래도 첫 성공은 만족스러웠고 카서스의 칭송 때문에 더욱 그랬다.

커피와 함께 먹으며 카서스는 연신 "맛있다.", "시카는 재능이 있는 것 같다.", "달기가 적당하다.", "진짜 부드럽고 촉촉하다." 하는 말을 퍼부었다. 그렇게 그는 시카의 콧대가 높아지다 못해 헤벌쭉해져서 쑥스러워질 때까지 칭찬했다.

식사를 끝내고 커피 한 잔을 더 하면서 시카가 말했다.

"카서스."

"응?"

"줄 게 있어."

"뭔데?"

카서스는 손을 내밀며 말했고 시카가 웃고는 자신의 가방에서 작은 상자를 꺼냈다.

검은색 벨벳에 싸인, 네모난 상자.

그걸 카서스의 손 위에 떨어트렸다.

"자, 선물."

카서스는 상자를 보고 싱글싱글 하는 시카의 얼굴을 보았다가 다시 상자를 보았다. 카서스가 상자를 열었다.

거기에는 백금으로 둘러싼, 심플한 에메랄드 반지가 들어 있었다. 시카가 자신의 손을 들어 보이며 "짜잔." 하고 웃었다.

카서스에게서 받은 2캐럿짜리 에메랄드 반지를 다시 각각 1캐럿으로 나눠서 반지를 만든 것이다. 카서스가 반지를 보고 웃으며 말했다.

"보석은 크기가 줄어들수록 금액이 절반이 아니라 그 이하로 뚝뚝 떨어지는 거 알지?"

"압니다. 하지만 이 반지가 더 비쌀걸."

시카의 말에 카서스는 의아해하면서도 조심스럽게 반지를 자신의 손가락에 끼웠다. 약간 헐렁한가 싶었던 반지는 딱 맞아 들어갔다.

"마법이구나."

카서스의 말에 시카는 "그렇습니다." 하고 히죽 웃고 "한 가지 기능이 더 있어." 하고 말했다. 카서스가 반지를 이리저리 바라보며 "뭔데?" 하고 물었다.

"기다려 봐?"

시카는 그렇게 말하고 자리에서 일어나더니 후다닥 위층으로 올라갔다. 뭘 가지고 내려오려는 건가 하고 카서스가 기다리고 있는데 머릿속으로 목소리가 들려왔다.

—**들려?**

"시카?!"

놀란 카서스가 저도 모르게 입으로 대꾸했다. 이 감각을 뭐라고 해야 할까? 머릿속으로 상대의 소리가 들린다. 아니, 단순히 들리는 건 소리만이 아니었다. 그녀의 감정도 희미하게 같이 느껴졌다. 예전에는 전혀 경험해 보지 못했던 감각이었다.

—**잘 들리나 보다. 성공했네.**

안도의 목소리.

—**카서스 리안. 사랑해.**

아.

카서스는 눈을 꾹 감았다.

사랑, 그래 말로 말하는 사랑. 하지만 이건 그것과는 전혀 달랐다. 그녀가 정말로 자신을 사랑하고 있다는 걸 알 수 있었다. 정신과 정신이 연결된 희미한 통로를 통해서 말이다.

—**카서스도 나에게 말할 수 있어. 에메랄드를 돌려 봐.**

시카의 말과 함께 이미지가 떠올랐다. 카서스는 그녀가 시키는 대로 에메랄드를 반 바퀴 돌렸다.

—**이렇게 하면 되는 건가, 잘된 건지 모르겠는데. 시카 들려?**

어떻게 말해야 하는 거지?

갑자기 한꺼번에 많은 소리가 쏟아져 들어와서 시카는 깜짝 놀랐다.

—**잘하고 있어. 다 들려.**

그 순간 소음이 싹 사라졌다. 시카는 감탄하기도 했고, 어떤 의미로는 좀 슬프기도 했다. 카서스는 마음속의 선을 긋는 방법을 안다. 아주 잘.

그가 거의 평생 해 온 일이니까.

침묵 가운데 두 사람은 한참 있다가 카서스가 먼저 전해 왔다.

—**시카.**

—응.

—**나도 사랑해.**

—응, 응.

시카는 몇 번이나 대답했다. 그리고 툭, 하고 가볍게 연결이 끊어지는 느낌이 나더니 다시 시카가 위층에서 후다닥 달려 내려왔다.

"어때? 멋지지?"

그녀의 말에 카서스가 웃으며 양팔을 벌렸다. 그녀는 망설이지 않고 그의 품으로 뛰어 들어갔다.

"이거 만드느라 밤샌 거야?"

"응. 정신 감응은 아무래도 힘들어서, 조절하는 데 좀 고생하기는 했지만. 성공했네."

"너무 마음에 들어. 고마워, 시카."

"아냐."

카서스는 자신의 반지를 힐끗 내려다보았다. 떨어져 있어도 서로 대화할 수 있는 물건이라니, 효용 가치가 어마어마한 물건이었다. 카서스가 웃으며 말했다.

"시카 말이 맞네."

"응?"

"비싼 물건이라는 거."

그의 품 안에서 시카가 의기양양한 표정으로 웃어 보였다.

* * *

마리쉐즈는 하늘을 바라보았다.

날씨는 너무나도 완벽했다. 하늘은 새파란 색이었고 적당한 뭉게구름이 환상적인 분위기를 만들어 내고 있었다.

신록은 너무 우거지지도 않았지만, 무성함을 앞두고 있는 딱 좋은 때.

정원에는 일꾼들이 분주히 움직이며 마지막 준비에 박차를 가하고 있었다.

"이런 날씨는 마법사에게 주문해도 못 살 거야."

마리쉐즈의 말에 시그리드가 고개를 끄덕였다. 시그리드가 힐끗 정문 쪽을 바라보며 말했다.

"경비도 완벽해. 초대장이 없는 사람은 절대로 못 들어올 거야."

"하여간, 시카도. 어차피 할 거면 크게 하는 게 좋잖아?"

"아는 사람만 초대해서 단출히 하는 걸 바랐으니까."

"이런 야외 결혼식은 하객이 적으나 많으나 비용상 크게 차이가 나지는 않는다고."

마리쉐즈가 고개를 절레절레 흔들었다.

시그리드가 "정말?" 하고 눈을 동그랗게 떴고 마리쉐즈는 고개를 끄덕였다. 마리쉐즈는 이제 네 번째 결혼식이었다.

시그리드의 결혼식, 로웬그린의 결혼식, 자신의 결혼식.

세 번 모두 서약의 신전에서 열리는 크고 화려한 결혼식이었다. 그러다 보니 4번째로 맡게 된 결혼식이 '소박한 야외 결혼식'이라는 주제인 만큼 그녀를 불타오르게 하는 것이 없었다.

하지만 막상 야외 결혼식을 하려고 하니 비용이 만만찮았다.

"소박하게 보이지만 사실 알고 보면 사치스러운 거지."

흰색의 차양을 늘어트려 설치하고, 주변에 꽃과 나무를 가져다가 '자연스럽게' 채워 넣고— 무엇보다도 적당한 장소를 섭외하는 게 가장 힘들었다.

시카가 공개된 결혼식을 원하지 않았기 때문에 벽으로 둘러싸인, 출입 통제 가능한, 그러면서도 야외 결혼식에 적합한 공간을 간신히 찾아낸 것이 바로 이곳이었다.

저쪽에서 깃털 장식이 달린 넓은 챙모자를 쓴 로웬그린이 사뿐히 걸어왔다.

"아까 쿠키 봉지를 봤는데, 시카가 직접 구운 거라면서?"

"응."

마리쉐즈는 대답하고 뺨을 부풀렸다.

"사실 대체 왜 그런 걸 하나 모르겠어. 답례품을 주고 싶다는 것까지는 이해한다고. 하지만 손으로 구운 쿠키라니."

그런 허드렛일을 왜 직접 하는 거야? 하는 어조였다.

여기 있는 셋 모두 부엌에 들어가지 않는다. 요리란 요리사가 하는 일이고, 귀부인들이 할 만한 일은 아니다.

"왜? 시카답잖아. 그리고 맛있더라."

시그리드의 말에 마리쉐즈는 한숨을 내쉬며 "맛이야 좋긴 하다만." 하고 중얼거리다가 소리쳤다.

"그쪽! 꽃을 좀 더 위쪽으로 달아요! 네, 당신이요. 네네, 거기에요. 좋아요."

로웬그린이 고개를 끄덕였다.

"몇몇 레시피는 받고 싶더라. 어쩜 날이 갈수록 디저트를 잘 만드는지…… 얼마 전에 먹은 초콜릿 케이크는 진짜…… 크림으로 만든 것 같았어."

"차가운 곳에서 보관하면 밀도가 높아져서 그렇대. 이 날씨에 차갑게 보관이 가능한 마법사만의 레시피지."

시그리드가 설명했다. 그녀도 그 케이크가 인상 깊게 남아서, 따로 물어봤던 것이다. 로웬그린이 웃으며 말했다.

"마리쉐즈도 덕 좀 봤으면서."

"그야 그랬지만."

마리쉐즈는 고개를 끄덕였다.

입덧이 심해서 고생하는데 시카가 만든 케이크나 쿠키는 먹을 수 있었다. 그러자 시카가 열심히 베이킹해서 가져다주었던 것이다. 시그리드가 물었다.

"몸은 괜찮아?"

"이제 안정기라 괜찮아. 시카 결혼식 준비하면서 입덧도 싹 사라졌어."

시그리드는 '역시 사람은 자기가 좋아하는 일을 해야…….' 하는 생각을 하며 마리쉐즈에게 말했다.

"그래도 어디 앉아서 쉬지 그래?"

"싫어. 아이를 가졌더니 더 살이 붙는 것 같아."

로웬그린이 "그건 어쩔 수 없지. 배가 좀 나왔나?" 하고 갸웃하자 마리쉐즈가 웃으며 자신의 배를 내려다보았다.

"나왔어. 엄청 나왔어."

"난 잘 모르겠는데."

시그리드가 고개를 갸웃했고 마리쉐즈는 "그래서 내가 널 사랑해, 시리." 하고 답했다. 시그리드가 "나도 좋아해." 하고 얼굴을 붉히며 말하자 "그래, 그래." 하고 고개를 끄덕인 마리쉐즈가 로웬그린에게 물었다.

"그래서 시카는?"

"침착해. 기절할 것 같지는 않아."

농담처럼 로웬그린이 덧붙였다.

"그럼 다행이야. 난 결혼할 때 엄청 걱정 많이 했다고. 특히 드레스 밟고 넘어질까 봐."

시그리드는 몸을 떨었다. 아마 자신이 웨딩드레스처럼 길고 치렁치렁하고 호사스러운 드레스를 입을 날은 다시는 없겠지.

그리고 그것에 감사했다.

드레스가 싫은 건 아니지만, 불편함은 싫다.

그사이 준비는 거의 끝났다.

오케스트라단은 조율을 마치고 슬슬 가벼운 연주곡을 연주하기 시작했고, 마리쉐즈는 요리사에게도 준비가 거의 다 되었다는 말을 들었다.

야외 결혼식이라 신부 대기실은 천막이었고, 신랑 대기실 따위는 없다고 선언했다가 결국 파티션으로 만들어 준 게 마리쉐즈였다.

시카는 1년간 열심히 돈을 모았고, 예산은 마리쉐즈의 손에서 한 푼의 낭비도 없이 깨끗하게 전부 다 사용되었다.

"업자들이랑 흥정하는 게 의외로 재미있더라."

마리쉐즈는 웃으며 그렇게 말했다.

시작 시간이 가까워지자 입구 쪽에서 초대장을 확인하고 사람들을 안으로 불러들였다. 미리 온 손님들은 결혼식장의 아름다움에 감탄하고, 신랑 신부를 찾아가서 축하 인사를 건넸다.

시작 시간이 되어 오케스트라의 연주가 본격적이 되자, 사회를 보는 알케르토가 착석을 권했고 모두가 자리에 앉았다.

　아르카나가 살짝 천막을 열어 보았다.

　천막 안쪽은 천막이라는 것이 흠이 되지 않을 만큼 훌륭하게, 카펫까지 깔려서 꾸며져 있었다.

　"이제 시작한대."

　아르카나의 말에 시카는 깊게 숨을 들이마셨다. 그녀가 물었다.

　"나 어때?"

　"예쁜데."

　그 말에 시카가 활짝 웃었다. 옆에서 신부 들러리를 해 주는 로레인이 싱글싱글 웃으며 말했다.

　"아, 시카 시집보내기 싫다."

　"가도 지금이랑 달라질 것도 없는데, 뭐."

　시카의 말에 로레인은 "그런가." 하고 웃었다. 아르카나가 힐끗 시카의 손을 바라보고 물었다.

　"결혼반지는 새로 안 하는 거야?"

　"응, 약혼반지 그대로 가기로 했어. 카서스가 엄청 질색했지만."

　결혼식은 내가 하기로 했으니까 내 뜻대로 하기로 했지.

　"흐음."

　아르카나는 묘한 소리를 냈다. 과연 결혼 '반지'는 안 하기로 했단 말이지.

'어쩐지 준비한 상자가 크더라니.'

아르카나는 그렇게 생각하며 싱긋 웃었다.

그가 손을 내밀어, 시카는 그의 손을 잡았다. 다 괜찮았는데, 높은 굽의 힐만큼은 불편했다. 시간적 여유만 있었다면, 마법 연구를 해서 발이 아프지 않고 자동으로 균형을 잡을 수 있는 힐을 개발했을 거다.

하지만 그럴 시간은 없었다.

'그래도 매일 가슴만 보다가 어깨로 시선이 올라가니까 좋네.'

시카는 굽높이를 떠올리며 자신의 키가 10cm쯤은 커졌을 거라고 생각했다. 천막 휘장을 대기하던 시녀가 열어 주어서 시카는 그제야 식장을 제대로 볼 수 있었다.

쭉 뻗은 새하얀 벨벳으로 만든 길 양쪽으로 사람들이 앉아 있었다. 아치로 만들어진 꽃 기둥이 여러 개 나란히 서 있었다. 그리고 그 끝에 카서스가 서 있었다.

로레인이 얼른 그녀의 드레스 자락을 정리해 주었다. 길 끝으로 한 걸음, 내딛자 오케스트라의 연주가 바뀌었다.

'긴장하지 않았다고 생각했는데.'

시카는 손끝이 떨리는 걸 느꼈다. 아르카나가 그녀의 손을 꽉 쥐었다가 놓아주었다. 그걸로도 위안이 되어 시카는 앞으로 걸어갔다.

솔직히 말하면 어떻게 카서스의 앞까지 갔는지도 기억나지 않았다. 그냥, 잔디가 참 푸르구나. 꽃이 예쁘구나.

그리고, 카서스. 그만 웃어.

하는 그런 느낌…….

카서스의 앞까지 도착하자 카서스가 손을 뻗어 그녀의 팔을 잡아 가볍게 당겨 나란히 세우고는 그녀의 허리에 팔을 둘렀다.

"카서스—!"

저도 모르게 소리쳤다가, 시카는 목소리를 낮췄고 하객들은 웃음을 터트렸다.

특별히 외부로 모시고 나온 언약의 신관은 멋쩍은 웃음을 지었다가, 전통적인 축도를 낭송하기 시작했다.

축도가 끝나고 나서 신관이 "예물을 교환하십시오." 하고 말하자 시카는 당황했다.

'그거 생략했는데?'

멈칫하며 뭐라고 해야 하나 하는데, 저쪽에서 시종이 벨벳 방석을 들고 오는 게 아닌가? 시카의 눈썹이 쓱 올라갔다.

촘촘한 세공이 들어간 팔찌 한 쌍이었다.

시카의 표정을 보고 카서스가 몸을 살짝 기울여 작게 속삭였다.

"반지는 아니잖아."

시카는 화를 내야 하나 하다가 결국 웃어 버렸고, 카서스도 씩 웃고는 얼른 그녀의 팔에 팔찌를 끼워 주었다. 시카 역시 팔찌를 집어 들어 카서스에게 끼워 주었다.

"그럼 두 분은 입맞춤을 하십시오."

신관의 말에 시카는 얼른 눈을 감았다. 카서스는 가볍게 그녀의 입술에 키스했다. 진하게 하고 싶은 마음이야 굴뚝같지만, 일단 여기서는 참는 게 좋으리라.

신전에서 진하게 맹세의 키스를 한 걸로 백년 천년 놀림 받는 베라무드 같은 신세가 되고 싶지는 않았다.

'나에게는 첫날밤이 있으니까.'

신관이 두 사람이 부부가 되었음을 선언하자 사람들은 손뼉을 쳤다.

두 사람이 함께 퇴장하자 모두가 꽃과 색종이를 흩뿌렸다. 대부분 팔 힘이 좋은 사람들—용병이나 기사—이었으므로 꽃과 종이는 쫙쫙 뻗어 나가며 화려하게 뿌려졌다.

기다리고 있던 로웬그린이 옷 갈아입으라며 두 사람을 천막으로 밀어 넣었다. 천막으로 들어가자마자 카서스가 시카의 허리를 잡아당기며 키스해 왔다.

답지 않은, 거친 키스였다.

그가 시카의 왼 다리를 붙잡아 올리며 헐떡이듯 말했다.

"웨딩드레스 입은 채로 하면 안 되겠지?"

"크흠, 크흠."

그때 들린 작은 헛기침 소리에 시카는 파드득 놀라 카서스를 밀어내다가 비틀거리는 걸 그가 붙잡아 주며 씩 웃었다.

"안녕하세요, 로레인 양."

"안녕하세요. 음, 제가 잠깐 나가 드릴까요."

양 손가락으로 입구를 가리키고는 로레인이 얼굴을 붉히며 말하자 시카가 "아냐!" 하고 소리쳤다. 카서스가 그녀의 얼굴을 양손으로 감싸고 다시 키스한 후에 말했다.

"좋아. 화장 하나도 안 번졌네. 요즘 화장 기술 좋구나."

"카서스 리안!"

"왜? 시카 리안."

그 대답에 시카는 움찔했다가 카서스의 얼굴을 보고 멍하니 중얼거렸다.

"카서스, 진짜 좋구나."

흥분해서 살짝 이성을 잃어버린 것 같은 얼굴이었다. 그 말에 카서스가 눈을 찌푸리고 물었다.

"시카는 안 좋아?"

"아니, 나도 좋은데. 아직 실감이 안 나서."

"이제 실컷 나게 해 줄게."

"음, 절 내쫓지 않을 거면 옷을 갈아입으시는 게?"

로레인이 권유해서 카서스는 웃으며 시카를 놓아주었다.

"부인 먼저."

그 부인이라는 단어가 낯간지러웠다. 그러고 보니 카서스는 항상 자신을 약혼녀라고 소개했었다. 그렇구나. 내가 이 사람 부인이구나, 이제.

이상한 기분이었지만, 나쁘지 않았다.

시카가 파티션 뒤에서 옷을 갈아입는 동안, 카서스는 반대편에서 옷을 갈아입었다. 로레인은 시카가 드레스 벗는 것을 도와주었다. 그리고 짙은 색의 드레스로 갈아입고, 신발도 갈아 신고 —여전히 굽은 높지만— 밖으로 나왔다.

그때부터가 본격적인 시작이었다.

식사와 친구들의 축사, 무도회—

저녁까지 야회는 이어졌다.

마지막으로 시카와 카서스가 마차를 타고 허니문을 떠나자, 남은 사람들은 더더욱 술에 열을 올렸고, 그걸로 결혼식은 마무리되었다.

＊　　　＊　　　＊

카서스는 눈을 떴다.

몸 위에 누군가가 올라와 있다. 하지만 그게 누군지 그는 잘 알고 있었다. 그녀의 허리에 올려놓은 손을 천천히 쓸어 올려 아무것도 입지 않은 그녀의 맨 살결을 음미했다.

실감이 나지 않는걸.

그녀의 말이 떠올라서 그는 피식 웃었다. 그래, 자신도 실감이 나지 않을 때가 있다.

하지만 어제 자신과 그녀는 서약서에 서명도 했고, 제대로 신전에 이름도 올렸다.

기쁠 때에도 슬플 때에도 괴로울 때에도.

죽을 때까지.

카서스는 그 흔해 빠진 맹세가 이렇게 무게감 있고, 달콤하게 다가올 거라고는 생각해 본 적이 없었다.

시카가 잠에서 깨어날 듯 작게 중얼거리며 칭얼거리고 꼬물거리다가 눈을 떴다. 그 눈과 마주쳐 카서스는 빙긋 웃었다.

"안녕, 시카."

"……안녕, 카서스……."

잠에 취한 목소리로 시카가 중얼거렸다. 왜 자신이 카서스의 몸 위에 있는지 혼란스러운 표정이었다. 그녀의 얼굴에 묻어 있던 잠결과 혼란이 천천히 변하는 걸 그는 흥미진진하게 바라보았다. 이제 평생 그녀의 이런 얼굴을 보면서 살겠지.

짜릿해지는 전율이 있었다.

"아."

시카가 얼굴을 붉히며 얼른 그의 몸에서 굴러 내려왔다.

"잘 잤어?"

"괴롭혀서 못 잤어."

불퉁하게 말하면서도 그녀는 그의 품으로 파고들었다. 카서스가 그녀의 머리카락을 그러모아 쥐었다.

"무거웠을 텐데 잠은 좀 잤어?"

시카의 물음에 카서스는 피식 웃으며 "별로 안 무거운데." 하고 대꾸했다. 시카는 툭 하고 주먹으로 가볍게 그의 가슴을 때렸다.

"시카."

"으응?"

"사랑해."

그 말에 시카가 이불 속에서 고개를 빼 들고 배시시 웃었다.

"나도 사랑해."

카서스가 그녀의 이마에 키스해 주고 몸을 일으켰다.

"뭐 먹고 싶어?"

그 말에 시카도 느릿하게 몸을 일으켰다. 카서스가 "가져올게, 그냥 누워 있어." 하고 말했지만 시카는 고개를 저었다.

"같이 만들어서 같이 먹어."

그녀가 길게 하품을 했다.

시카가 하품을 하더니 킥킥킥 웃기 시작했다. 카서스가 "왜?" 하고 물었고 시카가 그를 바라보며 말했다.

"아니, 우리는 분명히 할머니 할아버지가 돼서도 이럴 거라는 확신이 들었어."

카서스가 그녀를 뚫어져라 바라보았지만 시카는 눈치채지 못하고 침대에서 내려오며 느릿하게, 노래하듯이 말했다.

"한 칠십쯤 되어서 말야. 그때도 카서스는 멋있는 할아버지겠지. 카서스가 아침을 해 주겠다고 하면, 난 아마 귀여운 할머니일 거야. 나도 따라서 '영감, 같이 요리해요.' 하는 거야. 그리고 같이 요리해서 아침을 먹겠지. 오늘이랑 똑같이."

어때? 하고 시카는 카서스를 바라보았다.

"카서스……?"

그의 얼굴이 심각해서 자신도 모르게 그의 이름을 부르자 카서스가 희미하게 웃으며 말했다.

"시카가 얘기하니까 너무 뚜렷하게 그려졌어. 맞아. 우리는 분명히 그럴 거야."

기쁠 때도 있을 거야.

괴로울 때도 있을 거고.

같이 있는 게 고통일 때가 올지도 몰라.

슬픈 일도 분명히 생기겠지.

그래도 끝까지 함께 있을 거야.

그걸 카서스는 확신했다. 시카 역시 마찬가지였다. 옷을 입고 자신을 보며 고개를 갸웃하는 시카를 보고 카서스는 웃었다.

웃지 않으면 울 것 같았다.

"사랑해, 시카."

"나도 사랑해."

절대 질리지 않는다는 듯 시카는 웃으며 답했다.

카서스는 말해도, 말해도 부족한 기분이었지만, 아직 평생이 남아 있으니까. 앞으로 실컷 해 주자고 생각했다.

그래서, 그렇게 해 주었다.

〈完〉